LA TARÁNTULA ROJA

ENRIQUE VAQUÉ

EDITORIAL
SARGANTANA

La tarántula roja

Email: info@editorialsargantana.com
www.editorialsargantana.com

Primera edición: marzo, 2022

Impreso en España

PEFC
Los papeles que usamos son ecológicos, libres de cloro y proceden de bosques gestionados de manera eficiente.

ISBN: 978-84-18552-58-8
Depósito legal: V-743-2022

A Susana Alfonso, agente literaria, por su decisiva contribución a esta novela.

Índice

Capítulo 1

Inscripción en una lápida

Se situó a educada distancia del grupo que intercambiaba besos y condolencias alrededor de la pareja de anfitriones. En el ambiente creyó notar el olor de esa pólvora de la tensión que precede al peligro. ¿No había acudido a la conmemoración de un entierro? ¿Por qué todo el mundo parecía tan inquieto, tan envarado, mirando a derecha e izquierda? Incluso a los que llevaban gafas de sol se les notaba.

Dio un rodeo al círculo humano para ver de frente la sencilla sepultura: una cruz, una inscripción y una lápida sobre el suelo. Bajo tierra, lo que quedaba de una joven.

Cuando el efecto de las prisas se disipó en su ánimo, la desolación tomó el relevo. Volvió el pasado y, con él, se reabrió una herida que creía cicatrizada. A esta ensoñación morbosa se abandonó durante unos minutos.

—Pablo, cómo nos alegra verte en este día —lo despierta, a su espalda, una voz femenina.

Da media vuelta. Le cuesta un poco reconocer a la mujer que le ha hablado: su apariencia es más joven que la de hacía unos años, se habría sometido a una nueva operación estética.

—Esta vez no podía faltar, Adela; he querido venir por Todos los Santos desde hace años y, por una causa u otra, nunca he podido —dice él esbozando una triste sonrisa y dándole un beso protocolario.

—Aún no nos hemos hecho a la idea —continúa la señora, con la mirada baja, negando suavemente con la cabeza—. Y que todo ocurriera así, de forma tan trágica, tan violenta... Aunque esas grandes ciudades están llenas de peligros, nunca piensas que le ocurrirá a tu hija. Bueno, en realidad ella era hija de la primera esposa de Vicente, ya lo sabes, pero yo la quise como si lo fuera.

Ahora llega el marido, que le da un fuerte abrazo.

—Agradecemos mucho que hayas venido desde tan lejos para estar con nosotros hoy —dice secándose una lágrima rebelde.

—Es reconfortante ver a tanta gente en este acto, cuando ya hace cuatro años que falleció —dice Pablo lanzando una mirada al nutrido grupo de asistentes—. Debía de ser una chica muy popular aquí.

—Todo el mundo la quería —sigue Vicente.

«Todo el mundo la quería —se repite para sí mismo Pablo—, y yo la tenía que haber querido más que nadie».

El silencio es casi total. La pareja y él tienen la vista fija en el mismo punto: en la lápida que cubre los restos de la finada. Sobre la piedra hay inscritas dos fechas:

1983-2008

—Llegasteis a Nueva York casi al mismo tiempo, ¿no? —insiste ella.

—Sí, en febrero del año en el que la mataron, y me parece que fue ayer; para mí, fue ayer. Fuimos allí a triunfar, con la vida por delante y, fíjate…

Hace un movimiento de cabeza, como para expulsar los malos recuerdos, y ve entonces acercase a un hombre en mitad de la cincuentena, impecablemente vestido, secundado por otros dos; todos de negro.

—¿Es quien yo creo que es, Vicente? —pregunta incrédulo.

—Sí. ¿Te sorprende verlo hoy?

—Mucho. ¿A su presencia se debe que me pidieras que este año no faltase?

—Tiene mucho que ver, pero, si no estoy muy equivocado —sentencia Vicente sin dejar de mirar a los recién llegados—, hoy vas a llevarte sorpresas aún más grandes.

Capítulo 2

Cuatro años antes

—¿Habla inglés?

—Poco.

—No se preocupe, aquí se podrá entender en español —dice el agente de inmigración sin dejar de mirar el pasaporte de la viajera—. Blanca Zarco *Garcia.*

—García.

—Claro, García —repite el funcionario estirando la «i»—. ¿Cuál es el motivo de su viaje a los Estados Unidos?

—Un asunto… familiar, cosa de unos días.

—¿Dónde va a residir?

—En el Old Cardboard Factory Hotel de Queens, por lo visto fue una fábrica de cartón.

—Muy bien, todo en regla, le deseamos una feliz estancia.

Blanca ya ha pasado el control de Inmigración. Se aleja de la cabina de control de pasaportes para dirigirse al área de recogida de equipajes. Al lado de una de las bandas transportadoras, en el suelo, está su maleta, junto a otras muchas. Sobre la pared ve un gran cartel en inglés y en español.

US CUSTOMS AND BORDER PROTECTION LE DA LA BIENVENIDA A LOS ESTADOS UNIDOS DE AMÉRICA.

Se ajusta la mochila a la espalda, agarra la maleta rodante y se dirige a la salida. En el vestíbulo hay mucha gente esperando, aunque nadie la espere a ella. Se detiene para ver si la pueden orientar sobre cómo llegar al hotel. Un oficial del aeropuerto hace gestos de que no se detenga allí: esta ciudad exige movimiento, no se puede quedar uno quieto. Ella le muestra un papel con una dirección y él le señala afuera, a la central de taxis.

—¿No tren? —pregunta, ya que está escasa de dinero.

—*No, not possible.*

—¿No *subway*?

—*No, cab is better.*

—¿*Cab* es taxi?

—*Yes, taxi.*

No hay remedio. Fuera la reciben el frío y la oscuridad. Se abrocha el chaquetón; muy aparente, pero que le ofrece una pobre protección contra las temperaturas bajo cero de la calle. Un empleado le asigna un taxi de la cola con el que sale del aeropuerto para tomar una inacabable avenida flanqueada por casas bajas y antiguas; el paisaje nocturno, monótono, incita a su mente a huir, a pensar en otra cosa. Por ejemplo, en el día en que empezó todo aquello.

Cuando recibió en casa una llamada del Ministerio de Asuntos Exteriores, su padre estaba en el quiosco que regentaba; ella, a punto de salir a trabajar. Descolgó el teléfono. Al otro lado, una voz de tono oficial. «Señorita Zarco» por aquí, «Señorita Zarco» por allá. «No sabemos cómo expresarle nuestra condolencia…, no sabemos…, verdaderamente no sabemos…». El miedo le iba subiendo desde el vientre a la garganta. Un miedo sordo, indefinido, que se movía como una serpiente por la senda pavimentada, hacía mucho, por los malos presentimientos.

—¿Pero me quiere decir de una puta vez qué ha pasado? —estalló.

—Es su hermana, señorita. Ha sufrido un accidente de tráfico. Por desgracia, el coche en el que iba se ha incendiado tras estrellarse contra una pared.

El funcionario hizo una pausa para que fuera digiriendo la noticia. Luego siguió, como de puntillas.

—Su cuerpo…, de cintura a cabeza, está… bastante dañado. Ha muerto, señorita.

El teléfono se le escapó de las manos, cayó de rodillas, se sujetó el vientre. Quería vomitar. Lloró en arcadas, casi sin lágrimas, casi sin quejas.

Su mundo se había puesto patas arriba.

Después llegó la tortura de verter el líquido negro de la muerte en el flujo de la vida cotidiana. Antes de todo, lo peor, contárselo a su padre, quien ya había perdido a su primera mujer; luego, al resto de la familia, a los vecinos, a los curiosos… Más tarde, el proceso de repatriación del cadáver, que no parecía aclararse nunca. Pasaban los días sin que se resolvieran las pegas. ¿Qué hacer? ¿Gastarse sus escasos ahorros en viajar a Nueva York para solucionarlo?

La avenida que están atravesando acaba en una bifurcación.

FLUSHING MEADOWS

CORONA PARK

El taxi toma el carril izquierdo y se mete en el Bulevar Norte. Hay muchos locales comerciales que son despachos de abogados de inmigración. Ella no cree que los vaya a necesitar, pues ha venido solo a reconocer el cuerpo de su hermana, hacer el papeleo y volver. Unos pocos días. Algunas calles después llegan a su destino: The Old Cardboard Factory Hotel. En la oscuridad apenas se distingue una mole de cemento, como una caja de zapatos gigante. Paga la carrera: cuarenta dólares. Es mucho. No se puede permitir trayectos tan caros. Sale de nuevo al frío, hasta que llega a la puerta del hotel, de apariencia industrial; aunque parece estar cerrada a esas horas de la noche, cede a la presión de sus manos. Entra en una amplia sala con muebles *vintage* iluminada con luces azuladas o ambarinas. A la derecha, un restaurante llamado Mundo; al fondo, la recepción, donde la atiende una hispana de acento irreconocible.

—¿Cuánto tiempo va a estar?

—Tengo una reserva para cinco noches.

—La 408 —dice la empleada tendiéndole una tarjeta de plástico que es la llave—. Que tenga una feliz estancia.

—¿Tú conociste a mi hermana, a Marta Zarco?

—¿A su hermana? No recuerdo…

—Estuvo alojada en este hotel.

—No, lo siento, solo llevo aquí un mes.

Ahora no le queda sino enfrentarse a la soledad de la habitación, también decorada con muebles singulares, aunque mal aislada. El viento sopla fuera colándose por las rendijas de las ventanas. Hace frío. Enciende el climatizador. Saca el pijama y la bolsa de aseo de la maleta y se sienta sobre la cama. Está sola, verdaderamente sola en la ciudad desconocida. Mira a través de los amplios cristales: en la oscuridad apenas se distinguen las lucecitas de los coches que cruzan, a lo lejos, los pasos elevados. Su ánimo empieza a decaer. ¿Debería llamar a casa? No, en España son las tres de la mañana. No tiene con quién hablar; con su último novio cortó hace un mes, no mucho después de que les dieran la negra noticia. Absoluta soledad. Tiene el estómago revuelto porque el vértigo, que siempre le acecha, ha convertido el aterrizaje en una tortura. Con gusto bajaría al restaurante a tomar algo caliente, pero prefiere reservar el dinero. Se ducha, se pone el pijama y se acuesta. El aparato de frío/calor, instalado en la pared de enfrente, le lanza un chorro de aire seco en plena cara. Como muchas noches, tras cerrar los ojos, se acuerda de su niñez, cuando su hermana y ella aún dormían juntas. Martita no se hacía a la idea de que mamá había muerto.

—¿Por qué lloras?

—Porque me acuerdo de mami.

—Mamá está en el cielo, no te preocupes por ella.

—Pero yo quiero verla.

—Pues mira, yo… yo voy a ser tu mamá a partir de ahora. Yo te daré el besito cada noche, ¿vale?

—Vale.

Ve de nuevo, con los ojos del recuerdo, cómo la pequeña acepta el trato sin aparentar mucha convicción; cómo ella, su hermana mayor, le da besos, le acaricia el pelo y le hace mimos… Cómo la consuela, aunque ella no tenga consuelo para sí misma; aunque luego llore en silencio con la cara hundida en la almohada.

No tarda en quedarse dormida.

A la mujer le cuesta incorporarse porque los años no perdonan, pero el sonido del teléfono, implacable, la ha obligado a interrumpir su breve siesta. Coge el aparato con la mano que le queda libre; de la otra, su peluda mascota se separa y avanza unos pasos por el brazo del sofá que ocupan ambas.

—¿Qué quieres, Navas? —pregunta con voz aletargada por el sueño.

—¿Doña?

—Claro. ¿Quién, si no, coge este celular?

—Lo siento, me pareció la voz de otra persona. Ha llamado el Cos para informar de que han detenido a Alfredo Beltrán Leyva.

—¿Al Mochomo?

—Sí, hoy en Culiacán. Dice que han sido los de la Procuraduría General de México, pero se sospecha que los del cartel de Sinaloa están detrás.

—Buena noticia, que se desangren entre ellos. Esto aflojará el cerco sobre los del Golfo.

—Eso mismo dice el Cos.

—Tenme informada de los movimientos que haya.

—Claro, señora. Y otra cosa más: ya está aquí la hermana de Marta.

—Blanca… —susurra ella achinando los, ya de por sí algo rasgados, ojos.

—Sí. Llegó anoche. Está alojada en el hotel de la Fábrica de Cartón. Tiene reserva para una semana. Puede traernos problemas, Doña, si va a identificar al cadáver y empieza a enredar…

—Seguro que irá a identificarlo. Es lo primero que le van a pedir los de la Agencia Antidrogas.

—¿Qué hago?

La Doña se queda unos segundos evaluando la situación. Todas las opciones pasan por su rápida y expeditiva mente. Navas se anticipa.

—¿La hago desaparecer?

—Te he hecho mi lugarteniente para no tener que responder yo a todas las preguntas.

—Si la hacemos desaparecer…

—No, no es tan sencillo, Navas, no estamos en el Miami de los ochenta. Bueno, déjame. Ya te daré instrucciones. Pero riesgos, ninguno, ¿me entiendes?

Desde el taxi, Pablo apenas puede ver nada: tan solo una avalancha de coches que parecen taponar todos los carriles de la Segunda Avenida. Le pregunta al taxista si están aún lejos del Midtown, deseoso de llegar a la que va a ser su casa.

—Aún quedan dos millas, señor. Nueva York es así: cuando menos te lo esperas, ¡zas!, un embotellamiento. No se enoje.

¿Enojado? No, no está enojado, al contrario. Más bien tiene ganas de bailar al ritmo de las notas *hip-hop* que salen de su iPod y le machaca los oídos: *Get Money*, de Notorious Big.

Fuck bitches.
Get Money!
Fuck niggaz
Get Money!

Es feliz; abre la ventanilla y saca la cabeza para respirar el aire helado de principios de enero. El cielo, encogido entre el Empire State y otros edificios colindantes, muestra un límpido color azul. ¿No es una buenísima señal? Aunque al fondo, es verdad, se distinguen algunas nubes…

Atrás queda un año y medio trabajando de analista de inversiones en Londres, comiendo ensaladas de lechuga sobre la mesa del despacho y cerrando la oficina por la noche. El tiempo de ser el último mono con un salario que no le permitía cubrir sus gastos. Todo con el fin de adquirir la experiencia suficiente como para entrar en el club de los que hacen pasta de verdad. El momento ha llegado: va a ser un *sales*, un vendedor de fondos. Y todo gracias a un buen contacto, a una entrevista afortunada en París y a un cambio de empresa. Ha venido para trabajar en el Pegasus Performance Group. La sede central está en Carolina del Norte, pero él operará desde la oficina de Nueva York, muy cerca del Museo de Arte Moderno, el MOMA, donde ahora lo deja el taxi.

Recupera sus dos maletas y se dispone a subir a un tercero sin ascensor. Cuarenta y cuatro escalones más tarde le abre la puerta otro joven de su edad, alto y rubio, de aspecto nórdico. Va a ser su compañero de piso, al que apenas conoce.

—Hola, eres Pablo Sanchiz-Carnaud, ¿no? —pregunta pronunciando la «z» como una «s» y la «au» como «o».

Le da la bienvenida y lo acompaña hasta su cuarto, una habitación estrecha y oscura con un ventanuco a un lado. Las maletas, una vez en el suelo, parecen ocupar media estancia. Hay suciedad y pelusas de polvo por todas partes. Mete su ropa en el estrecho armario y algunos de sus objetos personales bajo la cama, a falta de mejor sitio. Luego viste el desnudo colchón con la ropa blanca que han dejado encima.

No importa, nada importa: está en Nueva York.

Una hora después entra en la sastrería de los elegantes de Manhattan: Paul Stuart, en Madison Avenue. Un traje azul marino con finas rayas, dos camisas, una corbata y un par de zapatos. Una fortuna en ropa. Luego, a la peluquería, a hacerse un corte de pelo de tiburón de las finanzas, un afeitado y una manicura. Mientras lo acicalan está pensando en llamar a Elena Rojo, una amiga de cuando estudiaban en la Universidad de Ciencias

Políticas en París, ellos siempre dicen «Sciences Po», y que ha llegado meses antes a la ciudad para trabajar en una gestora de fondos. Podría invitarla a cenar y celebrar así su llegada.

Se acaba la sesión y hay que pagar. En esta ciudad siempre hay que pagar. Alarga la tarjeta de crédito y luego busca en el móvil el teléfono de Elena. Antes de marcar, el empleado le dice que el banco ha rechazado el cargo. Es verdad, ha gastado demasiado. No lleva el control como es debido. Saca la tarjeta de repuesto, aunque el saldo en la cuenta asociada es de solo tres mil dólares; poco para afrontar los futuros costes de establecerse. Es el momento de decidir si aún quiere invitar a Elena. Había pensado en algún restaurante bueno del Upper East Side, pero el aviso que acaba de recibir le hace reflexionar. Ha decidido no aceptar dinero de su familia por una cuestión de principios: ellos no están pasando una buena racha. No les puede pedir nada. No, definitivamente, ya ha gastado bastante en un solo día. Decide cenar en la misma Madison Avenue, en un restaurante de ensaladas mientras ojea el *Barron's*, la revista sobre finanzas por excelencia, donde salen los protagonistas del mundo de los fondos de inversión. Los señores de la guerra. El panorama no es muy halagüeño en ese principio de año 2008. La economía flaquea. Muchos fondos están perdiendo dinero, algunos anuncian su cierre. Sin embargo, hay unos que destacan: los de Bernard Madoff, el inversor estrella. Todos sus fondos ganan dinero: aunque sean modestas rentabilidades, todos ganan.

Cuando sale de nuevo a la calle, ya es noche cerrada. Toma la Quinta Avenida en dirección norte y va mirando de reojo los escaparates de las marcas de lujo. Pronto podrá permitirse entrar en ellas para comprar cuanto desee. Pasa delante de la catedral de Saint Patrick y se plantea pasar a encenderle una vela a la Virgen. Es de educación católica y mira al cielo cuando siente la tensión de una prueba. Una voz interior le quiere disuadir.

«¿Vas a entrar a rezarle a la Virgen? ¿Y qué le vas a decir?: "Virgencita, ayúdame, soy un pobre pecador, pero quiero convertirme en un pecador rico, riquísimo, para poder pecar todo lo que pueda". Venga, quema tus naves y adelante».

Pero, tras unos instantes de duda, la tradición puede más. Entra en el templo y enciende tres velas electrónicas introduciendo en la ranura tres pequeñas monedas. Luego, tras haber pagado su débito al cielo, retoma la calle. El otro cielo, el que hay sobre su cabeza, ya ha sido invadido por las nubes, que devuelven una parte de la luminosidad en forma de fosforescencia. Bajo esa luz, los rascacielos se le antojan tótems enormes y amenazadores de una ciudad de otro planeta. Hay algo en esa geografía nocturna que lo sobrecoge, solitario e insignificante, entre la masa de gente que regresa a su particular celdilla.

—Quiero ir a Manhattan —dice Blanca depositando una par de dólares en la bandeja de la ventanilla—, a la estación donde se cruzan la Tercera Avenida con la calle 53.

Pero el empleado del metro no parece comprenderla, le señala un plano que hay pegado al cristal para que le diga el punto adonde quiere ir. Luego coge los dos dólares y le da a cambio el billete. Ella sabe el precio del trayecto porque el día anterior, en un domingo solitario, ya hizo un primer viaje al Midtown. Esa mañana se ha levantado ya hace más de dos horas, aún alterados sus ritmos de sueño por el *jet lag,* y ha salido a correr, según su costumbre; ese día, por barrios desconocidos. Tras la ducha y sin desayunar, para no hacer gasto, ha salido del hotel hasta la boca de metro más cercana, la 36 ST. Bajo el asfalto hay un apeadero antiguo y deslucido, con las paredes cubiertas de cerámica blanca, que revelan su origen industrial. Una verja, desplegada a lo largo de la vía, da al entorno un aire carcelario.

En un rincón, un tipo parece haber establecido su pequeño hábitat. Mantas en el suelo, bolsas de plástico, botellas de agua… Está sentado sobre un viejo colchón que también debe de ser su cama. Ella ve de soslayo su expresión humilde, la mano extendida… Por un momento, involuntariamente, su mirada se detiene en los ojos acuosos. Él alarga el brazo aún más, en muda suplica. Ella pasa de largo, apura el paso, se escapa…

«Por muy poco que tengas, él tiene menos —le dice una voz interior—. Venga, dale una ayuda: un par de dólares».

Sabe que no se va a quedar tranquila hasta que no suelte la limosna, de manera que vuelve sobre sus pasos y le entrega al pedigüeño un par de billetes con la cara de George Washington.

El tren no tarda en llegar. El recorrido es corto: solo dos paradas. Sube una escalera y sale a la calle. Enfrente, a plena luz, se encuentra con la mole inmensa de un rascacielos que le llama la atención por las bandas metálicas de color ocre que separan los pisos y por ser redondeado, sin esquinas. Está rematado en su cima por una torre cilíndrica algo más estrecha que el cuerpo central y que le da al conjunto el aspecto de una colosal barra de labios. Con el plano que ha cogido en el hotel se dirige por Lexington en dirección norte y ve a su izquierda una autocaravana con carteles de comida rápida y barata. Tres dólares por un sándwich y un zumo de naranja. Eso se lo puede permitir. Una joven, parada ante el ventanuco por el que salen los pedidos, habla por teléfono con acento mexicano.

—Pa-blo-San-chiz-Carnaud, ¿cómo no me llamaste ayer en cuanto llegaste?… No, no admito excusas…: lo primero es llamar a las amigas, ¡lo primero!

Blanca calcula que esta chica debe de tener más o menos su edad, y aunque no es muy alta es resultona, con su pelo tan negro recogido en una coleta, su traje de chaqueta color crema de ejecutiva y sus zapatos de Manolo Blahnik.

—¿Cómo que qué estoy haciendo? Pues trabajar —prosigue—. Voy a las oficinas de Madoff Investment Securities, en el Lipstick Building, a recoger el listado diario con las transacciones que hace para mi empresa. Tú estarás de camino a tu primera jornada de trabajo, espero. Pues no te canses mucho, porque mañana tenemos una *party* en Greenwich, y el sábado vas a invitar a cenar a tu amiga Elena Rojo. ¿*Okey*?

Mientras espera, Blanca repara en una tienda cercana de guantes de lujo.

SERMONETA GLOVES

La joven del teléfono, sin dejar de hablar, toma su encargo con la mano libre y se aleja. Blanca pide lo mismo y luego se acerca a mirar el escaparate de la tienda mientras come. Iluminado por el radiante sol, este le devuelve nítidamente su imagen. Se ve pálida y delgada. Se quita las gafas de sol; tiene ojeras. Pero el sencillo abrigo le sienta muy bien y su pelo negro, su figura estilizada y su rostro armonioso confirman su atractivo. Unos guantes rojos de cabritilla llaman su atención desde la otra parte del vidrio, pero su alto precio le impide interesarse de verdad por ellos.

El Consulado español está en un anónimo edificio de oficinas de la calle 58. Sube al piso 20, pasa un arco detector de metales y luego se enfrenta a una pared de cristal, como las de los bancos, tras las que están los funcionarios.

—Vengo para la repatriación de una persona fallecida —le dice enseñando el pasaporte a un treintañero de perfil anguloso que se levanta, le abre una puerta lateral y la guía por un estrecho pasillo. Acaban en un despacho de Dirección donde una mujer de mediana edad los espera sentada a su mesa. La estancia está atestada de carpetas, de documentos y de recuerdos. En la pared hay clavadas fotos, un escudo del Real Madrid y muchos banderines de escuelas americanas.

—Señorita Zarco, no sabe cómo sentimos lo de su hermana. —Bajo el tono profesional de la directora, ella cree detectar una sincera nota de conmiseración.

Luego el hombre le informa de los detalles administrativos. El Consulado puede organizar una inhumación local del cadáver o bien una incineración, así como la repatriación de los restos. Recalca que se trata, por lo general, de procedimientos costosos y complicados, que si su hermana estuviera cubierta por un seguro, todo sería más fácil. A ella eso le extrañaría mucho: Marta nunca pensaba en esas cosas. Las lágrimas quieren escapar de sus ojos, pero se fuerza a retenerlas respirando hondo. Su mirada se hace borrosa y se evade defensivamente de las largas explicaciones procedimentales hasta que una palabra la despierta, como un cachete en la cabeza.

—¿Investigación? —pregunta repitiendo la palabra—. ¿A qué se refiere?

—Cuando hay una investigación en curso por parte de las autoridades locales —insiste el joven—, los procedimientos relacionados con el traslado del cadáver llevan bastante más tiempo del habitual.

—Es que… —interviene la directora lanzando una mirada oblicua a su compañero— el de su hermana ha sido declarado… fallecimiento sospechoso.

—No… No me habían dicho nada. ¿Por eso va todo tan lento?

—Blanca, no es fácil explicar por teléfono estas cosas, y menos en circunstancias dramáticas. Debe saber que su hermana estaba vinculada a gente poco recomendable, a un clan bastante poderoso que controla Queens.

—¿Un clan? ¿Puede decirlo más claro?

—Narcos, señorita —concluye el funcionario.

—¿Mi hermana? No, no es posible. Marta vino aquí a ganarse la vida en el mundo de la música y, ya se sabe…, seguro que fumaba porros y se hacía alguna raya de vez en cuando… —dice mirando fugazmente a sus interlocutores—, pero, traficante, no; seguro que no.

—Nosotros no somos policías, Blanca, solo queremos contribuir a que usted pueda repatriar el cadáver y volver a Valencia. Según este informe de la agencia antidrogas, la DEA —dice levantando un grupo de folios—, en el mismo accidente que su hermana, murió el hijo de una poderosa empresaria de Queens dueña de discotecas, salas de fiestas y hoteles. Marta cantaba en esos locales.

—¿Y qué tiene eso de malo?

—Se sospecha que esta mujer es la principal importadora de coca colombiana de todo Estados Unidos: estas salas parecen ser un medio para blanquear dinero.

—Pero mi hermana, no… ¿Y cómo pueden estar seguros de que el cuerpo que han encontrado es el de ella? ¿No se ha quemado de cintura para arriba?

—Llevaba un bolso con su pasaporte. La marca de la ropa interior era la misma que la que tenía en el hotel; los zapatos, de la misma talla; y detalles así. Aunque la prueba definitiva será el reconocimiento del cadáver y la comparación con la muestra de ADN que usted va a donar.

El joven retoma la palabra con aspecto de sentirse incómodo. En el estrecho despacho parece no haber sitio para sus largas extremidades, que reacomoda alternativamente a un lado y otro de la silla. El Consulado no puede agilizar los trámites que correspondan al estado de Nueva York, en casos sospechosos como este solo puede darle una información básica acerca del sistema policial y judicial local, así como proveerle de una lista de abogados.

—¿Lista de abogados? Si no tengo dinero ni para permanecer una semana aquí. ¿No me van a ayudar ustedes?

—Desde luego, le iremos informando del progreso de la investigación, pero no podemos hacer mucho más —concluye la funcionaria—. En este país las autoridades no admiten peticiones de terceros acerca de casos criminales. Si el problema se enquista, no le quedará otra opción que recurrir a un letrado local para que le ayude con los trámites. Confiemos en que esto no sea necesario. Lo primero es que vaya pasado mañana a la morgue para reconocer el cadáver. Dígame, ¿se siente dispuesta?

Pablo sale del ascensor en el piso 25. Su destino está al final de un pasillo al que le vendría bien una mano de pintura. Antes de llegar ve la puerta acristalada de una peluquería de lujo para señoras. Avanzando sobre una moqueta raída, alcanza la puerta de la empresa que lo ha contratado.

PEGASUS PERFORMANCE GROUP LTD

Llama al timbre. Siente los nervios: no hay una segunda oportunidad para dar una buena primera impresión. La vibración del cerrojo revela que le están dando paso; empuja la puerta y entra. Ve a una joven con un auricular que hace de telefonista-recepcionista ante una pared de cristal tras la que puede verse una oficina en pleno funcionamiento. La gente se mueve de un lado a otro gritando cifras y códigos entre pantallas. Hay teléfonos que suenan, ruido de faxes y de fotocopiadoras… Pregunta por la persona que lo contrató en París y al poco acude Lawrence, un ejecutivo a mitad de la treintena, alto y atlético, que lo invita a seguirlo. Él se adentra en la oficina con decisión, pero apenas lo mira nadie. Es como si no estuviera allí.

Lawrence tiene prisa. Sentado a la mesa de su despacho, le pregunta brevemente por el viaje, por dónde se ha alojado y por los documentos de inmigración.

—En seguida te traerán el contrato para que lo firmes. Empezarás de analista, es la norma de la casa. Cualquier empleado sin experiencia comercial tiene que estar seis meses en ese puesto. Ahora voy a presentarte a los integrantes de esta oficina.

Pablo recibe estas palabras con un encogimiento de estómago: las condiciones que le ha citado no son las que habían convenido en París. Iba a entrar de *sales*, de vendedor principiante. Ya adquirió experiencia como analista en Londres, ya ha cubierto esa etapa. Mientras su empleador le muestra las instalaciones, piensa si aceptar la proposición o plantarse. Lo tiene difícil. De repente, está pillado. No sabe si tendrá opciones en ningún otro sitio.

Lawrence lo conduce hacia un despacho no muy grande aunque con amplios ventanales que dan a Madison Avenue.

Hay dos mesas de trabajo, pero solo una está ocupada por un joven, de pelo muy rizado, que habla por teléfono sin reparar en su presencia.

—Este es Ethan Sackler —aclara Lawrence.

Ethan extiende una desmayada mano sin dejar su móvil. Luego, tras colgar, se dirige al jefe.

—Tengo que ir Suiza, a Gstaad, a la subasta de los Ferraris de segunda mano de Bonhams.

—¿Esa subasta no la hacen en diciembre?

—Normalmente, sí, pero el mes pasado nevó mucho y lo pospusieron a este. Mierda. En pleno arranque del año voy a tener que gastarme una fortuna para hacerme el encontradizo con los clientes americanos. Y lo cierto es que estoy sin blanca. ¿Me puedes anticipar algo de dinero?

Lawrence le promete dinero y le presenta a Pablo como miembro de la *jet-set* española. Ante la cara de extrañeza del joven, le informa de que es marqués.

—En realidad, el título lo tiene mi padre —puntualiza él, como excusándose—, es algo que se hereda.

Ethan no parece muy impresionado. Se levanta, hace un vago gesto de despedida y va al perchero a por su chaqueta dispuesto a marcharse. Cuando pasa por delante de él, Lawrence lo interpela.

—Oye, engancha a los tejanos en Gstaad. ¡Tienes que engancharlos! —le dice apuntándole con el dedo—. Haz lo que haga falta. ¿De acuerdo?

Ethan le lanza una fugaz mirada asesina y luego asiente y abandona el despacho. Lawrence enciende el ordenador de la mesa vacía y le da a Pablo las claves de acceso.

—Ve entrando en el sistema. Ahora vendrá Antonio a ayudarte. —Y sin más comentario vuelve, de prisa, a su oficina, dejándolo solo.

Minutos después llega un colombiano de su edad que también estudió en París. Habla, como todos, con urgencia. Se sienta a su lado. Tiene que instalar las actualizaciones de los programas y darle acceso a algunas partes del sistema informático. Él ve la ocasión de hacer una primera amistad laboral, de mostrarse simpático.

—¿Y a la hora de comer, adónde vas, a algún restaurante de por aquí?

—Tomamos cualquier cosa en la oficina, no solemos salir… —dice Antonio sin dejar de mirar la pantalla.

—¿Vais siempre tan acelerados?

—Siempre —responde encogiéndose de hombros—. Esto es Nueva York, aquí las cosas van a este ritmo.

—Por cierto. Tú debes de conocer a Juan López de la Calle, ¿no?

Antonio asiente con una sonrisa. Se dan cuenta de que frecuentaban más o menos el mismo círculo de estudiantes extranjeros en París. Al evocar aquellos años dorados se relajan, se encaran. Quizá se hayan visto alguna vez sin que ahora lo puedan recordar. Charlan un poco.

—La verdad es que de mi promoción de la Grande École de Sciences Po, el ochenta por cierto estamos en el campo financiero —le cuenta a Antonio—. Esto va por generaciones…

—Ey, vosotros dos —corta la voz seca de Lawrence, que pasa por delante—, si queréis palique, esperad a la hora de salida, ¿de acuerdo? Queda poco más de un mes para el Quarterly Meeting de abril y hay que ir preparando toda la documentación.

Cuando se ha alejado, Pablo, molesto, le pregunta a Antonio si esta forma de dirigirse al personal es normal. Este le responde en voz baja mientras hace como que le muestra el uso de algunos programas.

—Cuando se acerca un Quarterly Meeting, los jefes empiezan a ponerse nerviosos. Pero, más o menos, Lawrence es siempre el mismo. Para ti, ahora, es tu dios. Hazme caso. Tú no eres más que un analista, aspirante a vendedor novato. No importa que hayas estudiado en una *grande école* de París, que tengas una educación exquisita y que seas conde.

—Marqués, mi padre es marqués… —dice apretando los dientes.

—Igual da. Por tu bien, hazme caso. ¿No puedes aguantar los seis meses que vas a estar a prueba?

—Necesito el dinero. Ni siquiera sé cuánto cobra un analista.

—Yo elaboro las nóminas. Un analista toca unos dos mil dólares limpios.

—¡Dos mil! Si el apartamento ya me cuesta la mitad… No puedo vivir con mil dólares al mes. Una buena cena para dos ya vale cien —dice levantándose bruscamente y cruzando los brazos sobre el pecho—. Se lo voy a decir muy clarito a Lawrence: esto no es lo convenido…

—Escúchame —corta el colombiano en un susurro—, te voy a dar un consejo de amigo. Lo único que conseguirás protestando es que te miren mal. No tienes opción, nadie te va a abrir ninguna puerta en Manhattan con tu poca experiencia. Aquí se empieza desde cero y tú aún no has demostrado nada. Ethan Sackler es la estrella de la oficina: levanta veinticinco millones al año. En cambio, tú, aquí y ahora, eres el último mono.

El último mono… Sí, Antonio tiene razón, y se lo dice por su bien. Intenta relajarse, recuperar el control mientras aprende el funcionamiento de los programas que deberá emplear en su trabajo. Vuelve Lawrence con unos documentos en la mano que le pone sobre la mesa. Es su contrato de analista. Medio año. Él lo mira a los ojos y tiene ganas de decir algo, pero el episodio del día anterior de la tarjeta sin fondos gravita en su mente bajándole los humos.

—Firma aquí y aquí.

Pablo permanece quieto en la silla sin encararse a su supervisor, con los hombros caídos, ligeramente encorvado. Pasan unos segundos. Lawrence le pregunta si hay algún problema, porque no tiene todo el día.

—No, ningún problema —responde él con voz neutra, saca la pluma del bolsillo de su chaqueta y firma ahí y ahí.

Blanca ha vuelto al hotel cansada y como vacía. Algo tiene esta ciudad que disminuye a la gente, que la ningunea. El viento helado no ayuda a los que no pueden comprarse un buen abrigo. Ha estado buscando el rastro de su hermana sin encontrar gran cosa. El lugar donde se estrelló se halla en el Northside de Brooklyn; un callejón oscuro y estrecho. Quizá ella y su novio se perdieron; tendrían prisa, se pondrían nerviosos…, exceso de velocidad, derrape en una curva… El efecto del impacto en la pared era perfectamente visible, así como las huellas de chamusquina en el suelo circundante. Eso es todo lo que queda.

Al entrar en la habitación ve una maleta junto a la cama que reconoce en seguida: es la que llevaba Marta cuando se fue de casa. Sobre la mesa hay un ordenador portátil con una nota encima escrita en español. La letra es aguda y nerviosa.

> Soy la gerente del hotel. Estas son las pertenencias de tu hermana. No te las hemos podido dar antes porque las tenía retenidas la policía. Te espero para cenar a las 8 p. m. en el restaurante Mundo. Si no puedes, avisa a la recepcionista.
>
> SUSAN CHISHOLM

Blanca abre el equipaje y saca con devoción la ropa, el neceser, los zapatos de su hermana, que están envueltos en gorros de plástico para la ducha… Otra vez las ganas de llorar.

Luego mira el ordenador que tiene dos pegatinas de estética *rock*. Se emociona aún más al verlas, a Marta le gustaba personalizar sus pertenencias. Levanta la pantalla para examinarlo. Adherido en la parte superior hay un pósit con una nota. Solo pone una palabra ininteligible y un número.

MargarB 850421

No le cuesta descifrarlo: las letras son la contraseña que usaba su hermana en el Outlook Messenger, y el número es la fecha en que ella nació: año, mes y día. Lo enciende. Los programas se cargan con lentitud, ya es un aparato viejo. Una vez en la pantalla de inicio, busca el Outlook Messenger para ver los chats. Pincha en el icono correspondiente, pero el programa le pide la contraseña. Prueba a entrar con la clave que pone en el pósit. No funcionan. Se desespera. Le tiemblan las manos. Está sola en la ciudad, sola con sus problemas. Vuelve a meter las claves. Ahora, sí se abre. Una sospecha le asalta: este ordenador no lo debe de haber visto la policía, pues se lo hubieran llevado para investigarlo. La pantalla muestra varias conversaciones. Pincha con el cursor en la más reciente. Aparece el último *chat* que mantuvo su hermana con alguien.

—Es perfecto, mi amor. Eres chévere de verdad tú.

—Te gustó el concierto?

—Me gusto??? No, me encantó!!! Y la gringa aquella no te quitaba ojo. Te va el *sargeo* más con mujeres que con hombres.

—Frío, frío. Me gustan bien hombres.

—Machos??

—No hace falta tanto.

—Un poco de ambigüedad te va, no?

—No sé. Creo que no.

—Yo creo que sí.

Es una conversación intrascendente con alguien que asistió a uno de sus conciertos. La salta y pasa a la siguiente.

—Como estás mi amor?

—Mejor no me mandes mensajes.

—Es que te extraño.

—Yo también. Pero es mejor.

—Sí, tienes razón. Buenas noches.

Luego, un mensaje detrás de otro, provenientes de amigos y conocidos. Hay un nombre que se repite: Romeo. Sin embargo, Romeo se expresa de manera ambigua, como si tuviera miedo de hablar con claridad. Después de dos horas leyendo, cierra el portátil y mete las cosas de Marta en el armario. Va al cuarto de baño, se maquilla ligeramente, se pone unos vaqueros y un jersey de cuello alto, y baja a la recepción.

El restaurante es una sala diáfana que ocupa una esquina del edificio. Al principio, le cuesta distinguir a los comensales entre la penumbra de las suaves luces. Abundan las parejas en ese ambiente de clandestinidad. En la mesa más cercana a la barra ve una mujer sola, de unos treinta años, delgada, rubia y atractiva. Aunque a Blanca le parece que lo sería más si no tuviera el mentón tan alargado. Lleva una blusa morada de muy buen corte. Debe de ser ella. Se presenta en español. La gerente le contesta en el mismo idioma y luego pide bebidas al camarero; todo con un estilo directo e impositivo.

—Marta y yo éramos muy amigas —le dice apurando su primer Martini—. Era una chica increíble, pero vivía muy acelerada. Quería… quería llegar a algo a toda costa y la verdad es que había empezado a hacerse un nombre en Queens como cantante de tangos. Tú también cantas, ¿no?

—Sí, desde que éramos niñas mi madre nos animó a ello. Nos dio una buena preparación: solfeo, guitarra… Aprendimos a bailar: sevillanas, samba, tango… Pero cuando murió de un cáncer, con cuarenta y ocho años, medio lo dejamos. —La mirada de Blanca brilla de nostalgia.

—¿Por qué?

—Creo que con mi madre se fue mi ilusión. Mi hermana, en cambio, cuando llegó a la mayoría de edad, entró en un grupo llamado Stand By. Ella era la solista y me pidió que la doblara en los estribillos. Algunos me decían que yo cantaba mejor, pero yo hacía oídos sordos porque no quería dañar la autoestima de mi hermana. Además, nunca he pretendido llegar a nada como cantante. Empecé a ver ese mundillo con otros ojos. Está lleno de ilusos detrás de una quimera. Casi ninguno la alcanza. Unos pocos, sí, sea por su talento, por su suerte, qué sé yo; pero la gran mayoría no llegan a nada. Además, se aprovecha de ellos gente sin escrúpulos. Al grupo le iba bien, teníamos trabajo. Entonces se incorporó un músico que pronto se convirtió en el líder; un tipo un poco raro.

—¿En qué era raro?

—No sé… Tenía… ilusiones a lo grande. «Vamos a triunfar de verdad —decía—. Vamos a tocar en Nueva York y luego haremos una gira por Estados Unidos…». A mí no me caía bien.

No, no le caía bien. Discutió con Marta por aquel hombre. Casi dejan de hablarse. Esto coincidió con una crisis familiar. Su padre se casó de nuevo, con una vecina; una viuda coqueta y absorbente que le cambió el carácter. Él es buena persona, pero no un hombre fuerte; se distanció algo de ellas. Quizá eso acabó por convencer a Marta de ir a ese país.

Blanca sigue con su historia, quizá sincerándose demasiado por la necesidad de comunicarse con alguien.

—Te hablo de hace un par de años, más o menos. Todo ha ocurrido tan rápido… Vinieron a esta ciudad para actuar en un *rockódromo* de Queens que quería ser la continuación del mítico auditorio Rockola. Cuando el grupo llega a Nueva York, se encuentra el local cerrado y al productor desaparecido tras dejar una pila de deudas. Tienen que tomar una decisión. De los cuatro integrantes, dos regresan a España, pero el líder y ella se quedan. Creo que se convierten en pareja, conviven, discuten y rompen. Mi contacto con Marta, a partir de entonces, se fue haciendo cada vez más esporádico y frío. Tú sabes más que yo qué ocurrió después.

Ahora comienza la rubia con el relato, que le permite a Blanca recomponer la trayectoria de Marta uniendo los retazos de las pocas conversaciones que mantuvieron por teléfono o por el Messenger. Pasaban los días, y su hermana, falta de dinero, se planteó volver con las manos vacías. De pronto, surgió una oportunidad: presentarse a un concurso organizado por Tangolandia en los bajos del restaurante Mundo. Contra toda esperanza, lo ganó. Y esa noche de triunfo conoció a un chico con el que empezó a salir, cuya madre es una empresaria importante del Queens hispano. Desde ese momento cantaba todos los jueves en los *shows* especiales del local.

—Yo le propuse residir en el hotel a cambio de las actuaciones. Su carrera empezó a despegar. Le ofrecían galas en fiestas privadas. Adoptó el nombre artístico de Marta Garnia. Un día, un mánager le ofreció cantar en un baile en Brooklyn; la titular se había echado atrás en el último momento. Solo dos noches y le pagaban un buen caché. Aceptó y le pidió a su novio que la llevase. Según parece, él condujo demasiado deprisa. En una curva se estrellaron contra una pared y el coche se incendió. Sus cuerpos quedaron calcinados de cintura para arriba. Los dos murieron. Fin de la historia.

Las dos se callan ahora para ordenar los recuerdos y las emociones. Blanca es la primera que reacciona.

—Me tienes que contar también con qué clase de gente se juntaba.

—No sé de qué me hablas —responde Susan mientras encoge sus delgados hombros.

—Según los del Consulado español, se relacionaba con narcos.

—¿Se relacionaba con…? —Lanza una risita echando la cabeza para atrás—. Las principales salas de fiestas de Nueva York pertenecen a los clanes mafiosos. Son una forma fácil de blanquear dinero. Quien cante en ellas estará —curva los dedos índice y corazón de ambas manos como representando unas comillas— «re-la-cio-na-da con nar-cos».

—¿Y eso es todo?

—Bueno, como te he dicho antes, ella salía con el hijo de Imelda Pardo, la Doña de Queens. Propietaria de hoteles, salas de fiestas y clubes. Ahora bien, el chico estaba limpio. Nunca estuvo en la cárcel ni se le relacionó con el tráfico. Además, era amable y cariñoso. No era un casanova.

—En fin —concluye Blanca—, pasado mañana iré a reconocer el cuerpo y, como nosotros no podemos pagar la repatriación, haré lo necesario para que lo incineren.

—Te puedes quedar gratis en el hotel todo el mes de marzo: le debíamos esa compensación a tu hermana por su última gala —dice Susan aterciopelando la voz.

—Gracias, pero en cuanto acabe las gestiones, me marcharé. Lo que haya podido hacer mi hermana aquí será agua pasada. Hay que resignarse.

La *party* es en pleno Greenwich Village, cerca de Washington Square. Un guardia de seguridad uniformado les pregunta sus nombres.

—Mi apellido es Rojo; el de mi acompañante, Sanchiz-Carnaud.

A Pablo le gusta el *loft* de diseño en el que se adentran; está organizado en múltiples niveles. El panorama, cuando llegan al salón, le gusta aún más: grupos de gente guapa y muy bien vestida. Ellos usan esmoquin o chaqueta oscura; ellas, vestidos largos. Todos beben Dom Pérignon. Música exclusivamente USA *vintage.* Elena le presenta a sus glamurosos amigos mexicanos, y estos, a los demás: modelos, actores, publicitarios, genios de las finanzas en potencia y hasta un cadete de West Point.

Una de las chicas, alta y de cabello negro, llama especialmente su atención. Su nombre es Kristen y es la anfitriona. No le extraña que se la presenten como una cotizada modelo. Se acerca a ella y hace el primer contacto. Cuando le entrega una tarjeta que pone como profesión *hedge funds analyst*, ve brillar su mirada. Quizá no sepa de qué se trata realmente, pero suena a dinero rápido y abundante y, en Nueva York, eso abre todas las puertas. Y, además, es español. Tiene suerte, la joven le sonríe y parece interesada en él. Elena lo coge del brazo y lo arrastra un poco hacia otro grupo.

—Te voy a presentar a John Dardanelous, un colega de la oficina. Es un buen gestor de fondos.

Unos minutos más tarde está sentado junto al ejecutivo ante una terraza acristalada. Las macetas crean un ambiente de invernadero. Su interlocutor se revela como un *trader* experimentado y agresivo, aunque ya está algo bebido.

—Tu bautismo de fuego será cuando participes en tu primer Quarterly Meeting, en abril, ya verás —dice en un inglés de acento indefinido—. Vas a conocer a todos los peces gordos del mundo de los *hedge funds* que maneja tu empresa: abogados importantes, grandes fortunas, los *brokers* que suelen aparecer en el *Barron's*...

—El mismo tipo de personas que acudirá al de Acces, ¿no?

—No exactamente, porque Acces es un *feeder fund,* es decir, capta dinero para colocarlo en fondos gestionados por terceros. No es como Pegasus, que gestiona los suyos propios.

—Entonces Acces es una empresa puramente comercializadora.

—Sí, se puede decir así. Sobre todo, vendemos los fondos Luxalpha de Bernard Madoff. Es nuestro principal proveedor.

—Bernie es mi ídolo. He venido aquí a ser como él.

—No quiero desanimarte, chico, pero has llegado tarde a la arena, los tiempos buenos ya pasaron —dice mirando al fondo de su copa—. Esto va por mal camino. Hemos llenado el planeta de mierda fiduciaria, y ya se está desbordando. Cuando el problema se generalice, esto va a acabar mal, muy mal... La gente se ha metido en hipotecas que el primer año estaban al dos por ciento; el segundo, al tres; luego, al cuatro; y ya se han puesto al cinco o al seis, y seguirán subiendo hasta que no puedan pagar la cuota. Muchos compraron la casa de sus sueños hace algunos años y ahora están llegando a ese punto. Empiezan los impagados y con ellos las pérdidas en los balances bancarios. Algunos genios de las finanzas ya han sido despedidos, eso sí, forrados de dinero fácil. Y lo peor es que esas hipotecas se han convertido en títulos. Las *subprime*, ¿te suenan?

—Claro.

El *champagne* comienza a hacer efecto. Él tiene ganas de continuar su flirteo con Kristen, pero le interesa mucho la conversación.

—Engañar al pueblo es de un erotismo irresistible, ¿no te parece? —dice el gestor acariciándose su perilla canosa—, a esos cretinos que se han metido en una hipoteca creyendo que el precio de los pisos no puede bajar. Los hay en todas partes. Vamos a ver, idiotas —dice señalándose la sien con el dedo índice—, cuando haya millones y millones de pisos en venta, ¿quién os va a pagar por vuestra jodida casa más dinero del que os costó? ¿No os dais cuenta de que entre unos y otros estáis montado una estafa piramidal? ¿Hace falta ser economista para verlo?

—Un momento —corta él—, si el comprador de pisos es idiota, también lo será el banquero que ha comprado las hipotecas una vez titulizadas. ¿Qué diferencia hay?

—Muy clara: los que compran los títulos los quieren para revenderlos y enriquecerse con las comisiones. Si los bancos se llenan de mierda, ya se apañarán luego los accionistas; ellos ya serán millonarios para cuando esto estalle.

—¿Y qué pasará cuando esté en peligro la solvencia de los bancos? —pregunta él mirando de reojo a la modelo, que no deja de observarlo.

—Se socializarán las pérdidas, ¿te cabe alguna duda? Son demasiado grandes para caer y, además, los Gobiernos tienen que garantizar los depósitos de los ahorradores. El ciudadano común acabará pagando.

Ahora él ve a Kristen bailar en medio de la pista. Tiene un cuerpo perfecto, indudablemente. Aunque quizá algo delgado.

—Te gusta la chica, ¿eh? —pregunta Dardanelous—. Pues no la cagues. Aquí hay unas normas muy estrictas para el *dating;* está más reglamentado que las finanzas. En el primer encuentro, nada de sexo. No lo olvides. Un beso, un abrazo como máximo.

Una hora después, la invitación acotaba con exactitud la duración, la fiesta está acabando. Empiezan las despedidas. Elena y él van a salir al mismo tiempo. Ya han cogido los abrigos. Kristen se acerca a él y le pregunta, sonriente, como si no hubiera nadie delante.

—¿Quieres quedarte un rato más?

Elena lo mira con expresión ofendida. Le habla en español.

—Mañana tienes que levantarte temprano, vámonos.

—Estoy acostumbrado a dormir poco. Venga, vete tú a descansar. Yo me quedo un rato más.

La mexicana se va con el gesto avinagrado.

La modelo y él pasan un par de horas juntos. Se besan, se abrazan, pero sin saltarse las normas, porque en Manhattan la primera cita es de reconocimiento.

Blanca está bajo la ducha caliente tras otra mañana infructuosa buscando pistas sobre su hermana. Mientras el agua recorre su cuerpo, piensa en lo que sería su vida de no haber tenido que mediar con la tragedia. Hubiera hecho las paces con Marta antes o después. Reconciliadas, seguramente ahora estarían recorriendo las zonas de la ciudad preferidas por ella. Las dos mano a mano, de local de música en local de música, de bar en bar. Fotos para las amigas de Valencia en el Empire State, junto a la estatua de la Libertad o en Central Park… Y una postal para papá, firmada por las dos, sellando la paz. Él, que casi nunca ha salido de Valencia, estaría contento de imaginarlas juntas y felices en la lejana ciudad. Estos pensamientos la emocionan hasta las lágrimas; algunas son arrastradas por el fluido tibio. No tenía que haber discutido con ella, mejor hubiera sido dejarla hacer su voluntad sin presionarla, sin criticarla…

Sale del cuarto saturado de vapor y va al armario para coger un tampón de la maleta. Siente hambre. Evalúa su situación: ocupa una habitación de un hotel caro, pero no tiene dinero para comer en los restaurantes de alrededor. Piensa en ir a picar algo al Centro Español de Queens, que tiene fama de económico, pero la idea de recorrer a pie aunque solo sean unas pocas manzanas le produce una enorme pereza. Baja a la recepción y compra en la máquina de *vending* un bote de Canada Dry y dos barritas de chocolate Mars. Recostada en la cama, comienza a comer. La ventana deja entrar el ruido del viento. Mira al exterior. Ya es de noche y solo se distinguen, al fondo, las lucecitas de los coches que atraviesan las avenidas elevadas.

—¡Bip!

El pitido viene del ordenador. Ella se queda petrificada, como si ese sonido no fuera normal. De repente la inquietud le asalta.

Se levanta y se acerca a la mesa. En la pantalla ve el icono de una conversación y dos líneas.

NICE

—Hola Blanca, estás ahí?

Un golpe en el corazón, una descarga de adrenalina. Es como si el ordenador fuera una ventana abierta a otro mundo. No sabe qué responder. Se acerca al teclado y escribe rápidamente, atropellándose.

aMARGARt

—Si estoy aquí quién eres?

NICE

—Un amigo.

aMARGARt

—Cómo sabes que soy Blanca?? este ordenador es de Marta.

NICE

—Yo conozco mucho a tu hermana. Te puedo contar algo muy importante sobre ella, pero debes hacerme un favor a cambio.

aMARGARt

—Q clase de favor?

NICE

—Muy poco lo que pido. Manyana vas a reconocer un cadáver, ya lo se. Pero el cuerpo que vas a ver manyana no es de tu hermana.

aMARGARt

—Entonces de qien es??

NICE

—Me tienes que hacer el favor.

aMARGARt

—Claro, pero dime donde esta mi hermana.

NICE

—Ya te he dicho q no es tu hermana. Ahora el favor. Dile a los polis q SI q es tu hermana. lo haras??

aMARGARt

—Entonces donde esta?

NICE

—Yo ya te he hecho un favor. Ahora te toca a ti.

aMARGARt

—Solo si me dices algo de Marta. Esta viva?

Porque si hago lo que me dices, me meteré en un lío.

NICE

—Ya estás en un lío por haber venido aquí. Dime lo harás?

aMARGARt

—No se.

—No se.

—Yo hago lo que qieras pero dime algo de mi hermana.

NICE

—Por hoy ya esta bien. Y NO le cuentes esto a nadie.

aMARGARt

—Dime por lo menos si está viva. POR FAVOR!! POR FAVOR!!

Suena entonces el teléfono de la habitación. Una vez, dos veces… Como despertando de un sueño, ella lo coge, estremecida.

—¿Señorita García? —la voz es de un hombre que habla español con acento hispano.

—Sí, Zarco García, soy yo —dice sin resuello.

—Soy el inspector de policía Mike Gálvez, de la DEA. Su voz suena alterada. ¿Le ocurre algo?

—Bueno, es que no esperaba que me llamasen. No conozco a nadie por aquí.

—Solo quiero recordarle que mañana tenemos el reconocimiento del cadáver de su hermana.

—Sí, ya lo tengo todo preparado. A las 11 en la morgue de la calle 26 Este, número 421.

—Eso es. Dígame, cuando ha recibido las pertenencias de su hermana, ¿ha visto algo que le sorprendiera? Por ejemplo, en su ropa o cualquier otro objeto.

—No… no, nada especial —miente ella mirando a la pantalla del ordenador.

—Si encuentra algo, no deje de decírmelo cuando nos veamos. ¿De acuerdo?

—Desde luego, agente.

—Inspector…

—Inspector.

Se despiden hasta el día siguiente. Pasa un rato. Respira hondo. Poco a poco se va calmando. El teléfono ha enmudecido; el ordenador, también.

Pablo lleva trabajando doce horas seguidas sin casi descanso. La labor que le han asignado es el *benchmarking,* esto es, comparar la rentabilidad de los fondos de Pegasus con los obtenidos por la Bolsa y por sus competidores. Lawrence le ha asignado, además, la elaboración de los informes que los máximos ejecutivos de la empresa emplearán en el Quarterly Meeting. Lo pone a prueba, le exige resúmenes que debe entregarle en una hora, en media… Luego los evalúa rompiendo sin piedad las hojas que contienen errores y tratándolo como a un recluta.

—Necesitamos los datos más frescos, los más recientes, para anticipar el futuro, ¿comprendes? No esta mierda que has elaborado.

A Blanca le produce aprensión andar por aquel tanatorio para destinos extraviados que hay justo debajo del pavimento de la Primera Avenida. Un funcionario la precede por un laberinto subterráneo de techos bajos y luces mortecinas mientras le da explicaciones casi turísticas.

—Según dice, reciben hasta una docena de cuerpos al día —le traduce Susan, que ha insistido en acompañarla—. Si nadie viene a reclamarlos, los destinan a la fosa común de la isla de Hart, en el Bronx. Pero ahora el frío ha congelado la tierra dificultando los enterramientos y aumentado el *stock* de cadáveres que guardar.

Ante la puerta de la sala de autopsias está esperándolas el detective Mike Gálvez, un cuarentón de rasgos hispanos, con bigote y pelo entrecanos. Les presenta a la forense, que las invita a pasar. Dentro hay ocho mesas de acero, envases de productos químicos y estantes con *tupperwares* que parecen contener órganos. La instrumentación es básica: cucharones metálicos, tijeras de podar… Reina en el ambiente el aroma de las cerezas amargas. Una luminosidad fría, de fluorescentes cansados, lo baña todo.

—La doctora —dice Gálvez refiriéndose a la mujer de mediana edad, con gafas de concha y bata de laboratorio que los ha recibido— ha hecho la autopsia a Marta Zarco no hace mucho. Se le acumula el trabajo; le están trayendo bastantes vagabundos muertos por congelamiento.

De un enorme archivador extrae un cajón y aparece un cuerpo tumbado envuelto en un sudario, como una momia egipcia. Dos empleados lo trasladan a una de las mesas, frente a la que se han situado las tres mujeres. Uno de ellos, tras enviar una mirada a la doctora pidiendo su aprobación, va abriendo la cremallera. Primero aparece una cabeza chamuscada, luego emergen unos hombros y unos brazos negros, acabados en manos en forma de muñón. El torso está cubierto por un lienzo de un tejido plástico.

—No es necesario quitar la tela —dice la forense con delicadeza.

Queda también a la vista la mitad inferior de un organismo joven y bien modelado, aunque de una palidez inquietante solo interrumpida por la hiedra pilosa del pubis.

La visión de esta mujer-mosca provoca a Blanca un principio de arcada. No es solo el dolor, ni siquiera el horror, es la repentina impresión de que la vida no vale nada; de que no somos nada. Siente desvanecerse la absurda esperanza que le había dado el mensaje del Messenger. Este cuerpo parece ser el de Marta. Sí, ella lo juraría. Siguiendo un impulso brusco, intenta coger el tobillo del cadáver, pero la mano enguantada de la doctora se interpone.

—Solo ella puede tocarla —dice Gálvez.

—Dígale que le gire este tobillo —pide Blanca señalándolo.

La forense coge el rígido pie y lo mueve de derecha a izquierda para que se vea también el envés, pero nada de anormal hay en él. Luego hace lo mismo con el otro con idéntico resultado. Mientras, Blanca empieza a llorar fuerte y seguido. Se atraganta emitiendo un sonido agónico como si se estuviera asfixiando e intentase coger aire a bocanadas.

—¿Puede identificarla? —pregunta el detective mirándola fijamente.

Ella sigue respirando fuerte. En su interior siente una confusión de efectos contrapuestos. Nota los ojos del policía fijos en los suyos. Prolonga la respiración asmática unos segundos para ganar tiempo. Luego, lo suelta.

—Sí, sí, es mi hermana. En Valencia, cuando éramos adolescentes, se puso de moda hacerse un tatuaje en el pie a la altura del tobillo. A ella no le gustaban y no se lo hizo.

—¿Y con solo eso ya lo sabe? ¿Porque no tiene un…?

—Este es el cuerpo de Marta —corta Blanca.

—¿Por qué está tan segura? —insiste el agente.

—Porque se parece al mío.

La doctora dice algo y Susan se lo traduce: lo relevante, lo inequívoco, es la prueba del ADN. Solo tiene que donar saliva y en poco más de un par de días se sabrá con absoluta certeza si este cuerpo es…

—No quiero —afirma con dificultad—, me siento indispuesta.

—¿Cómo? ¿Qué dice? —Los ojos del detective se clavan en los de ella como dos dagas—. ¿Indispuesta para dar saliva? Podemos darle algo de agua y esperar unos minutos si lo prefiere.

—Mr. Gálvez —vuelve a mediar la rubia pasándole amorosamente a Blanca un brazo por encima de los hombros—, mi amiga tiene derecho a no donar en este momento.

—Pues puede decirle a su amiga que no entiendo por qué está obstaculizando la investigación.

Blanca da un paso atrás y extiende la mano derecha. Dos lagrimones le cruzan la descompuesta cara.

—A ver, me parece que he hablado claro. ¿No se fían de mí? ¿Entonces para qué coño me hacen venir a ver este cuerpo quemado? ¿Para acabar de joderme? ¡Si yo digo que esta es mi hermana será porque es así! ¡Y ya está!

De su jornada laboral, una tortura de estrés y humillaciones, Pablo no dispone casi de un solo minuto. Ni para responder al mensaje que le acaba de enviar Kristen.

¡¡ REABREN EL RESTAURANTE
BOULEY, DE TRIBECA!! ¿ME
LLEVARÁS EL SÁBADO QUE VIENE?

A toda hora la modelo le envía notas de texto por el móvil: cuando está aburrida en la cola de alguna pasarela o a la espera de una sesión fotográfica. Él no ha resistido la tentación de contestar a este. Afirmativamente, claro. Lawrence lo ha descubierto.

—Si quieres responder a los mensajes personales, te sales de aquí y no hace falta que vuelvas —le ha dicho viniendo desde atrás.

En aquel momento pensó en contestarle que se metiese en sus asuntos, pero se calló: unos pocos días en la ciudad y el saldo de su cuenta bancaria está casi a cero. Solo le quedan los fondos de su tarjeta de reserva. Además, este sábado va a cenar con Kristen en el..., ¿cómo era?, el Bouley de Tribeca, un buen restaurante y luego irán a alguna *boîte* de moda. Taxi para arriba, taxi para abajo... Ella no va a pagar nada, es la artista invitada. Aunque, después de todo, es lógico: él es una joven promesa de las finanzas, ¿no?

—¿Papá? Soy Blanca. Sí, estoy bien. Con ganas de verte. Vengo de ver el... cuerpo y, no sé cómo decírtelo, es muy difícil. Desde aquí lejos, todo es diferente... Mira, resulta que... el cadáver que he ido a reconocer no es el de Marta, papá. No, no es de la hermana. Seguro. Está quemado de cintura para arriba, pero las piernas las tiene bien y no he visto en su tobillo el tatuaje que nos hicimos ella y yo hace unos diez años, ¿te acuerdas? Pues no lo tiene... No llores, papá, no llores, si no es Marta... ¿Qué sé yo?... Voy a buscarla. Si te llaman de la embajada, tú di que está todo claro, que yo he reconocido el cadáver y que lo vamos a incinerar en los Estados Unidos... Sí, hazlo así, por favor... No, no me estoy metiendo en ningún lío, siempre podría achacarlo al nerviosismo, a una equivocación... qué sé yo. Dame unos días para hacer averiguaciones. Es una esperanza, papá, y eso es más de lo que teníamos hasta ayer... Confía en mí, dame un tiempo. Me voy a quedar unos días más. Buscaré un trabajo. Ya me las apañaré... Bueno, voy a cortar, que es muy caro hablar por el móvil. Un beso; en cuanto sepa algo, te lo digo. Un beso, papá.

La Doña está sentada en su sillón favorito, con su mascota entre las manos. Frente a ella, otra mujer le da explicaciones.

—Aguantó la presión del inspector Gálvez. No se desdijo.

—Y ahora, ¿qué va a hacer?

—Está buscando a su hermana.

—¿Tiene dinero para aguantar en Nueva York?

—No. Necesita un trabajo. Se va a presentar a la selección de una cantante de tangos que hace la Casa de España en Queens. Como mínimo, pretende quedarse al menos este mes de marzo; tiene pagada una habitación en nuestro hotel, ya que se lo debíamos a su hermana.

—¿Y cómo ha sabido ella que existe esa deuda?

—No lo sé. Quizá se lo dijo aquella antes de… desaparecer. Pero no creo que aguante en Nueva York más allá de marzo. A mediados de abril se habrá largado, si no antes.

—Procura desanimarla para que se vaya cuanto antes. Si no se ha ido en abril, entonces Navas tendrá que convencerla. Pero sería mejor que se fuera por decisión propia, como ha venido. Entonces nos habrá sido útil.

—De acuerdo.

—Habla con Navas, dile que prevenga a la gente de que una joven va a pasarse por los locales donde cantó Marta Garnia haciendo preguntas. Silencio absoluto, ¿de acuerdo? Pues eso es todo.

La mujer se levanta para irse, pero la Doña le hace un gesto.

—Una cosa más. Hay rumores de que los mexicanos están tramando algo en esta ciudad, me refiero a nuestros competidores. Se están creciendo porque a los de Sinaloa les está yendo bien gracias al apoyo… Ya sabes. Estate atenta.

Pablo ha traído a Elena hasta la barra del restaurante Mundo, en el Cardboard Factory Hotel. Delante de ellos, bajo una luz ambarina, hay vasos cuadrados de vidrio que contienen chiles, zanahorias minúsculas o trocitos de limón. Él la nota intranquila y estresada. La ve frotarse las cejas, arrugar la frente, tamborilear con el pie contra el mueble.

—¿Me contarás por fin por qué me has traído tan lejos para tomar una copa en vez de hacerlo en el Upper East Side como todo el mundo? —pregunta ella cogiendo una bolita picante y llevándosela a la boca.

—Mi empresa tiene planeado traer a cenar aquí a los clientes el último día del Quarterly Meeting, y he querido explorar el terreno. Por lo visto, este sitio se ha puesto de moda, se considera glamuroso. Además, la misma noche de la cena tendrá lugar la final del campeonato de estrellas de tango del local. Eso les gustará a los asistentes. —Y luego la mira fijamente—. Y ahora quiero que me expliques por qué estás tan preocupada.

—Es verdad, estoy inquieta. Thierry de la Villehuchet, el dueño de mi empresa, ha contratado a Philippe Junot, el exmarido de Carolina de Mónaco, para captar fondos entre la alta sociedad europea. Y a ver si adivinas quién será el enlace de Acces con él…

—Serás tú.

—Mañana tengo que ir a primera hora al aeropuerto a recogerlo. Y esto es solo el principio. Tengo la jornada llena de actos con otros peces gordos y no me puedo equivocar.

—Pero eso no es todo. ¿Verdad?

—No, no es todo —dice negando con la cabeza—: mi padre quiere invertir parte de su patrimonio en los productos de Acces. He averiguado que la exposición de mi empresa a los fondos de Madoff Investments ya supera el sesenta por ciento.

—Bueno, este es un sector muy personalista, detrás de cada estrategia de inversión hay un hombre, uno solo. Bernie tiene fama de ser un campeón del *track record,* o sea, un reloj suizo. Sea cual sea la coyuntura, él da un beneficio… Venga, Elena, tranquilízate. Es bueno gestionando y parece honrado, dentro de lo que cabe…

—A ti poco te importa porque la exposición de Pegasus a sus fondos es pequeña, ¿cuánto será: un diez, un quince por ciento? —Ante la aquiescencia de Pablo, sigue—. Pero te estoy hablando del patrimonio de mi familia.

—Oh, vamos, Elena —dice cogiendo la mano de la joven, que reposa encima de la barra—, Madoff es un valor seguro. Si no fuera así, Thierry nunca hubiera apostado tan fuerte por él.

Ella asiente mirando alternativamente la mano que cubre la suya y a los ojos de Pablo.

—Ya, pero cuando le advierto a mi padre del riesgo, me responde que dónde mejor para meter su dinero que en el lugar donde trabaja su hija.

—Bernie vende realidades, no ilusiones, no te preocupes tanto —repite él apretando más la mano de la chica.

Se pregunta a sí mismo si él trabaja por ilusiones o por realidades. Vaya pregunta. Si pensara en realidades se pegaría un tiro. Está sin un centavo; solo sus sueños de riqueza están intactos. No puede aguantar mucho tiempo con un salario de analista. Si le despidieran, solo tendría para pagar el billete de vuelta a Valencia. Pero apura su cerveza, paga y le sugiere a Elena marcharse ya, que al día siguiente se tienen que levantar temprano…

Blanca se está arreglando con prisas en el lavabo de su habitación. Dentro de media hora se tiene que presentar a una prueba de la que depende su permanencia en Nueva York: la selección de un solista para cantar tangos en el Centro Español de Queens. El ganador recibirá solo doscientos dólares por cada gala de los jueves, pero con eso y el hotel pagado, podrá aguantar todo el mes de marzo en la ciudad; ya lleva casi dos semanas y se le acaba el dinero. El local no está muy lejos, pero tampoco tiene tiempo que perder. Cuando ya se dirige a la salida, oye un aviso del Messenger que hace que se le erice el vello de la espalda. Llega en el peor momento. Se sitúa frente al ordenador y lee.

NICE

—Has echo lo que te dije. Has echo bien.

La adrenalina empieza a circular por su sangre a raudales. Intenta controlarse. Tiene ahora una oportunidad de recabar algo de información.

aMARGARt

—Ahora tengo que encontrar a Marta. O lo que quede de ella.

NICE

—Es mejor q vuelvas a casa. Vuelve a Espanya.

aMARGARt

—No me voy a ir de aquí sin saber donde esta mi hermana.

NICE

—La policía no debe encontrarla.

aMARGARt

—Entonces dime donde esta.

NICE

—No te debes preocupar. Vuelve a Espanya.

aMARGARt

—Hasta q no la encuentre no voy a volver. PUEDES AYUDARME?

NICE

—Vuelve. Es lo mejor. Lo que te dije de la muerta era verdad, no? Pues ahora hazme caso también.

Durante unos segundos la propuesta encuentra eco en su interior. Le hace dudar, pero por poco tiempo.

aMARGARt

—Si me dijeras algo convincente me plantearía volver a casa.

NICE

—No te puedo decir más. Adiós.

aMARGARt

—Oye.

Sus palabras electrónicas se pierden en el vacío. Nadie responde. Otra oportunidad que se esfuma, otra decepción. Pero ella tiene prisa. Se pone encima el chaquetón que fue de su hermana y baja a la calle.

¿Esta es su segunda o su tercera cita? El día de la *party,* cuando se conocieron, ¿cuenta?

Percibir el olor a manzanas frescas en la entrada del Bouley y anticipar una factura no inferior a ciento cincuenta dólares fue una misma cosa. Pablo no conocía el restaurante, pero daba por hecho que era un sitio caro. La modelo lo considera un *golden boy* con posibles, aunque, por el momento, nada en su vida profesional apunte a lo extraordinario. ¿Cuánto tiempo podrá ocultarle que está sin blanca?

La comida fue exquisita. Ella pidió una carne marinada y la acompañó con una bebida *light* de cola. Esta combinación le hizo preguntarse qué sentido tenía para ella acudir a un restaurante gastronómico. Pero la modelo parecía estar como ante un evento especial sin manifestar claramente qué podría ser. Era la tercera cita, ¿no?...

Con todo, le resultó imposible liberarse del todo del estrés laboral. Y la culpa la tuvo Lawrence. Menudo cabrón. Le amarga las agotadoras jornadas de trabajo con sus humillaciones, como si la hubiera tomado con él. A menudo se sorprende rumiando conversaciones mantenidas con ese déspota. El Lawrence humano y abierto de la entrevista de París no ha vuelto a aparecer.

Pese a todo, la cena ha sido grata y le ha costado menos de ciento cincuenta dólares. Un éxito. Él ha propuesto ir a The Odeon a tomar una copa, y ella ha aceptado encantada, como siempre que se la invita a ir a un local de moda. Otro taxi. El local estaba repleto de gente joven. Había algunas conocidas de ella, también modelos. Kristen las saludó desde lejos, sin hacer amago de quedarse con el grupo. De milagro, encontraron una mesa vacía. «Entonces —se pregunta él—, ¿va a ser esta la noche?».

Como ella no tiene otro tema de conversación que su trabajo, el haberse encontrado con colegas le da pie para contarle chismes de su mundillo. Él se evade mentalmente, también hacia su profesión, hacia sus compañeros de oficina. Al principio, la novedad de tener por colega a un aristócrata español llamó su atención. Más tarde, cuando notaron que no tenía dinero, dinero de verdad, lo consideraron uno más, y hasta le pusieron un mote. Al poco de llegar, alguien había empezado a llamarle Blue Blood, o sea, 'de sangre azul', y como son palabras de parecida pronunciación, lo cambiaron por Blue Two. De ahí a Bluetooth hubo solo un paso. En esta ciudad, en este ambiente, si no eres importante, te asignan un alias. «En fin —se dijo—, mejor intentar pensar en otra cosa».

—¿Y ahora qué hacemos? —le preguntó a ella mirándola al fondo de los ojos.

—Ahora, me llevas a mi casa.

Dijo muy claramente «me llevas» y no «vamos» a mi casa. Él lo captó en seguida: esta ha sido la segunda cita.

—Tú eres Blanca, la nueva solista, ¿no? —le dice la joven que hay detrás de la barra.

Sí, ella ha sido la elegida. Salió de la prueba con un cierto sentimiento de irrealidad. Todo fue tan rápido que no le dio tiempo a digerirlo. Llegó a la Casa de España en Queens y subió al salón de baile, antiguo y hasta algo decrépito, donde tenía lugar la prueba. Una vez en el estrado, informó al jurado del tema libre que iba a cantar, acompañada por un sencillo órgano electrónico. No tuvo la sensación de estar haciéndolo tan bien como sabe porque no ha podido calentar la voz debidamente. Se ha visto ya en el vuelo de regreso a Valencia. Luego, cantó el tema obligatorio, pero, casi antes de acabar, le anunciaron que era la elegida. Le dijeron que se presentarse el lunes para el ensayo. Y es lunes.

—He tenido suerte. Ahora voy al ensayo. Ponme un agua mineral, por favor, que tengo la garganta seca.

Está en el bar de la Casa de España en Queens, unos tipos juegan al dominó detrás de ella ruidosamente.

—Dime —sigue Blanca—, ¿sabes cómo puedo encontrar un trabajo bien pagado?

Un par de horas después sale de allí hacia el local del sindicato que le ha aconsejado visitar la camarera. Según le ha dicho, tiene un tablón con ofertas de empleo. Conforme se acerca a la arteria de Broadway, el olor a comida, proveniente de las tiendas de pollos asados, de los restaurantes, de los puestos ambulantes, se acentúa. Tiene hambre, pero se resiste a gastar. Más tarde comerá algo, más tarde… No tarda mucho en llegar a su destino.

NATIONAL ASSOCIATION OF IRON WORKERS

Es una planta baja de oficinas con un gran escaparate. Pegados al cristal hay fotos de obreros de la construcción con casco y correas montando las estructuras de acero de los rascacielos a una altura enorme. Siente vértigo solo de ver las fotos. En el interior ve un panel con un letrero donde se lee «JOBS». Llama al timbre sin que responda nadie. Al rato ve pasar a dos hombres de aspecto anodino con tazas humeantes y dónuts en las manos. Les hace señas. Uno de ellos le abre y le pregunta qué quiere.

—*Jobs* —responde con el dedo extendido en dirección al tablón de anuncios.

SE BUSCA CHICA JOVEN para SERVICIO DE CAMARERA.

BIEN PAGADO. TODO DECENTE.

NO MÁS CONTÁCTENOS.

www.food4you.com

Su interlocutor comprende y la deja pasar. Los dos hombres se sientan a una mesa cercana. La miran con insistencia, pero ella tiene los ojos fijos en un cartel.

Debajo, lee la dirección de Food4you. Está cerca, entre la 45 y la 47. No se lo piensa, sale del local y poco después llega a un edificio de dos alturas con una amplia puerta de garaje frente a la que están cargando una camioneta con el logotipo de la empresa. Bebidas no alcohólicas y *snacks*. Sube a las oficinas y, tras pasar el filtro de la secretaria, entra en un despacho donde ve a dos hombres sentados a sendas mesas y hablando por teléfono. El desorden es total: apoyados en las paredes hay cajas de alimentos y refrescos, así como montones de papeles. El tipo que la atiende —el otro está hablando casi de espaldas a ella— la escruta de arriba abajo. Es una evaluación profesional. Se presenta como Carlos Sánchez. Le ofrece sentarse en una silla milagrosamente vacía y le pregunta a qué puesto ha venido a *aplicar*.

—Ah, ya, viene a por el de camarera de rascacielos en construcción —dice sonriendo.

—¿De rascacielos…?

—Claro, arriba del todo, cincuenta, sesenta pisos… Consiste en subir a vender alimentos y bebidas a los operarios. El sindicato está aquí cerca. ¿No tiene miedo a la altura, entonces?

Ella calcula con un escalofrío: sesenta pisos a más de tres metros cada uno, casi doscientos metros. Para obtener este empleo tendrá que enfrentarse a sus propios temores; y deprisa, porque en esta ciudad las oportunidades no esperan.

—No, no lo tengo —responde tapándose inconscientemente la boca con la mano.

—El trabajo es muy sencillo. Nuestra furgoneta le lleva a la obra y usted sube por el montacargas del edificio con su carrito. Ya arriba, les vende los *sanduches,* las bebidas calientes y lo demás. Luego baja, repone lo que ha servido con nuevo material de la furgoneta, y esta la lleva al edificio siguiente.

—No parece muy difícil.

—Y está bien pagado. Irá a comisión del 10 %; cuanto más venda, más cobrará. Puede ganar al día más de cien dólares limpios, se lo aseguro. Eso hacen dos mil al mes. No está mal, ¿sí?

—Pero hay un… problema.

—¿Y cuál es?

—Es que… solo tengo permiso de residencia turístico.

—Bueno, eso lo arreglamos nosotros —dice frunciendo los labios.

—¿Y dónde están esos edificios?

—En la Zona Cero, esa que quedó arrasada cuando el atentado del 11-S. Ahora se está reconstruyendo. ¿Qué me dice?

—Lo tengo que pensar.

—De acuerdo, tómese su tiempo. El negocio está en expansión, de modo que si dentro de quince días o un mes quiere el puesto, seguro que lo obtiene.

—Gracias —dice levantándose y tomando el camino de la salida—. Una pregunta: ¿por qué quieren una mujer joven?

—Bueno, ahí arriba el trabajo es ingrato. Hace mucho frío en invierno. Los obreros quieren ver un rostro bonito, una sonrisa amable…

—¿Y con tantos hombres, en lo alto, no hay peligro…?

Al principio, Sánchez no parece comprender; poco más tarde, se pone a reír.

—¿Peligro de eso? No, no se inquiete. Santos —se dirige a su socio en tono divertido—, pregunta si hay peligro de que arriba, en los rascacielos, se la vayan a…

—¿En los rascacielos? —repite el otro con total seriedad colgando el teléfono—. No se preocupe, señorita, trabajan a temperaturas bajo cero, si a alguno se le pone dura será porque se le habrá congelado.

Capítulo 3

Quarterly Meeting

Para Pablo, el Quarterly Meeting resulta ser una máquina enorme que lo somete a un esfuerzo constante, a una tensión continua. Ahora está en la puerta de una de las grandes salas de reuniones del hotel Palace de Madison Avenue. Va saludando a los asistentes rezagados sin darles la mano y les entrega, como si fuera un ujier, una carpeta con documentación que él mismo ha elaborado. Están acudiendo empleados de Pegasus de las cuatro esquinas de Estados Unidos así como de Europa, pues la oficina de Nueva York sirve de puente entre los dos mundos. Todo el equipo está representado: hay *managers,* encargados de crear la riqueza financiera; administradores, que auditan a los *managers*; y abogados, que validan las acciones de los fondos. Y, desde luego, están todos los *sales*, los vendedores de los productos que la empresa saca al mercado.

—Dos mil siete fue un año razonablemente bueno para la empresa, se alcanzaron las cifras de ventas y los márgenes también. —Lawrence ha llegado el último a la reunión y se ha sentado a la mesa presidencial, frente al micrófono. Luego ha señalado a una gran pantalla donde se muestra un cuadro con las cifras anuales—. No me voy a andar con rodeos: este año está siendo difícil, quizá hasta muy difícil, pero la adversidad macroeconómica no es excusa para no superar los objetivos del pasado ejercicio y, por el momento, no vamos a buen ritmo. Por ello hemos nombrado a una *Sales Manager* para todo el grupo proveniente de la rama europea de la corporación —dice extendiendo su mano hacia la primera fila—. Ella es Christina Carter-Rossi.

Se pone en pie una treintañera de tipo germánico, rubia de verdad y de pupilas azules de verdad; él, desde lejos, la encuentra atractiva, aunque en su rostro hay algo de anguloso que le resta belleza. No recuerda haberla visto entrar, ha debido de llegar antes que él. Tras una breve salutación se dirige a los vendedores del grupo Pegasus.

—Gracias, Lawrence, el año pasado fue bueno, de acuerdo, los beneficios fueron del ocho por mil sobre ventas. Estuvo bien..., pero tengo algo que decir a los del equipo comercial: fue poco. Sí, poco comparado con lo que Pegasus os da: los mejores *managers* de los mejores fondos; los mejores *risk managers* para responder a las cuestiones técnicas y, sobre todo, los mejores informes del mercado —su voz se eleva como la de un entrenador de fútbol americano—. Pegasus es vuestro camino hacia la riqueza. Y solo hay una forma de conseguirla: estando obsesionados. Ob-se-sio-na-dos con los clientes. Tenéis que vivir para ellos, dejarlos respirar lo justo para no agobiarlos. Tenéis que acostaros con ellos.

Los asistentes ríen.

—Y no todos son como Claudia Schiffer. A ver, ¿quién de vosotros lleva su cuenta?

Un hombre en mitad de la treintena, calvo, y prematuramente envejecido, se levanta.

—No, tú no te acuestas con ella, seguro.

Nuevas risas. La joven ejecutiva se da la vuelta y señala a la pantalla.

—Aquí podéis ver el *ranking* actual de los vendedores. Quiero que peleéis por el número uno como locos. Todos. ¿De acuerdo? ¡Todos! El que no aspire a alcanzar la cima, ya puede coger la puerta. Este es el juego. ¿Alguna pregunta?

Los asistentes guardan silencio durante un rato como para digerir la información. Finalmente, un joven alto y delgado toma la palabra. Viste un traje algo pasado de moda y se peina con un estilo también pasado de moda.

—Quiero preguntar por un tema controvertido, pero muy importante.

—Aquí no hay temas tabú. Si pretendes salir del armario, es la ocasión —corta la jefa provocando nuevas carcajadas.

—A menudo topamos con inversores cuyo dinero… no es claro. Ya sabe: drogas, prostitución, juego ilícito. ¿Qué deberemos hacer?

—Esta empresa siempre ha cumplido con la más estricta legalidad. ¿De acuerdo?

Todos asienten, pero el joven vuelve a la carga y hace que a ella se le acere la mirada.

—Una cosa es la legalidad y otra la moralidad. Yo soy cuáquero. Estoy dispuesto a trabajar duro, siempre y cuando sea en algo a la vez moral y legal.

Estas palabras encuentran cierto eco en el corazón de Pablo, pues él es también de trasfondo cristiano, pero ha venido a América a hacer dinero y no a formular tantas preguntas. Nota a la mujer también desorientada durante unos segundos. Aunque seguramente tiene ganas de cortar la conversación en seco, en un país como Estados Unidos debe andar de puntillas sobre los sentimientos religiosos.

—Si buscas la pureza moral, no sé qué haces en el campo de las finanzas —acaba por decir—. Nosotros no podemos cambiar el que una u otra mafia domine el mundo. Así son las cosas. Por eso, cumplir la ley, sí; pero sin aspirar a la santidad. Y esto es cuanto tengo que decir sobre este asunto.

En la furgoneta viajan Blanca y seis chicas más. Un hombre joven conduce. Son todos hispanos. Es temprano y no hablan entre sí, dormitan o escuchan música con los auriculares. Flota en el aire un olor a cosmético. Afuera, las calles están heladas; algunos tramos exhalan por las alcantarillas nubes de vapor procedentes de la vida subterránea de la ciudad.

Ella no descansa, está inquieta. Se pregunta si va a poder reunir el valor necesario para trabajar a doscientos metros de altura. Nota un temblor de piernas que no contribuye a tranquilizarla. Una vez más, le da vueltas miedosas al asunto para concluir que no tiene opción: le hace falta el dinero. Ha estado un mes buscando trabajo sin encontrar más que *mac-jobs*: trabajos mal pagados, de poco más de mil dólares al mes. Con eso no puede vivir en Nueva York. Susan le ha dejado quince días más en el hotel, pero acaban la semana siguiente y ha tenido que acudir a su última opción: aceptar el empleo de camarera en los rascacielos. Van a ser muchas las pruebas a superar para averiguar dónde está su hermana.

El vehículo entra en la Zona Cero, vallada en todo su perímetro y, tras pasar el control de seguridad, sigue por una amplia avenida en construcción. Enormes zócalos se alternan con edificios a medio hacer; el más cercano es el que le va a tocar remontar.

Cuenta los pisos; hay unos cincuenta. Arriba del todo hay una plataforma que sobresale del lomo del edificio, y sobre ella todavía hay otra grúa enorme. Se pregunta cómo será el día a día en aquella cima: los riesgos, el frío, la dureza del trabajo. Ya están cerca del primer bloque. Cuanto más se acerca, más grande le parece. Dos montacargas se deslizan lentamente por la fachada por sendos raíles a modo de enormes cremalleras. Un aparato sube y el otro baja. La furgoneta para, y el conductor le dice a Blanca que salga. Ella obedece, controlando el temblor de piernas. Al lado los espera un camión tráiler con una rampa trasera para la descarga. Dos tipos hacen descender un carro-camarera grande, con ruedas, como las del servicio de limpieza de los hoteles.

—Has llegado tarde… —dice uno de ellos al conductor—. Venga, a coger el carro y arriba. ¿Quién sube ahora?

—Esta joven.

Y señala a Blanca, que parece sorprenderse, como si no estuviese allí precisamente para eso. El encargado de la obra le indica con un gesto que coja una de las camareras. Ya está llena. En su parte superior tiene una plataforma con huecos para los termos; en la inferior, espacio para los alimentos y, en los laterales, para los refrescos. Hay un cajoncito con dinero y un datáfono para cobrar con tarjeta de crédito. Coge el asa con las dos manos para llevar el carro hasta el montacargas, que ya está esperando a ras de suelo. Él entra primero y le ayuda; a ella le parece que más por la prisa que por cortesía. Se ponen sendos cascos, es obligatorio. Una vez dentro, pulsa el botón de subida. El aparato arranca con un quejido metálico. Blanca se sujeta a la barra de apoyo con tal fuerza que las manos se le agarrotan. Poco a poco, toman altura. Puede ver la furgoneta que la ha traído alejándose hacia los edificios más cercanos. Luego, las cuatro plantas del Century 21 que hay delante; después, el techo de esa misma finca… diez pisos, veinte pisos. Cierra los ojos para no ver. El temblor de piernas aumenta. Empieza a tener frío. Su chaquetón no es de buena calidad; tiene en su armario el de su hermana, con mejor forro, pero lo reserva para las ocasiones.

Ya lleva veinte minutos de subida; el viento le va helando la cara. Lo peor es el frío de los pies porque sus botas baratas no los aíslan bien. No se atreve a pegar patadas contra el suelo. De repente, nota que el aparato pierde velocidad; ya no se mueve. Se asusta mucho. Abre los ojos para verse lejos del suelo, en una frágil caja de metal. El encargado coge el telefonillo y llama.

¿Qué pasó? —le pregunta una voz hispana al otro lado de la línea.

—Estoy aquí arriba, en el montacargas. Se ha parado.

—Oh, sí, hubo una avería, aunque ya la han reparado. A ver, pruebe el botón de subida.

—Sí, ya sube, ya sube…

Blanca respira hondo y aguanta la agonía, quisiera mirar arriba para ver cuánto le queda, pero tampoco se atreve. Cierra los ojos. Se siente sola, desesperada. Veinticinco años, casi ni un céntimo; una hermana perdida, quizá muerta, o quizá peor. Tiene un padre, amigos, conocidos… a seis mil kilómetros. ¡Cómo aprietan la soledad, el frío y el miedo! El aparato se vuelve a detener. Otra avería, piensa; pero no, es que han llegado a su destino. Mira antes de salir. Tendrá que atravesar una plataforma que pende del vacío con una barandilla a cada lado. Para su horror, está en una planta sin paredes. Ve a lo lejos el azul del río Hudson brillando con la primera claridad del día. El techo de los demás rascacielos está más o menos a su mismo nivel. El encargado abre la puerta.

—¿A qué esperas? —pregunta al verla parada.

Blanca se hace el ánimo, va sacando el carrito y moviéndolo a lo largo de la plataforma, aunque temiendo a cada instante que se hunda bajo su peso. Unos obreros cercanos anuncian su llegada.

—Ey, chicos, ya está aquí el ángel de la mañana.

La mujer del *catering* debe de ser la señal de la pausa matutina. Los hombres dejan su trabajo y se acercan. Dos se adelantan y le ayudan a mover el carro. Uno le tiende una mano que ella coge como lo haría un náufrago. La mayoría son de baja estatura y aspecto aindiado. Recuerda haber oído algo sobre los indígenas acostumbrados a la altura.

—Vamos con retraso —dice el encargado señalando al montacargas—, yo voy a bajar. ¿Podrás apañarte tú sola?

Blanca asiente mecánicamente. No debe de ser muy legal que descienda sin él, que es quien está autorizado por la empresa para usar el montacargas, pero el tipo se marcha. Mientras, ella va sirviendo cafés, rosquillas, té… Está clavada en el centro de la planta. A veces mira a lo lejos y ve la perspectiva de Manhattan que se pierde en Central Park.

—Venga, señorita, sáquenos la petaca de miel de arce —dice uno de ellos mirando con sorna a los demás.

A ella ya le han explicado el procedimiento: saca una botellita en cuya etiqueta se lee SYRUP y escancia sobre el café del cliente un chorrito de un líquido que huele fuertemente a güisqui. Luego le cobra un dólar extra. Los billetes verdes con la cara George Washington o de Abraham Lincoln circulan con rapidez. Para cobrar se tiene que desprender de los guantes, lo que le deja las manos heladas. Los hombres siguen congregados a su alrededor mientras se toman su bebida caliente; le preguntan por su origen, le ofrecen sus tortitas de maíz; ella percibe que solo una mujer puede hacer grata esta pausa.

—Vuelta al trabajo, amigos, no tenemos el día entero. —El capataz es un americano alto y atlético; ante ella, se lleva un dedo al casco a modo de saludo—. Le agradezco su visita, pero debe irse ya.

Da instrucciones a dos de ellos para que le ayuden a subir el carro en el montacargas. Cuando lo han hecho, ella se mete en él y pulsa el botón de bajada. Le quedan casi treinta minutos para llegar a tierra. El casco le aprieta en las sienes, se lo quita y lo deja sobre el carrito. Cierra los ojos y respira hondo. El primer rascacielos ha sido conquistado.

La puerta es de un blanco inmaculado, luminoso. Pablo toca con los nudillos y le dan paso a un despacho donde también es todo blanco: las estanterías, los armarios…, hasta la blusa de la jefa, aunque su chaqueta negra rompe la monotonía del lugar. Está inclinada sobre unos papeles. Lawrence está sentado a su lado. ¿Qué querrán estos dos? Le ofrecen asiento. Ella alza la vista.

—Buenos días, Pablo Sanchiz-Carnaud, ¿qué tal tu primer Quarterly Meeting? —le pregunta en un español cargado de acento británico.

—Muy bien. Interesante. Tengo que salir ahora a acompañar a unos clientes a las oficinas de León Cooperman.

—No, no vas a ir tú. Iré yo en tu lugar. Christina tiene una proposición que hacerte —dice Lawrence.

—Llevas muy poco tiempo aquí, apenas unas semanas —sigue la mujer, ahora en inglés, mientras lee el que debe de ser su expediente—, has estado trabajando antes en Londres en Troy Asset Management, de analista. Cuéntame.

—Es una empresa joven, nacida con el siglo; un *feeder fund* de perfil conservador. Inversores sólidos, *gentlemen* británicos. Mi trabajo consistía en dar soporte a la alta dirección elaborando informes y realizando un conjunto de tareas…

—El chico para todo, vamos a decir —interrumpe Lawrence haciendo que él apriete los dientes.

—Ahora aspiras a ser vendedor. ¿Por qué?

—Quiero ganar dinero.

—Tú provienes de una familia de aristócratas, ¿no tienes fortuna? —dice sin dejar de mirar el informe.

—Bueno… —responde encogiendo lo hombros—, tenemos un caserón familiar cerca de la catedral de Valencia, muy costoso de mantener, y un chalet en la costa. También somos accionistas del Banco Industrial de Valencia, pero los dividendos hay que repartirlos entre mis padres y cuatro hermanos. No da para tanto.

—¿Y qué estás dispuesto a hacer a cambio de dinero? —pregunta mirándolo ahora a los ojos.

—Esfuerzo, dedicación…

—¿Tú también eres cuáquero? —pregunta ella.

Lawrence suelta una risita que es como un graznido; él no se ríe.

—Esto no es un club de *boy scouts* —insiste ella—. El trabajo se da por hecho. Repito: ¿qué más estás dispuesto a dar?

—¿Qué más se puede dar?

—Todo. Me parece que eres ambicioso, pero no eres *un* ambicioso. Con esa actitud no llegarás.

—¿Y cómo llegaré?

—Empieza por preguntarte: ¿estoy dispuesto a darlo todo?

—No sé qué es todo.

Tú di sí con convicción y ya lo averiguarás, por la cuenta que te trae —interrumpe Lawrence levantándose y yendo hacia la puerta—: Bueno, os dejo solos.

—Tienes la opción de pasar a ser un *sales* ahora mismo, si quieres. Saltándote parte del periodo de prueba. ¿Qué me dices?

¿Qué puede decir sino que sí? Con lo que gana como analista no llega a fin de mes. Se le agota el fondo de reserva. Acepta inmediatamente.

—Muy bien, enhorabuena —dice la mujer sacando un informe debajo de unas carpetas y poniéndolo encima de su mesa—. Léete esto: el Club de los Cien Mil Dólares. Será tu primer objetivo. Son tres millonarias. Se llaman así porque una vez al año van a París a que el modista Karl Lagerfeld les haga un vestido para sus fiestas de caridad. Un vestido de cien mil dólares. ¿Te imaginas las posibilidades inversoras de ese trío?

Toma el informe con su mano izquierda, de cuyo dedo anular salen destellos de un diminuto diamante. Separa las páginas y señala un nombre.

—Mary Jo Wilkinson. Cincuenta y siete años. Heredera del imperio cervecero de su abuelo Jason Forrester Wilkinson. Se le atribuyen unos quinientos millones de dólares. Habla muy bien español porque un tío suyo fue misionero en Ecuador, donde fundó casi una ciudad. Ella, de joven, lo acompañaba en los veranos. Es soltera.

Una breve pausa.

—Luz Clarita Mendoza. Nacida Ulrique Von Graff. Proviene de una familia de la aristocracia protestante alemana que estuvo al borde de la ruina. Como si fuera el argumento de una película, se encontró en un vuelo con el millonario de la industria farmacéutica Habermass y allí surgió el flechazo. Él era casi cuarenta años mayor que ella, falleció hace poco. Ahora está casada con el rey de las franquicias, un potentado venezolano. Se convirtió al catolicismo y se bautizó como Luz Clarita. Maneja unos trescientos o cuatrocientos millones.

Otra pausa.

—Finalmente, Serena Hathaway. La única que se ha hecho a sí misma. Empezó como *esthéticienne* y en treinta años su empresa de cosmética se convirtió en una de las más importantes del país. Maneja solo setenta millones de dólares, provenientes de los beneficios del negocio, que están por invertir.

—Son peces gordos, desde luego —apunta él sin saber a dónde quiere ir a parar su jefa.

—Pues bien, te voy a poner el objetivo de captar entre ellas veinte millones de dólares en nuestros fondos.

—¿Veinte millones? —repite él incrédulo—. Pero si, según dices, casi no nos conocen.

—Esa será tu labor: primero, que nos conozcan; luego, que inviertan en nuestros productos. Las tres han sido invitadas a los actos de nuestro Quarterly Meeting —continúa la mujer mirando su reloj de muñeca, una esferita acoplada dentro de una joya de Cartier—, pero solo ha confirmado su asistencia Mrs. Hathaway, que vendrá a la cena de cierre.

Él se queda pensativo durante unos instantes. Ella no le deja mucho tiempo.

—El equipo comercial tiene que levantar este año trescientos millones de dólares. De esa cifra, tú tendrás que aportar cuarenta. El cinco por mil de comisión será para ti si lo consigues. Si no, puedes coger la puerta porque aquí no tienes sitio, Bluetooth. Porque te llaman así, ¿no?

Blanca está descendiendo por el montacargas de su segundo rascacielos mientras escucha en el iPod los tangos de Julia Zenko. Esa misma noche tiene que cantar uno de ellos en el concurso que Tangolandia organiza en el hotel de la Fábrica de Papel. Será la final, ya ha pasado las dos fases eliminatorias. Se va a presentar para poder hacer más galas y reunir lo suficiente como para permanecer en la ciudad más tiempo. Con los ojos cerrados, tararea un tema.

—Me acobardó la soledad
»y el miedo enorme de morir lejos de ti.
»¡Qué ganas tuve de llorar
»sintiendo junto a mí la burla
»de la realidad!

Ahora, el montacargas se detiene. Abre los ojos y ya se dispone a llamar por el telefonillo cuando se da cuenta de que se ha detenido en un piso intermedio, exactamente al lado de la plataforma de acceso. Dos hombres abren la puerta y entran. La saludan en español.

—Buenos días. Va para abajo, ¿cierto?

Ella asiente, son dos hispanos, uno alto y con bigote, y el otro mediano y de rostro aniñado. Ambos sonrientes. Cierran la puerta y pulsan el botón de descenso. De nuevo, hacia abajo. Ella respira, lleva cuatro días en el trabajo de los rascacielos y, poco a poco, se va acostumbrando a la altura. Aún lo pasa mal, pero es viernes y tiene la perspectiva de un fin de semana por delante. Hasta es posible que llegue a acostumbrarse del todo y no le sea tan penoso. ¿Por qué no? Y la recaudación ha sido buena, por lo menos de cuatrocientos dólares; o sea, cuarenta para ella. No está mal por dos horas de trabajo. A ver si el siguiente edificio se le da tan bien como este.

—Lindo paisaje, ¿no, señorita? —le dice el tipo más alto.

—Sí, a vista de pájaro la ciudad es preciosa.

—¿Por qué no saca la cabeza a la calle para ver mejor?

—Gracias, desde aquí está bien.

—¿Tiene vértigo?

—Algo.

—No se preocupe, nosotros le ayudaremos.

Blanca nota que le cogen los brazos desde atrás y la empujan hacia la ventana del montacargas. Luego uno de ellos abraza sus piernas y la eleva hasta dejar colgando del vacío la mitad de su cuerpo. De repente, para ella el mundo se da la vuelta y puede ver el lejano suelo contra el que se estrellaría si la soltaran. Siente un pánico incontrolable por no tener un lugar donde agarrarse. Chilla, grita, suplica.

—Escúcheme, señorita —lo oye decir—. En esta ciudad no se le ha perdido nada… Le voy a dar un consejo: vuelva a España, no empeore las cosas. Dígame, ¿lo hará? Dígamelo.

No se hace esperar mucho la respuesta, cualquier respuesta.

—Sí, sí, lo haré —ahora su voz es la de una niña—. Como quiera, pero no me suelte por favor, no me suelte.

Los tipos la vuelven a meter dentro manteniéndole los brazos sujetos, detienen el montacargas, salen y se pierden de vista por la escalera más cercana. Ella se siente desfallecer, como si no tuviera sangre en las venas. Pulsa el botón de bajada y se acurruca en el suelo. Cuando llega al fin del trayecto, a duras penas se levanta, saca el carro y pisa la calle. Se acerca a la pared más próxima y empieza a vomitar. El aire gélido le provoca un frío entre las piernas que antes no sentía: se ha orinado encima. Quisiera morirse. Cuando levanta la cabeza, de reojo, ve la furgoneta del reparto, ya viene a recogerla por la avenida principal.

Pablo ha llegado el primero al restaurante Mundo. Christina, poco después. La encuentra realmente guapa con su vestido negro pegado al cuerpo y su peinado que hace volutas antes de caer sobre sus hombros desnudos. La cena es en el *night club* de la planta baja, pero la recepción es en el restaurante.

Los invitados van acudiendo. Un camarero les ofrece bebidas y canapés. Cuando ya son un grupo nutrido, bajan. Él se queda aún un rato para recibir a los rezagados y luego los sigue. Abajo encuentra una sala de dimensiones idénticas a las de arriba, aunque en penumbras, pues los numerosos bulbos colgantes dan una luz muy suave. Hay personas de diferentes edades, todas con aspecto exitoso. Las mesas se han dispuesto de forma que dejen un espacio central para bailar en frente de la orquesta.

Cuando él toma asiento en la mesa de los clientes de Pegasus, la cena no ha empezado aún. A su lado hay una mujer en mitad de la cincuentena, atractiva, con el pelo teñido de un caoba rojizo. Se está quitando un chal que parece elaborado por alguna cultura indígena de Sudamérica. El amplio escote, quizá excesivo para su edad, deja entrever unos senos maduros y opulentos. Él se presenta, ella le responde.

—Soy Serena Hathaway.

El que los demás comensales solo hablen de dinero, dinero y dinero a la mesa no le parece adecuado, pero el pragmatismo americano se impone. Empieza la cena. Él intenta entablar conversación con la millonaria, que parece sumida en sus pensamientos. De repente, un redoble de batería y un hombre menudo, vestido de esmoquin se acerca al escenario y encara el micrófono para dar la bienvenida al público medio en inglés, medio en español.

—Buenas noches, señoras y señores. Espero que estén disfrutando de su cena. Dentro de una hora, Tangolandia *está presentando* hoy a tres jóvenes valores en su concurso anual de tangos. Las tres quieren convertirse en estrellas del universo latino. Una es argentina, de Bariloche; otra, de New Jersey; y la tercera viene de Valencia, de la Valencia de España, amigos. Pero solo una puede ser la ganadora.

A él le sorprende ver a alguien de su ciudad en ese lugar y se emplaza a prestarle atención cuando salga a cantar. El presentador concluye ya su intervención.

—Amigos, esta noche va a ser muy especial. Va a ser para bailar, para sentir y para hacer locuras. Ya saben: con el tique de la cena tienen un quince por ciento de descuento en las habitaciones. Y sobre todo, recuerden: lo que pasa en este hotel, en este hotel se queda.

Blanca, sentada sobre la cama de su habitación. Todavía está digiriendo el *shock* que le ha producido el pender de las alturas. Tiene que bajar al restaurante para cantar en el concurso que organiza Tangolandia, pero no encuentra fuerzas para hacerlo. Le hace falta el dinero, tanto si decide seguir buscando a Marta como si quiere volver a casa, pero no encuentra las fuerzas. Este ha sido un día traumático. Ha llegado al hotel agotada y con el estómago contraído. Para colmo, la recepcionista le ha dado un sobre, que ella ha abierto en el ascensor.

> Sta. Zarco: Llevo varios intentos de contactar con usted sin que me devuelva las llamadas. Recuerde que está siempre a tiempo de hacerse la prueba de ADN. Aunque el cuerpo de su hermana ya haya sido incinerado. También quiero recordarle que no puede trabajar legalmente en ninguna actividad durante su estancia. Le dejo abajo mi teléfono por si me necesita.
>
> MIKE GÁLVEZ

Se ha duchado, ha lavado la ropa, manchada de orina, y la ha tendido en la barra de las toallas. Luego ha encendido el portátil para ver si el oráculo del Messenger se dignaba a hablar, pero nada.

De manera que, ahora, ante el amplio ventanal, tiene que decidir si llama o no al detective Gálvez para seguir sus consejos. Parece lo más sensato. ¿Cómo ha podido confiar en un mensaje de ordenador? Aunque también es verdad que le dijo que el cadáver no era de su hermana y estaba en lo cierto…

El tiempo pasa sin que logre decidirse. Se tendría que arreglar, ponerse el vestido de su hermana y dirigirse hacia los bajos del restaurante Mundo para cantar. Una voz interior le dice que se anime, que se levante. Vuelve al cuarto de baño para secarse el pelo y toma una decisión: se va a marchar. Ya no aguanta más. Reunirá el dinero necesario para comprar un billete de vuelta, y luego, adiós. No puede hacer más por Marta. En qué lío se haya podido meter, no lo sabe; por qué la quieren dar por muerta, tampoco; aunque solo puede ser espantoso, quizá la hayan raptado y la estén prostituyendo o algo peor. Pero se da cuenta de que ella ha llegado a su límite, que ahora es cosa de la policía seguir sus pasos.

—Sí, eso es lo mejor —se repite en voz alta—, no hay duda.

El haberse resuelto la hace sentirse como liberada de un peso opresivo; es una descarga emocional que le da un respiro para afrontar la prueba que le espera. Ya casi está lista, a falta de aplicarse el maquillaje y el lápiz de labios. En el cuarto de baño no lo encuentra, debe de estar en el bolso. Sale a buscarlo al armario. Repara en que hay un mensaje en la pantalla del portátil. Otro golpe de adrenalina. No habrá oído, por el ruido del secador, el clic que suena cuando entra uno.

NICE

—Hola. Blanca, estás bien?

Ella siente una electricidad en el cuerpo difícil de resistir en este día de fuertes emociones. Aunque solo quedan diez minutos para su actuación, no puede dejar de responder. Cueste lo que cueste. Va al portátil y escribe.

aMARGARt

—Sí, estoy bien. Me dirás hoy algo de mi hermana?

NICE

—No temas por tu hermana. Vete lo antes posible.

aMARGARt

—Voy a dejar el asunto en manos de la policía.

NICE

—NOOO!!! Vete y ya está. Ella está bien.

aMARGARt

—Tengo que encontrarla. No lo comprendes??!! Dime dónde.

NICE

—No puedo. Tienes que creer en mí.

Ella mira el reloj y la prisa le da el empuje para presionar. Le invade la oscura sensación de estar jugándose la vida.

aMARGARt

—Si no me dices algo de mi hermana mañana mismo voy a donar ADN y ya está.

NICE

—NOOO!!! Espera un momento.

El tiempo pasa sin respuesta, ya casi es la hora. El concurso es su última oportunidad de tener algunos ingresos, si no, está en la ruina: no tiene ni para el billete de vuelta, porque no piensa volver a los rascacielos. No podrá ir ni adelante ni atrás. Los minutos se suceden. Ella se pone los zapatos mientras espera; eran de su hermana, le aprietan un poco.

NICE

—Yo te avisé de que la muerta no era tu hermana y era verdad. Yo no te miento. Ella está viva.

aMARGARt

—Y donde esta, dime donde esta.

NICE

—Adios.

La primera concursante es una argentina de pelo muy largo y muy negro. Mientras interpreta su tema, una pareja ha salido a bailar. Ella es rubia, de estatura mediana, de piel muy blanca.

Los músculos de sus brazos, al descubierto, parecen cincelados en mármol. Su *partenaire* es un chico alto y agraciado con una melena que le cae en guedejas sobre los hombros. Pablo ve que Serena está contemplando, embelesada, cómo evolucionan en la pista. En sus ojos hay un velo de melancolía. A él le parece el momento de intimar.

—¿Le gusta el tango, Mrs. Hathaway?

—Serena —lo corrige ella sin mirarlo.

¿Sabe bailarlo, Serena?

—No. Tampoco me apasiona —responde con el acento de la indiferencia.

Acaba la actuación y la gente aplaude. La cena continúa y a su alrededor solo se sigue hablando de dinero. Luego sale a cantar una norteamericana de claro origen hispano. Él redobla sus esfuerzos para captar la atención de la millonaria, pero se retira la segunda cantante sin haberlo conseguido. Aplausos. Una joven vestida de negro entra entonces en la sala desde la escalera y se acerca al presentador con la mano extendida para que él la tome y se la bese. Luego se apodera del micrófono. La orquesta empieza a tocar.

—Besándome en la boca me dijiste:
»solo la muerte podrá dejarnos
»Y fue tan hondo el beso que me diste
»que a tu cariño me encadenó.

Su voz, sensual con un toque de desgarro, llena la sala. Los sonidos escapan de su garganta en una mezcla de suavidad y emoción. La mayoría de los que la escuchan no entienden el español, pero sus ojos van hacia ella por la llamada universal del sentimiento. El joven del pelo largo sale de nuevo a la pista, y Blanca se le acerca, ahora que la canción ha llegado a su fin. Él la espera y, cuando está cerca, se abrazan. Ella cierra los ojos, como si estuviera perdidamente enamorada de él. Después juntan sus mejillas y dan los primeros pasos largos para seguir con las precisas circunvalaciones del tango.

—¡Qué bien bailan! —exclama la americana medio dirigiéndose a Pablo, aunque sin mirarlo—. Hay algo de insultante en esta pareja.

—¿De insultante?

—Sí, en su juventud, en su frescura... —responde con un brillo de envidia en los ojos.

A él también le resulta imposible desviar su vista de la cantante, de su bonita figura encerrada en un ajustado vestido que deja descubierta su espalda; de su forma de cimbrearse durante el baile...

La actuación llega a su fin. El público estalla en aplausos, en vivas, en silbidos a la americana. En seguida piden una canción más. Él siente la doble emoción de ver a alguien de su misma tierra cantando en aquel lugar lejano y triunfando ante sus ojos. La solista pide permiso al organizador, que se lo concede en seguida. El segundo tema promete más vibraciones, y las parejas salen a bailar.

—Y si ayer me hirió tu olvido,
»hoy me matará tu amor.

Cuando acaba, de nuevo los aplausos. Luego la orquesta toca otro tango. Una mujer rubia con un vestido hecho solo de lentejuelas se acerca a la cantante, la coge por la cintura y la saca a bailar a la pista.

—Ey, ¿esa no es la gerente del hotel? —pregunta alguien a su alrededor.

Él se queda mirando con morbo a aquella pareja del mismo sexo, una con atuendo negro y otra con un vestido platino que arranca de las lámparas destellos de aguja.

—¿Tú sabes bailar el tango? —le pregunta Serena, súbitamente animada.

—Sí, estuve un año estudiando en la Universidad de Buenos Aires como parte de mi formación en Ciencias Políticas. Vamos —dice él levantándose y tendiéndole la mano a la mujer, que la coge para alzarse. Él la toma por la cintura e incluso llega a notar su carne bajo el liviano vestido; un cuerpo firme, resistente al paso del tiempo. Pero, en el último momento, ella se excusa con que se tiene que ir. Sin dar pie a más explicaciones se despide y se marcha.

Desde lejos, con un vago sentimiento de melancolía, Pablo la mira subir las escaleras. Le parece una mujer deseable. Luego vuelve a la pista, donde las parejas bailan agarradas, como unidas por una fuerza irresistible.

—Ahora no te puedes ir, Blanca. Has ganado el concurso, te empieza a ir bien. Quédate y aprovecha tu talento como cantante.

Susan le dice esto mirándola con intensidad mientras se acaricia el brazo desnudo con la mano. Están en The Press Lounge, una coctelería situada en la planta decimosexta de un edificio de la calle 11. Beben sendos ágatas. Desde el amplio salón acristalado pueden ver las moles de los rascacielos del este de Manhattan. Después de un día tan intenso, ella se confía a la americana, aunque no tanto como para mencionar los mensajes del ordenador.

—Quisiera quedarme —responde Blanca—, pero me han dado un aviso.

Le explica lo que le ha ocurrido mientras con sus manos hace un movimiento nervioso, como de enjuagárselas. Se confiesa un poco: en cualquier otro trabajo le puede pasar lo mismo y, si acudiera a la policía…

—No, no debes hacerlo —le corta Susan—. Si tu hermana estaba metida en líos, ellos los sacarán a la luz. Hiciste bien en no donar ADN: que cierren el caso y no te molesten más. Si quieres ayuda para seguir su rastro, tengo una solución mucho mejor: te voy a poner en contacto con la Doña.

—¿No sería mejor que no me acercara a ese tipo de gente?

—Tonterías. Ella te protegerá para que vuelvas a trabajar en los rascacielos, y te ayudará en la búsqueda. Además, puede lanzar tu carrera; tiene salas de fiestas en Queens, en Brooklyn y en Manhattan.

—¿Por eso Marta cantaba en esos sitios?

La americana asiente con un movimiento de cabeza y se le acerca más.

—¿Por qué no aprovechar el trabajo que hizo tu hermana? ¿Por qué no recorrer el camino que abrió? Eso te daría los ingresos para permanecer en el país y seguir buscándola.

Blanca vuelve a experimentar la desazón de la duda. El alivio que le había procurado tomar la decisión de marcharse lo tiene que devolver en forma de inquietud renovada. En ese momento entra en la sala un grupo de jóvenes trajeados, encabezados por uno cuyo aspecto le resulta familiar; este señala a una mesa baja, rodeada de sillones, y allí se dirigen todos para tomar asiento. Cuando ella vuelve la cara de nuevo hacia Susan, la devoran sus pupilas, agrandadas y brillantes.

—¿Qué decides?

En su interior, algo se resiste a dar ese paso. Su hermana se metió por ese camino, y ahora no se sabe dónde está. Pero tampoco puede dejarla abandonada a su suerte. En su corazón se debaten dos fuerzas antagónicas que no le dan sosiego. Su mirada se aleja hacia los rascacielos iluminados en la noche, que le devuelven una sensación ambivalente: parecen saludarla en esta hora de triunfo, pero también parecen amenazar con deglutirla entre sus dientes de piedra hasta no dejar nada de sus pobres huesos.

—Hola. Tú eres la cantante del hotel, ¿no? Te acabo de ver en el restaurante Mundo. Yo también soy de Valencia.

Es el chico que ha visto entrar unos minutos antes. Ahora ella repara en quién es: uno de los muchos que, hace una hora, le ha felicitado por su triunfo. Le había dicho que es también valenciano. Aunque parece un pijo estirado, resulta atractivo. Pelo y ojos negros, nariz ligeramente respingona, esbelto y tirando a alto.

—Sí, me lo has dicho antes, pero sospecho que provenimos de barrios distintos.

—Yo nací en el centro histórico…

—Yo, en los barrios marítimos.

—Debo irme, he venido con unos clientes mexicanos —dice dando una cabezada en dirección al grupo—. ¿Podría llamarte a algún móvil?

—Me puedes localizar en el hotel donde has cenado. Vivo allí.

—¿Vas a estar mucho tiempo en la ciudad?

Ella mira a la americana y luego de nuevo al joven, un tanto burlonamente. Una vez más, ve la moneda de su vida dando vueltas en el aire; rueda y rueda hasta detenerse de golpe.

—Tengo que resolver un asunto complicado. Sí, me quedaré por algún tiempo.

Capítulo 4

Primavera en Manhattan

Pablo conduce el coche que le ha facilitado Pegasus para visitar clientes. El lector de CD del vehículo hace sonar el último éxito de Kanye West: *Heartless*.

—How could you be so heartless?
Oh, how could you be so heartless?
How could you be so cold as the winter
wind when it breeze.[1]

La canción le hace pensar en su relación con Kristen, la modelo con la que ha estado saliendo las últimas semanas. No funciona. Todos sus actos tienen algo de protocolario y de artificial, como si se estuviera ciñendo a un guion establecido por otro; no sabe quién, quizá la propia ciudad. Ella consume la vida sin degustarla: los platos exquisitos, el sexo… Todo de prisa, sin saborear, como quitándose un peso de encima.

La tercera cita fue un lunes, día medio festivo por ser el de San Patricio. En la Gran Manzana había un ambiente que a él le recordó al de la Valencia en Fallas. El acceso a la Quinta

1 ¿Cómo puedes ser tan cruel?
Oh, ¿cómo puedes ser tan cruel?
¿Cómo puedes ser tan fría como el viento del invierno cuando sopla?

Avenida estaba cortado con barreras para que nadie interrumpiera el paso de los grupos que estaban desfilando delante de la catedral, y la gente inundaba las calles adyacentes vestidos de verde y en son de fiesta.

Quedaron para cenar. Esta iba a ser la gran noche del placer, ¿no? Así se lo había prometido, al menos. Tras la cena propuso ir al hotel NH Jolly de Madison a tomar otra copa; él había llamado antes de salir para verificar la disponibilidad. Lo había previsto todo, nada de ir a su apartamento compartido en cuya cama a duras penas caben dos personas. Ella aceptó.

—¿Seguro que allí se puede tomar algo?

—Desde luego.

Un taxi más tarde entraron en el hotel. Él no las tenía todas consigo: ¿estaría Kristen bromeando, para acabar diciendo «no» en el último momento? «Es capaz —concluyó—, si piensa que he violado las normas, es bien capaz».

—Según tú, aquí se podía tomar una copa, ¿no? —Kristen hizo la pregunta con una sonrisa prometedora en los labios.

—Todas las habitaciones están equipadas con minibar, señora —respondió él con voz engolada de mayordomo.

La cogió de la mano y la llevó al mostrador de mármol para registrarse por una noche. En el ascensor se besaron más o menos apasionadamente; en la habitación él encendió una sola luz, uno de esos pequeños focos que sirven para leer en la cama. Cuando se dio la vuelta, vio que ella se estaba desvistiendo; lo hacía de una manera lenta y metódica, doblando la ropa con cuidado y disponiéndola sobre un butacón; como la modelo que conoce el valor de las prendas que le han asignado. Sin saber por qué, le vino a la memoria una canción que había oído hacía poco: «Hay mujeres que van al amor como van al trabajo…».

Él distinguió en la penumbra las puras líneas de su cuerpo perfecto y se acercó a ella. Y no es que se le resbalase ni se hurtase a sus manos… Al contrario, estaba todo previsto, todo programado. Como un ritual. Y ocurrió muy rápido. Le pareció una experiencia, ¿cómo decirlo?…, consumista. Sin espera, sin gracia. Y, cuando acabaron, ella se había dormido también deprisa.

Pero él, no; él no pudo conciliar el sueño regurgitando las tensiones del trabajo y las expectativas insatisfechas.

Quizá por eso aprovechó que el último fin de semana ella estuvo en un pase de modelos en Milán para quedar con Blanca. Era un poco jugar con dos barajas, pero tenía ganas de hacerlo y, además, consideraba bueno disponer de un recambio. Hicieron una excursión a Sandy Hook, un lugar de la costa de Nueva Jersey. Él echaba de menos el mar y supuso que ella también. Un domingo en una playa soleada, cuando ya la primavera había desterrado el frío viento del invierno: parecía un buen plan.

Cuando vio salir a Blanca del edificio del hotel, tuvo la impresión de haberse dejado engañar por las luces de las candilejas. Aquella joven vestida con gusto, pero con ropa sencilla, no parecía la misma que la de su noche de triunfo. «Al menos la modelo tiene la inequívoca apariencia de una sofisticada neoyorquina. Impresiona, de eso no cabe duda. Empieza el partido. Uno a cero para Kristen», se dijo.

Cuando él le preguntó qué tal le iba, Blanca no supo qué responder. Cogió el camino más corto:

—No me va mal —respondió—, pero apenas si puedo costearme la vida en esta ciudad.

No, no le iba mal, pero no averiguaba nada sobre el paradero de su hermana, y los días pasaban como en un tiempo muerto.

Tras media hora de charla ya transitaban por la carretera 37, que discurre paralela a la costa. Lo que veían al pasar delataba la presencia de nubarrones en el cielo de la economía. De cuando en cuando aparecían a su derecha estructuras metálicas enormes que archivaban embarcaciones de recreo como si se tratara de libros en una estantería. Era evidente que mucha gente no podía pagar ya los amarres y estaban atracando los barcos en seco. Luego empezaron a ver personas de color delante de viviendas improvisadas en contenedores para el transporte de mercancías.

—Pobre gente —susurró.

—¿Cómo? —preguntó Pablo.

—Mira dónde viven —respondió señalando los contenedores que había a su derecha—, en medio de tanta riqueza...

—Riqueza, mucha, pero estos indicios que estamos viendo no son buenos —dijo él mirando de reojo los habitáculos con una vaga inquietud.

Detuvo el coche en el aparcamiento de la dársena de Sandy Hook y salieron a dar un paseo frente al mar. Estuvieron un rato andando en silencio, ensimismados. El día era soleado pero desapacible. La brisa marina movía sus cabellos en un continuo vaivén. La visión de la pobreza le había cambiado a ella el humor. Él pareció notarlo, porque intentó animarla.

—Luego iremos a comer a uno de los pocos restaurantes *fine food* de la zona; no hay muchas alternativas. ¿Te gusta la cocina marinera o tienes alguna otra preferida?

—¿Cocina preferida? —le preguntó ella con sorna—. No vas por buen camino.

—¿No voy por buen…?

—Yo no soy tan sofisticada como tú, no tengo una cocina preferida —dijo subrayando las sílabas—. Yo soy del mundo del trabajo.

—Yo también… trabajo.

—¿En qué, exactamente?

—Vendo CMO —respondió y, en seguida le dio explicaciones—: obligaciones hipotecarias colateralizadas. Es un instrumento financiero basado en la rentabilidad de las hipotecas de interés variable. Se meten en un paquete un montón de hipotecas similares y se crea… eso, un instrumento que se puede trocear y vender en pequeñas o en grandes porciones.

—Y a ti te toca vender esas porciones… No debe de ser fácil, pero eso no te hace pertenecer al mundo del trabajo. No, querido. Tú te levantas por la mañana y las calles están limpias porque han pasado por ellas un ejército de barrenderos; vas a desayunar a un bar y alguien está allí desde la madrugada para hacerte el café; y así todo… Esa tropa que se mueve en la oscuridad es el mundo del trabajo. Yo, en Valencia, era una de ellos; no vivía de la música: era la encargada de una tienda de ropa para mujer en la calle Colón. Entraba a trabajar a las diez de la mañana y acababa a la diez de la noche. Casi doce horas al día moviéndome en poco más de doscientos metros cuadrados ¡Y qué lentas pasan! Todo por 668 euros netos. ¿Cuánto tardas tú en ganar eso? ¿Medio día?

Pablo no se esperaba una respuesta tan viva.

—Pero aquí tienes una oportunidad —le insistió—. Debe de ser muy difícil salir adelante con setecientos euros al mes. Eso apenas da para sobrevivir. No puedes hacer un viaje, ni meterte en una hipoteca, ni…

—La mitad de ese sueldo se lo doy a mi padre para pagar mis gastos. Él nunca había querido aceptar nada mientras vivía mi madre —dijo mirando a lo lejos, a los rascacielos del Lower Manhattan, difuminados por la neblina—. Pero ella falleció hace un par de años y él se casó con una vecina. Una coquetuela *dominanta.* Lo convenció de que yo tenía que contribuir. Él tiene un carácter débil…

—¿Y qué te queda?

—Estudio Psicología en la universidad a distancia. Voy haciendo las asignaturas poco a poco… Es una esperanza. Y también me queda soñar: que me va a tocar la lotería, que voy encontrar el trabajo de mis sueños, que mañana todo va a ir a mejor… Pero, venga, vámonos a comer.

Pablo aparcó el vehículo frente al Harborside Grill Restaurant, una casa marinera de tablas pintadas de vivos colores. Según las guías gastronómicas, el lugar idóneo para comer pescado de calidad. Valdría la pena si así conseguía impresionarla. Sin embargo, entraron en un local oscuro y con las moquetas raídas, aunque aún conservaran el logotipo del restaurante. Dos hombres tomaban cerveza en la barra con aspecto de estar allí desde la apertura. Le preguntó al único camarero.

—Era un restaurante bueno, sí; muy bueno en realidad —respondió mientras lavaba unos vasos—. Ahora es un pub. Las cosas fueron a peor. Pero si quieren comer algo, puedo ofrecerles espaguetis a la marinera.

Él la interrogó con la mirada y ella asintió levantando los hombros. Se sentaron a una mesita en unas sillas altas, junto a un ventanal que daba a la calle.

Le preguntó qué la movía a permanecer en la ciudad.

Ella miró a través de la amplia cristalera hacia la calle, soleada y vacía. Tardó en contestar. Aquel día siempre tardaba en contestar. Aunque fue renuente al principio, acabó por contarle la historia de dos hermanas de una familia modesta cuyas vidas fueron alteradas por un sueño y por una tragedia.

—Estoy en Nueva York para averiguar dónde está mi hermana. Me dijeron que había fallecido en un accidente de tráfico, pero cuando vine aquí para reconocer el… cuerpo, no era el de ella. Me voy a quedar hasta encontrarla. Mi trabajo como cantante es solo un medio de ganarme la vida mientras tanto.

—¿Y estás siguiendo su rastro?

—He hecho preguntas en los lugares que ella frecuentó como cantante. Le fue bastante bien, la conoce mucha gente, pero nadie parece saber gran cosa de su paradero —respondió con la mirada fija en los ojos de él—. Estoy esperando a que me reciba la madre del que fue su novio, una empresaria importante en Queens. Quiero sacarle todo lo que pueda.

—¿Y por qué no recorrer la senda que abrió tu hermana? Sus contactos, su público…

—Podría usar su nombre artístico y seguir por los escalones que subió, pero para eso tendría que juntarme con gente sospechosa. Y no quiero.

Ella se levantó y fue a coger las cervezas de la barra donde llevaban servidas hacía un rato; el barman había ido a la cocina. Durante el trayecto, él la volvió a mirar con otros ojos: la vio como a un ser herido por el destino; ese destino que los había puesto en contacto. Aunque habrían nacido más o menos en el mismo año, a unos pocos kilómetros de distancia, las simas que crea la sociedad los habían hecho crecer en mundos separados. No se engañó a sí mismo: salir un día con ella para descansar de la agobiante relación con la americana estaba bien, pero la posibilidad de que pudiera significar un recambio le pareció remota. Jugar a dos bandas, absurdo. Incluso se sintió algo avergonzado de haberlo concebido. Blanca parecía una buena chica, perteneciente a un mundo distinto al suyo y con una misión que cumplir. En eso se resumía todo.

—¿Y tú? —preguntó ella cuando se volvió a sentar—. ¿Qué buscas en esta ciudad enloquecida?

—Yo quiero dinero, experiencias, emociones intensas… —dijo sonriendo—. Y no me importa mezclarme con gente sospechosa. Para mí esa es la auténtica vida.

—¿Y la del resto?

—La del resto no me interesa. Es como el agua: hay que beberla todos los días, pero no sabe a nada.

No tardaron en llegar los espaguetis. Él estuvo a punto de pedir una cuchara para comerlos con mayor facilidad, pero al ver que Blanca, simplemente, los cortaba con el cuchillo, decidió hacer lo mismo.

—No me acostumbro a que en este país dejen los platos directamente sobre la mesa —dijo ella—. Vayas donde vayas, es así. ¿Tanto cuesta un simple tapete de papel?

Él asintió, pensativo, y empezó a comer. Llevaron la conversación a banalidades porque ninguno parecía tener ganas de conversaciones profundas. Blanca le sorprendía continuamente con su espontaneidad y su sencillez. Se sintió relajado y a gusto. La volvió a contemplar de nuevo, viendo en ella a la gente que trabaja jornada a jornada para sobrevivir; duramente, sin rebajar su dignidad. Pero este sentimiento fue efímero porque él no había venido a Nueva York para codearse con ese tipo de personas. Al final, pidió la cuenta. Treinta y cinco dólares.

—Te voy a invitar yo —cortó ella sacando de su modesto bolso una modesta cartera—, que ayer fue mi cumpleaños.

Y, sin darle otra opción, dejó junto a la cuenta cuatro billetes rugosos, trabajados. Cada uno parecía tener su propia historia: este es de cuando subió al rascacielos el viernes, este se lo dieron en la Casa de España por la gala del jueves, este es la propina por cantar en…

—Nunca me aclaro, Pablo: ¿cuánto hay que dejar por el servicio? —preguntó sin quitar la vista de la cartera.

—El quince por ciento, pero con el diez es suficiente. Tres dólares y medio.

Ella dejó junto a los anteriores otro billete de diez.

—Esa propina supone casi el veinticinco por ciento —se escandalizó él.

—Bueno, de algo tiene que vivir el camarero —dijo ella mirando en dirección a la barra—. Hoy ha venido poca gente.

—Eres una sentimental; así no vas a llegar muy lejos.

—¿Y tú vas a llegar muy lejos?

—No lo sé. Ya lo veremos. Tú sigue el camino de los buenos y deja el de los pecadores para la gente como yo —sonrió—. Cuando pase un tiempo, compararemos a quién le ha ido mejor. ¿De acuerdo?

Sentada a su lado, codo con codo, dormita una portorriqueña menuda y de pelo muy negro. Viste casi siempre unas mallas que no le sientan bien, pues le marcan demasiado los rollizos muslos. Ella es la sonrisa de las mañanas cuando entra en el autobús de la empresa. Una persona más buscándose la vida en la ciudad de cristal y acero.

—¿Qué tal, Blanca, cómo vas? ¿Ya se te fue el miedo? —le pregunta mientras la observa.

—Del todo, no; pero me controlo.

—Ya ha pasado lo más difícil. ¿Te han molestado desde aquel primer día?

—No, nadie se ha acercado a mí. Susan, la gerente del hotel donde vivo, me dijo que podía estar tranquila: la Doña me protegería y no tendría más problemas. Y así ha sido hasta ahora.

—Si te protege, no tienes nada que temer. Es una mujer muy influyente en Queens. Hace mucho bien a los demás; sobre todo a nosotros, a los hispanos. Siempre tiende una mano al que se lo pide. Una linda persona.

—Tengo una entrevista con ella el próximo sábado. Estoy un poco nerviosa.

—No tienes motivo. A ella le gusta la gente luchadora como tú, que trabajas en los rascacielos por la mañana y cantas por la noche. Además, tú no eres cualquiera, eres hermana de la que fue novia de su hijo.

—¿Tú la conoces?

—¿Yo? Trabajo para ella. En parte..., mi amor.

—¿En parte? ¿Cuándo?

—Ahora, por ejemplo —mete la mano en el bolsillo y, tras mirar a derecha e izquierda, saca dos bolsitas transparentes que contienen un polvillo blanco—. Los vendo por cuenta de la Doña, a cien dólares el gramo. Una mitad para mí y la otra para la organización. Tú podrías hacer lo mismo.

—Yo no quiero líos.

—En esta ciudad no se puede vivir sin líos. Si te agarran con menos de diez gramos, no te pueden detener y yo nunca los llevo. Todas las mañanas compro cinco sobrecitos. No más, no menos. Los pago a cincuenta dólares cada uno. Luego los vendo a cien. Y me quedo con la diferencia. O sea que doscientos cincuenta dólares diarios por veinte días de trabajo hacen cinco mil al mes. No está mal, ¿no?

—¿Y si no puedes vender los sobres?

—No todos los vendo, algunos son para mí —dice con una mirada pícara—. A mi novio también le gusta una rayita antes de… Pero si no les compro los cinco, entonces estoy en la calle. *Fired.* ¿A quién le interesa un vendedor que no vende? Este coto cerrado de la Zona Cero es muy bueno: hay poca policía y para muchos de los hombres que trabajan en las alturas la dama blanca es como la Coca-Cola. Hasta tiene el mismo nombre. —Se ríe de su propio ingenio.

—¿Quién me daría la mercancía?

—Cada mañana uno de los empleados de la Doña te la haría llegar a la parada del bus. Tú le pagarías y *okey.*

—Muy sencillo… Solo que, si me pillan, me expulsarán del país inmediatamente.

—Sin dinero tampoco podrás estar aquí mucho tiempo. Bueno, luego seguimos hablando; ya vamos a parar.

Así es; pronto cada una se va su edificio, a su montacargas. A ella le cuesta casi media hora alcanzar la cima dentro de alguna de esas cabinas chirriantes. Está subiendo sola, además; no es muy legal, pero el hábito hace el abuso.

Cuando la vista se extiende a todos los edificios del sur de Manhattan, se pregunta, como cada día, si en alguno de ellos está su hermana esperando a que ella vaya a rescatarla. Ha seguido buscándola, pero ha tropezado con un muro de silencio. El tipo anónimo que le envía los chats por ordenador parecía conocer su propósito de quedarse a buscar a su hermana e intentó disuadirla; le aconsejó volver a Valencia sin hablar con la policía. Y sobre todo, le advirtió: «No te entrevistes con la Doña».

—¿Dónde estás, Marta, dónde? —musita sin darse cuenta.

Intenta no pensar en ella. Aparece ante su vista el Distrito Financiero y se acuerda de Pablo; debe de estar en algún punto del mismo luchando por hacer carrera. Entonces recuerda que su oficina no está cerca de Wall Street, según le dijo, sino en el Upper East Side; mucho más al norte, en el entorno de Central Park. Por un momento intenta mirar en aquella dirección, pero el vértigo se lo impide haciéndole sentir una extraña impotencia, como un anhelo frustrado y, sin pensarlo dos veces, coge su nuevo móvil y hace una llamada.

—Pablo, ¿puedes hablar?

—Estoy acudiendo a una reunión, pero para ti siempre tengo unos minutos. Dime.

—Tú, que sabes cómo se mueve la cosa del dinero, ¿me puedes decir si estoy ganando lo bastante? Quiero decir, para lo que es la gente normal.

—No sé cuánto ganas.

—Oh, pues… al día, saco unos cincuenta dólares.

—En veintitantos días laborables, unos mil cien. Y el hotel te sale gratis, según me dijiste, a cambio de cantar en él dos veces por semana.

—Además, los jueves por la noche canto en la Casa de España, en Queens. Tangos. El local se ha puesto de moda. Me dan solo doscientos dólares…, pero algo es algo.

—Redondeando, unos mil trescientos y con el alojamiento pagado. No está mal.

—No puedo vivir con eso.

—¡Esto es Nueva York! Además, ni sueñes en un trabajo con contrato porque eres una turista. No, dentro de la economía sumergida no se puede ganar más. Salvo que te dediques al narcotráfico…

—¿Lo dices en serio?

—Claro que no, era una broma. Mira, hagamos una cosa, mándame un mensaje con tu cuenta bancaria y te envío mil dólares. Ya me los devolverás.

—No; te lo agradezco, pero no.

—Bueno, si te hace falta el dinero, dímelo. Sería un préstamo, no te debes sentir mal por aceptarlo.

Ella no tiene nada que pensar. No tiene cuenta bancaria ni ninguna intención de hacer de camello; ni siquiera tiene tiempo, porque el ascensor ha llegado a la última planta. Ahora, a empujar el carrito fuera del montacargas para vender café caliente y dónuts en el techo del mundo.

—¿Adónde sugerís que vayamos? —pregunta Pablo en la puerta del restaurante donde han cenado.

—Nadie sabe mejor que Ethan adónde se puede ir a estas horas en Nueva York —responde Christina ajustándose el cinturón del abrigo.

—Ya que confiáis tanto en mí, propongo The Box —dice Ethan Sackler.

—Yo he oído decir cosas muy interesantes de ese local —apunta con los ojos brillantes uno de los dos clientes a los que acaban de invitar.

—Muy bien, señores, pues yo me retiro: ese no es lugar para señoritas —concluye Christina mirando significativamente a los ojos a Ethan. Luego se despide de los presentes y hace un aparte con Pablo—. Te he conseguido una entrevista en su casa con Mary Jo Wilkinson para que le puedas ofrecer los CMO a su administrador. Irás solo. No me falles.

Y sin esperar respuesta, se despide de los cuatro, da media vuelta en dirección al aparcamiento donde ha dejado su coche y se va cimbreando las caderas más de lo habitual.

Pablo ha oído hablar de The Box, un local de *shows* burlescos de estilo *ultra-trash*: transexuales, enanas, *geishas* sin sexo definido… Cuando entra en el local, con sus invitados, le parece una especie de cabaret retro con paredes revestidas de terciopelo rojo. En la planta baja está el escenario, ante las mesas de los visitantes VIP, y los del piso superior pueden ver el espectáculo desde la balaustrada. Son las doce y está lleno a reventar. Cuatro por mesa: Pablo, Ethan y dos peruanos de paso en Nueva York, ejecutivos del Banco Nacional Andino. Él los ha invitado a cenar, y ahora remata la faena pagando los mil dólares que vale sentarse a la mesa, con una botella de *champagne* incluida. Hay tres millones de dólares en juego. Para el banco sería una mera inversión de prueba, para él sería su salvación. Al acuerdo solo parece faltarle el empujoncito final.

Llega la camarera con el gollete de la botella entre sus generosos pechos, saca el corcho y sirve el rubio líquido. Luego se sienta al lado de él, lo mira, acerca la cara a su oreja y le susurra al oído.

—Te voy a comer la… —Y le desliza la mano por la entrepierna mientras le muerde el lóbulo de la oreja provocándole una mezcla de placer y dolor que debe de ser la especialidad de la casa. Al poco, se retira riendo.

El espectáculo da comienzo: jaleado por el público, un hombre negro parece orinar sobre la cara de una joven.

—Es una reconstrucción del escándalo de R. Kelly, el cantante de rap que meó en la cara de una fan; pero no, aquí tiene truco —dice Ethan en su rugoso español.

—Pues cualquiera lo diría —reconoce el cliente más hablador.

Los banqueros se levantan y se disculpan para ir al lavabo.

—Estos van al baño en parejas, como las mujeres —dice Pablo viéndolos alejarse.

—Estos a lo que van es a hacerse una raya. Escucha, los tenemos en el bote. Voy a traerles dos tías. ¿Tienes mil dólares?

Él asiente con la cabeza.

—Si le das quinientos a cada una, se irán con los peruanos.

—¿Y cómo sé que cuando vuelvan a su despacho van a comprar los CMO?

—Les vamos a hacer una foto. Los dos están casados.

—¿Hablas de chantajearlos?

—No hará falta. Si tardan en cumplir su palabra, tú les mandarás las fotos por *mail* y les recordarás el trato. Ellos comprenderán.

—¿Y si están divorciándose o les da igual?

—Unas veces se gana y otras veces se pierde. Pero a mí no me ha fallado nunca. ¿De acuerdo?

Él no lo ve claro, le hace sentirse un proxeneta.

Llega al escenario la segunda atracción: Amanda, la transexual estrella del local, con una botella de güisqui en la mano. La deja en el suelo y poco a poco se va desnudando.

—¿Qué pasa? —insiste Ethan ante el silencio de Pablo—. Tú solo vas a pagarles un polvo. ¿Es por el dinero?

—No, no es por eso.

Amanda primero se quita la parte superior, mostrando los senos; luego, poco a poco, la parte inferior.

—Escucha —dice Ethan superando con su tono irritado el griterío general—. Me has pedido que te acompañe porque te falta experiencia. Pues bien, yo la tengo por los dos. O me das la pasta ahora mismo o me largo con alguna de estas tías. ¿Qué me respondes?

La transexual está dejando a la vista unos genitales de hombre. Ya desnuda, bebe un par de tragos de licor, se levanta y lo escupe sobre el público de la primera fila. La gente grita de divertido horror.

A él no le gustan esos métodos, pero necesita rematar esa operación con urgencia. Vuelven los dos peruanos. Los vasos se vacían para volver a ser llenados en seguida. Ethan lo sigue mirando. Él asiente con la cabeza y aprovecha que todo el mundo está viendo despedirse a la bella Amanda para largarle diez billetes de cien dólares a su compañero, que se levanta, se disculpa y se va.

La música cambia al estilo *rhythm and blues*. Se acercan a ellos cuatro chicas. Una de ellas se sienta a su lado, es una pelirroja de ojos verdes, ahora turbios por la bebida. Se presenta. Hablan. Cuando él le cuenta que trabaja en una empresa de *hedge funds*, su mirada se enciende.

—Tú debes de ser de los que ganan pasta de verdad.

Él sonríe como un triunfador, pero lo cierto es que intenta vender los CMO a un mercado al borde del pánico y hace tan pocas operaciones que está casi sin blanca. Mientras exhibe sus plumas observa de reojo a los dos clientes; están haciendo buenas migas con sus recién llegadas parejas. Ethan saca discretamente el móvil. El *flash* del aparato ilumina la escena, pero los banqueros están eufóricos y, en vez de sospechar, aún sonríen.

—¿Y esta noche… tienes compromiso? —le pregunta la pelirroja con la mirada borrosa.

—No. ¿Mi compañero te ha prometido algo?

—Yo no soy de las que cobran; aquellas, sí —dice señalando a las otras dos.

Otra botella de *champagne* más tarde, los peruanos se despiden con una sonrisa de complicidad y se van, agarrando a las dos chicas por la cintura.

—¿Nos vamos, entonces? —repite la pelirroja.

Él lo piensa unos segundos. Kristen es su novia, le debería guardar un poco de fidelidad. Aunque, en verdad, esta no es una virtud muy cotizada en su círculo. Ningún tipo de fidelidad. El compromiso es una rémora. Ahora está empezando a degustar la vida de los *sales* ricos y, aunque diste mucho de serlo, le encanta. Después de todo, ¿no ha venido a la ciudad porque quiere ser uno de ellos? Aunque agotado después de un día bastante duro, siempre le queda algo de energía para el sexo. En fin, no le da más vueltas. Se despide de Ethan, que está *tête à tête* con una rubia, y luego coge la mano de la joven.

—Venga, vámonos.

Las dos atraviesan un oscuro pasillo, al final del cual hay luz. Susan le precede en todo momento. Se acerca a una puerta tras la que se entrevé un despacho. En el umbral, un tipo alto y musculoso, con perilla, les dice que esperen. Es el tercer control desde la puerta del edificio. Blanca trae a su mente la propuesta, casi una orden, de la americana, una semana antes.

—La Doña quiere verte en su despacho del norte de Queens. El sábado entrante, a las once. Yo te acompañaré.

Luego, a ella le esperaba una semana ansiosa, de insomnio y pesadillas recurrentes. De despertarse de madrugada con una voz interior que le advierte: «Esa mujer es muy peligrosa, tu hermana desapareció sin dejar rastro y tú te estás metiendo por el mismo sendero…».

En vano ha estado esperando ansiosamente algún nuevo mensaje del Messenger que le aclarara el camino. Tampoco tenía nadie a quien consultar, ni siquiera con quien desahogarse. De la información que ha encontrado sobre la Doña tampoco ha sacado nada en claro. No hay fotos, salvo en algún borroso recorte de periódico. Al final, decidió seguir adelante; como quien acata un destino ineludible.

No le resulta tranquilizador escuchar desde el pasillo la voz irritada de la patrona dando instrucciones a algún subalterno.

—Bueno, pues tú verás cómo le devuelves el golpe, Navas. Sí, sin miedo. Se lo haces pagar caro, y no se hable más.

Parece que ha colgado. Ahora el hombre de la puerta las invita a pasar. Con un ligero temblor de piernas, se adentra en la sala siguiendo a la rubia. Huele como a caramelo. Ve primero una mesa de despacho y dos sillones. Detrás, en la pared, hay un retrato al óleo de una mujer joven y bien proporcionada, de finos rasgos latinos. A la izquierda, hablando por teléfono de pie, hay otra mujer, parecida a la del cuadro aunque esta es de mediana edad, gruesa y de aspecto anodino. Repintada. La ropa que usa es algo chillona y demasiado ajustada para sus años. Ella se da cuenta de que el cuadro es la imagen idealizada de la Doña de Queens, que se adelanta y la abraza, trayéndole una vaharada de perfume pesado. No le llega ni por el hombro; debe de medir apenas metro y medio sin los zapatos, de altísimo tacón, que ha dejado sobre la alfombra.

—Mija, mijita…, qué contenta estoy de conocerte. ¡Cómo te pareces a tu hermana! —dice con sentimiento en la voz mientras señala el sillón con su mano izquierda—. ¿Cómo no has venido antes a verme? Ven, ven, siéntate aquí, a mi lado.

Blanca se dispone a aceptar la sugerencia, pero al aproximarse da un respingo: moviéndose de un extremo al otro del sillón, con paso mecánico y pausado, hay una tarántula grande y de patas rojas. Un escalofrío le recorre la espina dorsal. La Doña nota su sorpresa, la tranquiliza:

—Es inofensiva; no te preocupes… Pero como veo que te asusta, la voy a devolver a su casa —dice cogiéndola y llevándola hasta un terrario de paredes de vidrio.

Blanca se sienta al fin en el sofá, no sin una cierta aprensión. Susan se acomoda en frente, en una butaca. La Doña pulsa un timbre, y acude una criada uniformada. Piden refrescos: para la norteamericana, *ginger* con un toque de güisqui; para las demás, Coca-Cola *light*. La patrona la observa ahora con ojos de cobra: fijos y escrutadores. Le pregunta cómo está mientras cruza una mirada oblicua con la rubia.

—Sigo abatida —responde—. No me he recuperado de la muerte de mi hermana. Fue un golpe muy fuerte.

—Es comprensible —dice la patrona con acento maternal.

—Vine solo para arreglar la repatriación de mi hermana, ya se lo habrá contado Susan. El cuerpo que vi en la morgue estaba calcinado de la cintura a la cabeza. Era difícil saber si era ella, pero no tenía un tatuaje que nos hicimos las dos hace unos años. Le dije a la DEA que sí era porque pensé que si se había metido en algún lío iban a estar husmeando su rastro meses y meses hasta descubrirlo. En cambio, si la daban por muerta, cerrarían el caso mucho antes.

—Hiciste bien: fue una decisión muy inteligente.

Hay una pregunta en el aire. La impone el sentido común y no se puede ocultar porque se interpone en el triángulo que forman las tres mujeres impidiéndoles proseguir la conversación. Ella acaba por romper el silencio.

—El cadáver de hombre que encontraron en el coche incendiado ¿era el de su hijo?

—Sí —responde la Doña con pesadumbre—, de eso no cabe duda.

—Entonces, ¿quién era su acompañante?

—Eso no te lo puedo decir. Nadie más debe conocer su identidad. Te seré franca: ordené a mis hombres que pusieran un bolso de tu hermana junto al cadáver.

—¿Y dónde estaba por entonces ella?

—Llevaba un par de semana sin dar señales de vida. No iba por el hotel —interviene Susan—. Durante el último concierto de los jueves al que acudió había aparecido por el local su expareja, ese tipo con quien vino de España. Hicieron, por lo visto, buenas migas, porque desapareció.

—No me habías dicho nada —le recrimina.

—El momento de decírtelo es este —responde la rubia mirándola fijamente a los ojos—. El tipo aquel la tenía como dominada, tú misma me lo dijiste.

—¿Y no avisaron a la policía? —Se da cuenta de lo absurdo de su pregunta tan pronto la ha formulado. Corrige—: Quiero decir, ¿no la buscaron?

—¿Supuestamente debemos buscar a la que había dejado tirado a mi hijo? —pregunta la Doña con voz cortante.

—Marta no es capaz de hacer una cosa así. Algo ha pasado. Alguien la tiene retenida.

—Es posible —vuelve la Doña—, hay gente vengativa que me ha golpeado en donde más me duele. Y eso que mi hijo no estaba metido en mis… negocios. No había hecho ningún mal a nadie.

—Yo siento lo ocurrido, señora, pero necesito su ayuda. Usted tiene empleados, conoce a mucha gente. Puede averiguar… Tengo que saber qué ha sido de ella, compréndalo.

—Lo comprendo y estoy dispuesta a ayudarte —dice la Doña moviendo las manos al compás de sus palabras—. Te diré lo que haremos: te vas a regresar a España, porque desde aquí yo voy a mover mis redes. Susan te informará del avance de mis pesquisas; si tuvieras que regresar para aclarar algo, yo te pagaría el billete; después de todo mi hijo fue el novio de tu hermana. Eso puedo hacer por ti. ¿Qué me dices?

—No —responde Blanca inmediatamente. Es una negativa seca que parece reverberar en la habitación.

Por unos instantes, el rostro de la patrona se contrae en un gesto de disgusto, pero pronto recupera el control de sí misma y adopta una actitud conciliadora. Intenta persuadirla de que en Nueva York no podrá hacer nada por su hermana.

—Si yo no hubiera venido, el Consulado español estaría gestionando la incineración de un cadáver que no es el de Marta y cerrarían el asunto. He aprendido algo: las cosas importantes se arreglan allá donde suceden.

—Tienes carácter, pequeña, y eso me gusta —la mirada de la Doña se ha vuelto ladina con una sonrisa dibujándose apenas en sus labios.

—Trabajaré en lo que sea, pero tiene que ser legal —dice ella mirándola fijamente—. Yo, vender droga, no. Ni siquiera…

—No sigas; no sé de qué me hablas —le corta la señora frunciendo las cejas—. Todos mis negocios son legales. ¿Me entiendes?

Blanca asiente sin apartar los ojos de su interlocutora, enmarcados de negro por una espesa sombra de cosmético.

—Está bien. —La Doña en seguida recupera su expresión aviesa—. Si no quieres volver a casa, hay algo que te puede interesar. Según me han dicho, cantas muy bien la música latina. ¿Quieres hacer galas?

Al principio ella no sabe qué responder. No se lo esperaba. Una voz interior le dice que no acepte, que la muy bruja la está invitando a entrar en la casita de chocolate, que su hermana entró en ella y…

—Así te podrás ganar la vida mientras hacemos indagaciones —añade.

—¿Me ayudará, entonces, a buscarla?

—Claro.

Blanca se queda como anonadada, indecisa. La Doña pone más fichas sobre el tapete.

—Tengo seis salas de baile latino en Nueva York. Te haremos una prueba a ver si puedes cantar en ellas. Mientras, veremos qué averiguamos de Marta. A cambio, dejarás a mi gente seguir su pista sin entrometerte, no andarás por ahí husmeando, y mucho menos acudirás a la policía, ¿de acuerdo?

—Sí, de acuerdo —dice subrayando su decisión con un asentimiento de cabeza. Está casi segura de estar metiéndose en una trampa, pero no ha tenido opción: la Doña le ha tirado el cable y ella lo ha cogido; no hay más por el momento. Luego, ya verá qué hace.

—Muy bien. Susan te conseguirá una entrevista con Lucas Deldorado, el agente más importante de artistas latinos; tiene el despacho aquí enfrente. Y otra cosa: tendrás que venir conmigo de compras —dice mirándola de arriba abajo—: tu nueva actividad requiere un nuevo guardarropa.

El móvil de la Doña suena y ella lo coge aún sonriente, pero pronto cambia la expresión.

—¿Qué dices, Navas, aquí mismo, en Queens? ¿Mexicanos? ¿Cuántos eran?

Susan se incorpora y le hace un gesto elocuente a Blanca. Sin ningún protocolo, salen del despacho. El vigilante las antecede hasta el siguiente control. A ella le siguen temblando las piernas aun cuando ya pisan el asfalto. La rubia le informa:

—Seguramente ha habido un choque con los de don Modesto López. Mal asunto.

—¿Quién es don Modesto López?

Capítulo 5

El Club de los Cien Mil Dólares

—Mr. Sanchiz, por favor, acompáñeme.

El mayordomo lo conduce a un apartamento amplio y lujoso, decorado con ese gusto de los neoyorquinos adinerados, que él encuentra algo *kitsch*. Le ofrece asiento en un sillón tapizado con una piel suave como la de un bebé. En la pared de su derecha hay un cuadro de aire triste: un Picasso de la época azul que representa a dos mujeres desnudas, delgadas y poco atractivas. Sobre una mesita hay una bandeja con periódicos.

Está tenso porque se juega mucho. La entrevista de ese día es clave para alcanzar el objetivo de inversión que le han puesto. Con Serena Hathaway, la otra integrante del Club de los Cien Mil Dólares, no le fue bien en la cena de empresa, y ahora no puede fallar. Para reducir la ansiedad toma el *US Today* y lee los titulares:

El GOBERNADOR DE NUEVA YORK INVOLUCRADO EN UN ESCÁNDALO DE PROSTITUCIÓN

LA CASA BLANCA HA ACHACADO EL EMPEORAMIENTO DE LAS CUENTAS PÚBLICAS A LA DESACELERACIÓN DE LA ECONOMÍA

QUEENS: NARCOS MEXICANOS Y COLOMBIANOS SE DISPUTAN EL CONTROL DE LA CALLE A TIROS

Esta noticia le llama la atención porque Blanca vive en ese distrito. Lee deprisa. Los hechos han ocurrido en frente de los estudios Kauffman. Un tiroteo en plena avenida. Un colombiano muerto; los mexicanos huyeron, aunque uno de ellos con una bala en el cuerpo. Por azar, resultó también herido el dueño de un establecimiento cercano de pollos asados. Sigue leyendo: se cree que los mexicanos están ganando terreno en el menudeo de drogas en Nueva York gracias al impulso de un nuevo líder, un tal Modesto López, el caballero del crimen. Un tipo con modales exquisitos y gusto en el vestir, pero implacable con los que se le ponen enfrente.

Llega entonces la señora. Él deja el periódico y se levanta como un autómata. Es una mujer al final de la cincuentena, estilizada, con el cabello pegado hacia atrás con gomina. Sin canas o muy bien teñida de rubio. Lleva una blusa ancha y pantalones holgados. Sin casi joyas ni maquillaje. Le extiende la mano; él la estrecha al tiempo que hace una leve inclinación de cabeza.

—Lo siento, Mr. Sanchiz, pero mi administrador, Mr. McCulligan no ha podido llegar aún. Parece que su vuelo de regreso de Ginebra se ha retrasado. Su ayudante Mr. Everton vendrá en su lugar; como no estaba prevista su presencia, aún tardará una media hora.

Él se apresta a permanecer allí leyendo periódicos y tomando zumo de naranja de Florida, pero la mujer se sienta a su lado y le hace preguntas sobre la aristocracia en España, sobre la duquesa de Alba, sobre el pintor Julio Romero de Torres, que le fascina.

A los pocos minutos su criada hispana se dirige a ella.

—Señora, si no quiere nada más, me iré antes hoy —le dice en español.

—Espero que no sea por algún problema —responde la neoyorquina en el mismo idioma.

No es ningún problema. La mujer se explica: su sobrina estudia en el Liceo Francés de Nueva York. Ha ganado el Concours General, un premio que el Ministerio de Educación galo entrega al mejor estudiante en español. El próximo junio tendrá que ir a París a recogerlo. Su hermana ha organizado una fiesta de celebración en su casa, y quería ir a ayudarle.

—Eso es una gran noticia, ¿no? —La americana parece sinceramente contenta.

—Sí, señora —dice la asistenta con cierta resignación en la voz—, pero mi hermana no puede costear un viaje tan largo. Pasajes, hoteles, gastos… Es camarera en un Four Seasons, y mi cuñado, de origen francés, es marine. No sabe los esfuerzos que les ha supuesto pagar el colegio de su hija.

—Bueno, ya buscaré alguna solución. ¿Qué edad tiene su sobrina?

—Dieciocho años. ¿Quiere verla?

Sin esperar respuesta, extrae del bolso una cartera, saca de ella una foto y se la muestra a la señora, que la coge y la aleja un poco para compensar su vista cansada. Luego se queda mirándola fijamente. Aunque él no puede ver la imagen desde su posición, sí detecta que, durante unos largos segundos, se le ha enturbiado la mirada.

—Señora, le pido disculpas. —Vuelve a entrar el mayordomo—. Mr. Everton ha llamado, se encuentra en un atasco enorme, sugiere posponer la entrevista con Mr. Sanchiz a mañana a esta misma hora, así Mr. McMulligan podría estar también presente. ¿Qué le debo responder?

La millonaria mira a Pablo con expresión interrogante, y él asiente. Así queda decidido.

Él se despide y baja a la calle con deliberada lentitud. Al llegar se queda junto a la puerta, como mirando el móvil. Poco después se hace el encontradizo con Lucinda cuando esta sale del edificio. Buscando la complicidad del idioma común, le explica que él sabe lo que es el Concours General porque también ha estudiado en el Liceo Francés, aunque en el de Valencia, España. Despliega todo su encanto frente a la portorriqueña hasta que esta acaba por enseñarle la foto de su sobrina: una joven de belleza exótica y reposada. Pelo negro, ojos verdes, nariz algo redondeada. Un bombón, piensa él, para la caja de aquella millonaria a la que le gustan los cuadros de mujeres desnudas y delgadas. De aire triste.

—Repítenos cómo ocurrió todo, Curita.

La Doña dice esto alzando las cejas tatuadas de color café y encarándose con los cuatro hombres que hay reunidos en su salón-despacho. Uno de ellos, que tiene un brazo en cabestrillo, le responde.

—Eran tres vehículos: dos carros y una motocicleta. Siete individuos. Nos rodearon y empezaron a disparar. No pudimos hacer nada. Yo resulté herido de bala, me libré de milagro —dice persignándose—. Ostwaldo no tuvo tanta suerte: cayó.

—¿Qué hicieron con el cadáver? —pregunta a su lugarteniente.

—Lo enterramos en la finca de Albany —responde Navas, un hombre en la mitad de la treintena con el pelo y la barba cortados muy ralos.

La mujer se levanta y se acerca al que acaba de hablar con la cara contraída por el odio y los puños cerrados. Su respiración es audible. Lo señala con el dedo.

—¡En mi territorio! ¡En Queens! ¿Cómo han podido? —le grita a pocos centímetros de su cara.

—Eran siete, Doña —Navas endurece el rostro para responder—. No respetan a nadie, hirieron a dos personas que caminaban por allí, y eso que hubo suerte. No se puede tirotear por la calle como si esto fuera el *far west.* En adelante vamos a tener a la policía patrullando a todas horas.

—En mi territorio… —repite la patrona, pensativa, volviendo a su sitio.

—El negocio se está complicando —sigue Navas—, la gente no tiene plata. Ya no es como hace unos años, cuando había mercado para todos. Entonces se respetaban las zonas…; ahora cada uno va a pescar donde puede. Si respondemos a su violencia con más violencia, será la guerra sin cuartel.

La Doña se queda unos segundos reflexionando: algún clan tiene que dominar la coca en Queens, y ella lo considera posesión suya. Años y años de trabajo, de riesgos, de lucha… Debe reaccionar. Siente la ira bullir otra vez en su cabeza.

—¡Eso es porque vosotros no tenéis agallas! —casi grita.

—Señora, a nosotros no nos puede ir mejor que a nuestros proveedores del cartel del Golfo: están luchando contra el de Sinaloa y contra el Gobierno de México a la vez. Y van perdiendo terreno. A don Modesto lo apoyan los de Sinaloa. Siempre está en ventaja. Peleamos como gato panza arriba.

—¿Y qué podemos hacer? ¡Dame soluciones!

—Necesitamos transportistas nuevos, jóvenes. Nuestros hombres son demasiado conocidos. Y no solo para nuestros rivales: están también casi todos fichados por la policía. Están amortizados.

La jefa se acerca a la ventana, alza los ojos y mira, pensativa, a los edificios de enfrente.

—Doña, no es bueno que esté tanto rato frente a una ventana, mismo si los cristales sean antibala. Le pueden disparar con armas más potentes que una carabina —le advierte el Curita.

Ella sabe que lo dice por su bien, él es el único que se atreve a darle consejos sin que se los haya pedido, pero no le hace caso. Sigue mirando al exterior y entonces ve a Blanca cruzando la calle en dirección al despacho del agente de artistas Deldorado.

—Necesitamos sangre nueva, patrona, gente que no esté quemada —dice ahora el tercer lugarteniente, que controla la distribución de coca al norte de Albany.

La jefa pierde de vista a la joven cuando esta entra en un portal del edificio de enfrente. Abstraída, asiente mecánicamente:

—Sí, es cierto, necesitamos sangre nueva.

«Las oficinas de Lucas Deldorado son mucho más grandes de lo que aparentan», piensa Blanca cuando este le hace pasar por una de las puertas que dan a la sala central. Dentro hay un estudio de grabación donde un hombre joven, con melena y una ligera barba, está leyendo unas partituras ante un piano. Al verlos, se levanta y los saluda desmayadamente.

—Bueno, aquí tienes a la famosa Blanca, te la dejo para la prueba —la presenta el agente, que se retira en seguida.

El músico se sienta y toca unos arpegios al piano.

—Muy bien, Blanca. Háblame de tu experiencia.

—¿De mi experiencia? —pregunta ella con viveza—. Me parece que vamos a acabar pronto.

Así es, solo media hora más tarde ya han acabado y salen ambos a la sala de espera. La secretaria ya no está, habrá salido para comer. El profesor le dice que se quede allí y entra en el despacho del agente. No cierra la puerta del todo. Blanca se sienta en un sillón. Al principio no oye nada, pero poco a poco empieza a distinguir lo que hablan porque están iniciando una discusión. Solo necesita reunir algo de coraje para acercarse a escuchar.

—¿Y qué puedo hacer? —pregunta Lucas—. La Doña me ha exigido que la coloque.

—¿Y dónde la vas a meter? Tiene buena voz, pero es una pura aficionada. Canta como le sale… Tiende a apoyarse en el vibrato. No sabe bailar en coreografía. Me hará falta un año para hacer de ella una cantante; ¿tú dispones de ese tiempo?

—No, no lo tengo.

Callan los dos por unos instantes. Luego habla el músico.

—Puede empezar haciendo los coros de otra cantante.

—Seguro. Vamos a ver si la Doña se conforma con eso. Es su protegida, pero no sé cuánto la quiere proteger.

—Clic.

Le ha colgado otra vez. Ya van muchas. Tiene que resignarse. Su novia ya no le coge las llamadas. Tampoco las deja extinguirse; prefiere cortarle la comunicación en las narices, humillarlo un poco. Esta es la misma americana absorbente que, cuando se aburría en los *shooting*, le mandaba miles de mensajes, que lo llamaba continuamente; que lo agobiaba, casi.

Pablo está apoyado en el ventanal del exiguo despacho que comparte con Ethan Sackler. Mira abajo, a las tiendas de lujo de Madison. De repente, le parecen muy lejanas. Se está dando cuenta de que las relaciones personales en esta ciudad son una ciencia extraña aunque precisa. Ha seguido todas las normas locales del cortejo: durante la primera cita se puede abrazar, en la segunda se confirman las ganas de estar juntos, solo se puede hablar de sexo en la tercera porque nadie se siente en relación con nadie antes. En todas esas etapas es él quien ha invitado, por precaria que haya sido su situación económica.

—Ey, Bluetooth, ¿qué te pasa, estás deprimido?

Se gira y ve a Christina en el umbral de la puerta. Con su pelo rubio rubísimo y su vestido de mil dólares. Lo mira con socarronería.

—No, nada, cosas personales.

—¿Cosas de chicas?

—Sí.

—Cuéntamelo.

—No vale la pena; además, ya no tiene solución.

—Venga, somos compañeros. Somos personas…

Él no sabe si dar crédito a la súbita conversión de su jefa en un ser sensible y solícito. No le cuadra. Pero, puesto que le ha preguntado, no pierde nada con contarlo.

—Esta historia la habrás oído mil veces. Estaba saliendo con una modelo internacional. Muy guapa. Me he gastado una pequeña fortuna en restaurantes y discotecas para impresionarla. El pasado viernes le propuse organizar una cena en su casa. Yo mismo iba a hacer comida española. La idea le había parecido bien. Fuimos a comprar los ingredientes en una tienda cercana. Cuando llegamos a la caja, por primera vez, le dejé pagar. Me pareció lógico: además de los alimentos había comprado hasta un cepillo de dientes y tampones, y yo ya estaba cansado de invitarla. Al principio se limitó a poner mala cara; se calló y pagó. Luego, el ambiente de la cena fue frío y silencioso. Me puso una excusa para retirarse pronto. Por lo visto la he ofendido gravemente en su amor propio.

—No cabe duda —le dice Christina, que no ha parado de sonreír durante todo el relato.

—Y desde entonces, no se pone al teléfono. Llevábamos casi tres meses saliendo.

—Bluetooth, en esta ciudad, si no tienes dinero, las chicas con futuro te van a dedicar un máximo de tres semanas; o sea, que puedes considerarte afortunado. Aquí, sin posibles, no eres nadie —le recalca señalándolo con el dedo—. Hazte a la idea aunque lastime tu ego. ¿Era realmente tan guapa?

Él busca entre sus papeles una revista de modas, la abre y la aproxima a su jefa, que se adentra en el despacho para verla. Aunque esta mira al principio con escepticismo la página donde aparece la modelo, acaba por dar una admirativa cabezada de asentimiento…

—Aunque no te lo parezca, Bluetooth, hay muchas mujeres tan guapas como esa. Y no hace falta invitarlas tanto —dice dando media vuelta para salir—. Tienes que aprender qué es la vida. Tienes que admitir las cosas como son… y, sobre todo, vender de verdad para que no te vuelva a pasar algo así.

«Tengo que vender en cantidad esos malditos CMO —se repite él de camino a casa— si quiero dejar de estar en precario. Y la debilidad de la economía me está poniendo el mercado muy difícil. Todo se me está complicando. Se me acaba el combustible de la vida en esta ciudad: el dinero. A todos nos gusta el dinero, pero que mediatice las relaciones hombre-mujer me parece excesivo. Ellas se creen sofisticadas porque siguen miméticamente determinadas pautas, sin embargo, desnudas y en la seriedad de los momentos cumbre se revela su insuficiencia, su mecanicidad. Sí, estas mujeres tienen algo de engañoso, como los restaurantes que frecuentábamos: muy sofisticados, pero sin un triste mantel sobre la mesa. Blanca tiene razón: un recuadro de papel no cuesta nada y resulta más limpio y agradable. Eso sí, todo caro, muy caro. Como la modelo: costosa de mantener y de dudosa higiene». Porque desde hace unos días siente un picor genital que podría provenir de… En fin.

Ya en su apartamento, intenta apartar esos pensamientos poco gratos. Coge un agua tónica de la nevera y se la toma mirando por la ventana que da al Hudson. Repara entonces en que Blanca está muy cerca; en realidad, no los separa más que el río. Ella estará en algún lugar de Queens peleando sola en un entorno mil veces más difícil que el de su exnovia y sin colgarse de nadie para soslayar la lucha por la existencia. Una persona muy distinta de la gente con quien se mueve. No sabe si llamarla. Es dudoso que pueda prosperar una relación: hay un abismo entre los dos; cada uno en su universo. Aunque, es verdad que una simple llamada telefónica puede atravesar el espacio. Instintivamente, coge el aparato y pulsa su nombre. Ella responde en seguida, pero después del «cómo estás-cómo estoy», él no sabe muy bien qué decir.

—¿Por dónde andas?

—Por Queens, yendo al despacho de mi representante artístico.

—Vaya, vaya… a-mi-re-pre-sen-tan-te-ar-tís-tico —silabea él—. Eso suena muy bien.

—Es un buen tipo. Ha conseguido que debute en una sala grande: el Astoria Latino. Haré de telonera de una cantante colombiana importante y luego le doblaré los estribillos.

—Estupendo. Me tienes que decir cuándo va a ser el concierto para acudir. ¿Podemos vernos hoy?

—Hoy es jueves. Canto tangos en el Centro Español de Queens. De once a una de la madrugada.

—Será un poco tarde ya. Pero iré a verte al Astoria Latino.

—¿Estarás en mi debut, entonces?

—Sin falta.

Él cuelga. La conversación le ha dejado un buen sabor de boca. Estira los brazos para desentumecerse de un día de trabajo. Luego se pone bajo el chorro de agua caliente de la ducha y todo parece menos malo, más soportable. Suena el timbre. Se seca rápidamente, se pone un albornoz y abre. En el umbral ve a una chica que podría ser Kristen porque parece una modelo: alta, guapa y morena. Aunque no es ella.

—Hola. Esto es para ti —le dice mientras le alarga un sobrecito que contiene una tarjeta.

TE HAGO LLEGAR UN REGALO POR LA VENTA DE LOS CMO AL BANCO ANDINO. NO ES NECESARIO QUE LA INVITES A CENAR. CHRISTINA.

De ninguna forma esperaba algo así esa tarde. Pero la *escort* no tiene todo el día.

—Entonces, ¿qué? ¿Me dejas pasar?

Blanca ha notado a la Doña relajada y feliz mientras compraban ropa y complementos por la Gran Manzana. Se ha dejado aconsejar por Blanca, ha invertido una pequeña fortuna en guardarropía para que la lleve en sus actuaciones, ha sonreído todo el tiempo… Luego la ha invitado a comer a un restaurante de estilo medio español, medio de toda Hispanoamérica: El Barbero de Sevilla. La patrona tiene allí siempre un reservado; cómodo, aunque sin ventanas al exterior. En realidad, un búnker de lujo. Ahora están compartiendo un aperitivo a solas, con la puerta vigilada y tres guardaespaldas en los alrededores.

—Este local fue otro de mis caros caprichos —dice en un tono que pretende ser mundano, como si se dirigiera al coro de amigas que nunca tuvo—. Pero, ¿qué quieres?, mi debilidad son las arepas, y aquí en Nueva York no las sabía hacer nadie, así que traje a un cocinero de Bogotá. Hace poco lo vendí, pero me gusta venir de vez en cuando. ¿Sabes qué vamos a hacer? Quedaremos a comer aquí cada par de semanas, más o menos. ¿Qué te parece?

—Encantada, señora, pero mi estancia en la ciudad depende de que encuentre el rastro de Marta.

—De eso quería hablarte —dice la patrona, súbitamente seria—, quiero que veas algo. —Saca del bolso unas fotos y se las muestra.

En la primera, Blanca distingue a duras penas a una joven que parece estar cantando sobre un estrado. Aunque hay público detrás, resulta imposible apreciar cuán grande es la sala. En la segunda se ve a la misma persona más de frente; ha levantado un brazo mientras mantiene con el otro el micrófono cerca de la boca ocultando parcialmente su rostro. Las imágenes no tienen resolución ni buen encuadre, como si el fotógrafo hubiera querido enmascarar la identidad de la chica.

—¿Qué me dices, esta es tu hermana? —pregunta la Doña pinzando las fotos con sus uñas lacadas en rosa.

—Puede ser… Sí, puede ser; tiene un aire, desde luego. ¿Saben si es española?

—Sí. Su nombre artístico es Sonia Cruz. Las fotos han sido tomadas en Guadalajara, México. Hasta hace poco, vivía en la capital, proveniente de Nueva York. Esto es lo que sabemos.

—No gran cosa.

—Es más de lo que parece. Esta joven no tiene muchas ganas de hablar, por lo visto. No vas a poder chatear con ella por *laptop*, desde luego.

—¿Qué tipo de canciones canta? —pregunta Blanca mirando de nuevo las fotos.

—Temas melódicos.

—¿No se puede averiguar más?

—Mi organización no es fuerte en México. Me llegarán más detalles, pero tardarán algunas semanas. Aunque la respuesta se puede acelerar si me haces un favor.

Blanca no dice nada esperando el impacto de la orden que le va a llegar. La Doña guarda el suspense mucho rato, apurando su bebida con morosidad, mirándola a los ojos hasta que la joven no aguanta la tensión.

—¿Qué clase de favor?

—Tienes que hacerme un transporte. No muy lejos, a New Jersey. Pero tiempo al tiempo, paso a paso. Ahora, lo importante es tu debut de esta noche en el Astoria Latino. En eso te debes concentrar. No puedes fallar. Con la ropa que te he comprado, vas a estar cañón.

Pablo apunta su pistola procurando que el arma no le tiemble en lo más mínimo y hace fuego cinco veces consecutivas. Luego baja el arma y mira el efecto de sus disparos. Está en el West Side Rifle & Pistol Range, un club deportivo en los subterráneos del Dezer Building. Casi nadie sabe que es él un amante del tiro de precisión, variedad pistola rápida. Se quita los auriculares y las gafas, que le tapan el ojo izquierdo. Delante, tiene cinco blancos de cincuenta centímetros de diámetro, todos con impactos.

—No está mal, Pablo, nada mal. Meter una bala en el área central de cada diana no lo consigue cualquiera.

Es la voz de Sam, el presidente del club, un hombre de unos setenta años, republicano a machamartillo, que organiza en este mismo local las cenas anuales de los socios del National Rifle Association.

—Es la fuerza de la costumbre —responde él.

Aunque agradece el cumplido de Sam, el resultado obtenido es pésimo para su *score*, esta vez no ha controlado bien el pulso. El marcador electrónico no engaña.

—Tienes una bonita arma, muchacho —dice el anciano acercándose más.

—Diseño italiano. Es una Pardini de calibre 22.

—Recuerda, amigo: cuando la guardes, cargada y con el seguro puesto. En los Estados Unidos hay que estar siempre listo para defenderse.

—Lo tendré en cuenta, Sam.

«Se acabó por hoy». En la ducha escocesa se relaja un poco después de un día especialmente duro. Ha acudido de nuevo a la casa de Mrs. Wilkinson para entrevistarse con sus asesores McCulligan y Everton, dos pájaros de pico duro y razonar correoso que le han concedido poco tiempo para exponer las ventajas de los productos de Pegasus.

—Usted nos ofrece unos fondos referidos en su totalidad a obligaciones hipotecarias —le ha dicho Everton sin dejar de mirar los índices que él les ha entregado.

—Sí, son CMO típicos —contesta él echando a faltar el oficio necesario para enfrentarse a aquellos dos expertos.

—Los días dorados de esa estrategia ya pasaron. La prueba es el mediocre rendimiento de las participaciones.

—Bueno, los tiempos no son fáciles. Y no están generando pérdidas —apunta él empezando a sudar.

—Tendrá que volver con algo mejor, joven —concluye McCulligan poniendo fin a la entrevista en esa ciudad en la que el tiempo es oro.

Cuando sale de los vestuarios, devuelve dos llamadas perdidas que ha recibido en su móvil. Una, a Blanca; para ella, esta es su gran noche, canta en el Astoria Latino. Él tiene planeado cenar algo y luego ir a ver su actuación. Pero ella no le coge el teléfono. Más tarde insistirá. La otra, a su jefa.

—¿Bluetooth? ¿Cómo es que no respondías? Prepárate, hoy cenamos con dos *product managers* de la oficina de California.

—Esta noche me resulta imposible: he quedado en ir a un concierto, debuta una amiga, ya tengo la entrada. No puedo.

—Pues al regalo que te mandé no le dijiste eso. Pudiste sin ningún problema. A las ocho en el restaurante Per Se. En punto.

Cuelga.

Son las siete menos cuarto. Coge un taxi, sube a su apartamento, se pone un traje y luego, al metro. A esas horas es lo más rápido para cruzar la Quinta Avenida. Sale a la calle y, en la oscuridad, se desorienta un poco. Tiene que ir hacia Columbus Circus dejando Central Park siempre a su derecha. Llama a Blanca. No le coge el teléfono. Mierda. No va a poder ni disculparse. ¿Y dónde está el jodido número 10? ¿Y dónde, el jodido restaurante? No aparece por ningún lado, y ya son las ocho.

Blanca está sentada en la sala VIP del Astoria Latino, bajo pequeños focos de luces azules, en un ambiente íntimo. Se siente cansada y moderadamente feliz: su primera actuación en un local de tamaño medio ha salido muy bien. Casi todo el rato se ha limitado a doblar los estribillos de la estrella del local, una colombiana incansable de voz potente que ha estado cantando durante casi dos horas para un público entregado. Pero en los descansos ella ha tomado el relevo. Boleros, solo boleros, pero su ardiente voz acariciadora ha hecho que las parejas se estrujasen al bailar. Una noche exitosa, sin discusión alguna. Solo ha echado en falta a Pablo, que no ha cumplido su promesa de ir a verla.

A su lado están Susan y Lucas Deldorado, que toma la palabra.

—Amigos, este club empezó como un pequeño capricho de doña Imelda; invirtió una fortuna en él, pero hoy en día se ha convertido en uno de los referentes de la música hispana de Queens, lo que equivale a decir de Nueva York. El primer paso importante para cualquier futura estrella. Ahora bien, este éxito solo puede alcanzarse si disponemos de cantantes de primera, consagradas, como las que esta noche nos acompañan.

Hay aplausos para las triunfadoras, pero Blanca sospecha que habrá más premios. No se equivoca. El agente dice traer un regalo de la patrona. Saca del bolsillo una bolsita con un polvo blanco y lo esparce sobre la mesa. Luego tiene lugar el ritual del uso de la tarjeta de crédito para separar las hileras, del billete enrollado hasta formar un canutillo, del aspirar por la nariz… Cuando le toca a Blanca, ve las miradas del grupo concentrarse en ella. Imita en todo a sus predecesores. Es su primera vez. Al principio solo nota un fuerte sabor amargo al final de la lengua. Para cuando el siguiente consumidor se inclina a su vez sobre la mesa, ella empieza a sentir un bienestar que le sube desde el estómago, suave, suavemente, hasta estallar en su cabeza. Ahora sí está contenta, ahora sí se ha liberado de los pesos que lleva encima. Por unos minutos todo tiene sentido, todo es hermoso…

Poco después, la vida es bella para el grupo entero. Susan se pone en pie y la coge de la mano.

—Vámonos, Blanquita, ya estamos bastante colocadas.

Se despiden más o menos y se dirigen a la salida. La americana la lleva de la cintura mientras cruzan pistas de baile y galerías llenas de música. De vez en cuando la rubia se inclina y le besa en la mejilla o en el cuello, dificultando aún más su andar acompasado cuando la droga está haciendo aún su efecto. Luego, ya en el coche, con la mano que no agarra el volante, le acaricia la rodilla, que sobresale del vestido de Blanca por el corte lateral. Ella se siente demasiado feliz, demasiado eufórica como para hacer caso a esos detalles. Al llegar a la altura del río, gira a la izquierda por Shore Boulevard. A mitad de calle pega un volantazo y se mete en un aparcamiento abierto, donde detiene el vehículo. Se adivinan las siluetas de otras parejas en la oscuridad de los coches cercanos. El lugar es como un mirador de la ciudad. Al otro lado se ven los edificios del Upper East Side.

—Es bonita esta vista —dice la americana girándose bruscamente y cogiéndola por la nuca—, aunque más bonita eres tú.

Christina le presenta a sus dos invitados de la oficina de Pegasus de California: uno de origen escocés y otro hindú. Ambos le echan una rápida mirada evaluadora mientras le estrechan la mano.

—Vamos a pedir primero, si os parece.

Los tres están tomando refrescos de aperitivo, pero la jefa no se preocupa por pedir ninguna bebida para él, que ha venido casi corriendo. Abre la carta del menú gastronómico e, inconscientemente, mira abajo, al precio.

PRIX FIXE $164

Bebidas y servicio aparte, claro. Pero como esta vez no tendrá que pagar, escoge *Oeufs á la coque au caviar* y *Côte de Bœuf Grillé «Black Angus»*. Christina pide un Château Lafite-Rothschild del 2005. No escatima en gastos, un indicio de que hay algo importante de por medio. La conversación gira sobre el único tema que parece interesar a sus colegas.

—Dinero —dice el hindú—. Quiero decir mucho dinero. ¿Cuánto? Ni se sabe.

—¿Has oído? —le pregunta Christina.

—¿De qué estáis hablando exactamente? —pregunta a su vez él.

—*Liquidity event* —responde el escocés.

—O sea, alguien va a vender una empresa. ¿Quién? —remacha Pablo.

—Tu amiga la millonaria madura —aclara Christina antes de catar el vino—. Parece que ahora se dispone a vivir la vida.

—¿Serena? ¿Cómo lo habéis sabido?

—Indicios —sigue el hindú—. El vicepresidente de la compañía que ella fundó está pidiendo valoraciones de la empresa.

—Esa información debería ser… confidencial.

—Tenemos contactos en las consultoras y oídos en muchos sitios; y no es lo único que tenemos. Cuando tu amiga haya recibido el camión cargado de billetes, producto de la venta, podremos ofrecerle el instrumento financiero perfecto para reinvertirlo.

—Alguien tiene que convencerla de que lo meta en Pegasus, y ese alguien eres tú —añade Christina.

—¿De cuánto se habla?

—Como te he dicho antes, no se sabe. Pero no debe de bajar de trescientos millones de dólares.

Luego siguen todavía un tiempo desgranando el patrimonio atribuible a la californiana. Mientras, le sirven el huevo *á la coque*. El gris oscuro del caviar contrasta contra el blanco de la nata.

—Pensamos que puede invertir en nuestros activos entre un treinta y un treinta y cinco —dice el escocés.

—Eso son noventa o cien millones de dólares. A ti te correspondería el tres por mil. Unos trescientos mil —sigue ella.

A él casi se le atraganta el delicioso bocado al oír la cifra. Bebe un sorbo del no menos exquisito vino francés.

—Hemos creado un instrumento financiero *ad hoc* a petición de Christina —dice el hindú mirándolos alternativamente—. Está referenciado a los fondos LuxAlpha de Madoff Investment Securities. Son un valor seguro.

—Tenía entendido que Madoff era bastante reacio a ofrecer sus productos a nuevos clientes —apunta él.

—Todo cambia; debido a las circunstancias del mercado está ahora más abierto —dice el oriental con tono neutro.

—¿Y no es algo extraño?

—Solo él está dando beneficios, parece lógico que aproveche para expandir el negocio. Es una buena oportunidad —añade el otro.

—Pero algunas informaciones sobre esa empresa me hacen pensar…

—Es que a ti no te corresponde pensar, Bluetooth —corta Christina—, a ti te corresponde vender. Nada más y nada menos. Y se avecina una ocasión propicia para ello: Serena Hathaway va a asistir próximamente a un evento benéfico en el Museo de Arte Moderno. Si decides aceptar este reto te haremos llegar una invitación para que puedas aproximarte a ella. Piénsalo. Lo tomas o lo dejas.

Blanca ve apenas en la oscuridad como Susan acerca su rostro al suyo y le besa en la boca metiéndole la lengua hasta el fondo. Luego se aparta y respira con agitación, como si estuviera haciendo un enorme esfuerzo, para deslizar en seguida sus labios por la cara de ella en dirección al cuello. Entonces le separa el abrigo del hombro, le baja el tirante del vestido hasta dejar semidescubierto un seno y aplica los labios al pezón con la ansiedad de un bebé hambriento. Ella cierra los ojos, mareada por la droga y el cansancio. Entonces nota una mano moviéndose entre sus muslos que, con extraña habilidad, se desliza por la abertura de su falda para acabar cerrándose sobre su sexo. Luego, siempre con suavidad, la mano se cierra y tira de las bragas hacia abajo. Ahora sería necesario que colaborase, que no se limitase a dejarse hacer, pero aún está colocada y no reacciona. Aunque no le atraen sexualmente las mujeres, sería una experiencia más en una noche llena de novedades, ¿no?

—No —dice Blanca. En la oscuridad solo distingue la cara de la americana con el carmín de labios corrido por el besuqueo y echando chispas por los ojos.

—¿Cómo? —pregunta Susan.

—¡He dicho que no!

—Pero…

—No hay peros, he dicho que no —dice incorporándose.

—¿Qué te has creído, que puedes calentarme y luego negarte y ya está?

—Eres tú quien se ha calentado. Yo no te he dado pie.

Ella nota que la otra ha estado demasiado cerca de su objetivo como para poder resistir la frustración.

—¡Puta hispana de mierda! ¿Qué te has creído? Sin mí no eres nada. ¡Nada! Tendrías que volver a la piojosa casa de la que has venido. Si yo no hubiera intercedido por ti con la Doña, no te llegaría ni para comer. Me lo debes todo.

—Pues no te lo quiero deber.

—¿No quieres, eh? Pues empieza ahora mismo, lárgate de aquí…

La rubia sale del coche, lo rodea por delante y abre la puerta del copiloto. La coge del brazo y la saca a tirones.

—¡Fuera! A pasar frío, a pasar hambre… Vete al infierno.

Una vez en el asfalto, Blanca da algunos pasos inseguros hasta estabilizarse. Ve como el vehículo arranca y se va por donde ha venido. Intenta despejar su mente. ¿Qué puede hacer? El hotel estará a cinco, quizá a seis kilómetros. Ni siquiera sabe dónde se halla. ¿Cómo puede orientar a un taxista para que la recoja? No hay salida, se hace a la idea de que tiene que andar guiándose por la posición de los rascacielos del otro lado del río. El aliento se convierte en vapor al salir de su boca. Tiene ganas de llorar pero se aguanta. Oye el ruido de un motor. Mira atrás y ve el coche de Susan acercándose muy deprisa. Se asusta. Intenta alejarse de la carretera, pero el vehículo para delante de ella cortándole el paso. La ventanilla se baja y ve el rostro de Susan, compungido.

—Venga, sube.

Blanca sortea el obstáculo y retoma el bulevar. Susan la sigue con el coche a paso de persona y le insiste, le asegura que no le va a hacer nada… Ella sigue mirando al frente.

—No seas tonta. No te voy a hacer nada, te lo juro. Perdóname. No volverá a ocurrir… si no quieres.

Ella se detiene. Mira a la rubia y algo la convence de aceptar su propuesta: quizá el insoportable frío, quizá la expresión de arrepentimiento que ve en su rostro.

Finalmente, entra.

—Tengo que presentarme al examen de la Serie 7 en un mes y no tengo tiempo para estudiar. ¿De dónde voy a sacarlo trabajando catorce horas al día? Mira, este es el texto —sigue Elena, extrayendo de su mochila urbana un grueso libro y poniéndolo sobre la mesa del café Starbucks a la que están sentados.

SECURITIES REPRESENTATIVE LICENSE MANUAL

—Lo conozco: es la biblia del inversor —dice Pablo pasando las hojas—. Mil novecientas páginas de papel muy fino con todos los conceptos esenciales del mundo de las finanzas. ¿Tan importante es para ti aprobar?

—Imprescindible, si quiero ascender. Es la primera consagración. Me he inscrito en una web que permite hacer simulaciones del examen para ver cómo voy. Cada prueba son cuatro horas. Todavía no he hecho ninguna. No me he atrevido.

Luego se queda pensativa durante unos instantes apurando su té. Él la mira a los ojos y ve el efecto de la ciudad sobre su cara. El maquillaje no puede tapar la línea azul de las ojeras ni el cansancio del rostro.

—Estoy pasando un periodo difícil. Mi padre sigue insistiendo en invertir en Acces, y no sé cuánto tiempo voy a poder seguir dándole largas. Y a ti, ¿cómo te va con el Club de los Cien Mil Dólares?

Él también está estresado. Ha aceptado una misión de éxito incierto: contactar con Serena Hathaway en el New York Americas Shed y colocarle los nuevos fondos de la compañía, referenciados a LuxAlpha. Parece que a una gala latina va a asistir el club en pleno. Pero de esto prefiere no contarle nada a Elena para no preocuparla más. Al contrario, le dice que las cosas pintan bien, que tiene esperanzas de poder convertir en clientas a ese club de millonarias. Fundadas esperanzas.

—Te diré lo que vamos a hacer —continúa súbitamente animado—. Tengo una amiga que canta en el hotel de la Fábrica de Cartón, ¿te acuerdas? Iremos a cenar allí el sábado.

—Debo estudiar…

—*Okey*. Esta será tu despedida del mundo.

—Pero…

—Solo un par de horitas. Venga, anímate. Pasaré a recogerte a las siete.

La sala está llena. Blanca no cree que sea para verla a ella, sino por la creciente popularidad del local. En la penumbra ve a gente de todo tipo; la mayoría, jóvenes. Se siente cansada. Por suerte, ya es la última canción.

—Yo la vi florecer, pero un día,
»maldita la huella que se la llevó.

»Flor de ausencia,
»tu recuerdo
»me persigue siempre
»por la siempre noche
»de mi soledad.

La nostalgia de Marta le resulta ese día agobiante. Esa misma tarde, no mucho antes de bajar a cantar, el oráculo del chat le ha respondido a una pregunta que ella había dejado prendida días antes.

NICE

—Quien te ha dicho que tu hermana está en Mexico?

aMARGARt

—Me han enseñado unas fotos en las que aparece una chica q podría ser ella.

NICE

—Donde se han tomado las fotos?

aMARGARt

—En una sala de fiestas.

NICE

—No es tu hermana.

aMARGARt

—No se como estas tan seguro si no las has visto…

NICE

—Tu hermana no canta desde hace años.

aMARGARt

—Pero esta en Mexico?

…

—No me respondes?

NICE

—Vuelve a Espanya. Eso es lo que debes hacer.

aMARGARt

—Si no lo niegas es porque mi hermana está en Mexico.

NICE

—Por favor, vuelve a Espanya. Adios.

Y eso ha sido todo.

Luego ha cantado en el club nocturno con las palabras del chat retumbando en sus oídos. Una tortura, pero al menos ya ha acabado el trabajo. Ahora, a ducharse y a la cama. El día siguiente es domingo, a las seis no sonará el maldito despertador. Se despide del público y se dirige a la escalera para regresar a su habitación. Pablo surge de la penumbra, se le acerca sonriente, la saluda y la invita a sentarse a su mesa. Ella acepta.

—Hemos venido solo para oírte cantar —dice Elena tras haber sido presentada.

Ella no tiene la impresión de que a la mexicana le agrade mucho verla. El caso es que su rostro le resulta familiar, debe de haberla visto antes, no hace tanto, pero no sabe dónde. Pide un *gin-tonic*. Al poner las manos sobre la bebida fría nota los ojos de la otra clavados en ellas. Pronto adivina por qué: tiene la piel cuarteada. Casi sin darse cuenta, las oculta en su regazo.

—Has estado genial. Si sigues así, pronto te convertirás en una estrella —dice Pablo satisfecho.

—Muchas gracias, hace falta cantar muy bien para eso, y la verdad es que no creo que esta haya sido la mejor de mis actuaciones. Estoy cansada. Esta semana ha sido dura.

—Entonces, ¿no te consideras suficientemente buena? —dice la mexicana apartándose el flequillo de la cara con un brusco movimiento.

—Siendo realista, no.

—Pero todos soñamos con triunfar —sigue Elena cruzando los brazos sobre el pecho y echándose para atrás en el asiento sin dejar de observarla.

—Yo sueño con otras cosas.

—¿Un príncipe azul? —insiste la otra con un cierto sarcasmo en la mirada.

Blanca no responde. No sabe a qué atribuir esa agresividad. Bebe un trago de su copa pensando en una respuesta. ¿Qué le va a decir? ¿Que lo que realmente quiere es encontrar a su hermana? ¿Que no es un sueño, sino una obsesión dolorosa? Al final, encuentra una salida convencional.

—Este es un empleo para ganarme la vida. Me gusta cantar; nada más.

—Pero te va bien, ¿no?

—Sí, el jueves que viene tengo una gala latina en el MOMA.

—¡No me digas! Yo también voy a asistir, nos veremos allí.

—Esta vez no me fallarás, espero. ¿Y tú, vas a ir? —se dirige a Elena.

—No, yo no estoy para fiestas, debo pasar un examen. De hecho, me tengo que ir ya. Mañana empiezo a estudiar muy temprano. Tengo una carrera profesional. Tomaré un taxi.

Elena se levanta, hace un gesto de adiós, se cuelga su bolso y dirige sus pasos a la escalera.

—¿Se ha enfadado tu novia? —pregunta ella cuando se quedan solos.

—No, pero tiene que superar un examen de temas financieros y está obsesionada. Y no es mi novia. Solo somos amigos. Nos conocimos en París, cuando estudiábamos Ciencias Políticas. Fue un tiempo bonito.

Blanca se da cuenta de que Elena está colada por Pablo. No comprende cómo es que él no lo ve, cómo es que la trata como a una amiga.

—Dime, ¿has podido averiguar algo de tu hermana? —pregunta Pablo mirando al fondo del vaso.

—No he aclarado gran cosa. Sigo buscando.

—No das tu brazo a torcer, ¿eh?

Dejan de hablar porque la siguiente actuación está en su culmen y hay demasiado ruido. Los dos dirigen su mirada al escenario. En un momento determinado, él le coge una mano y la observa fijamente. Ella siente reparo. Se explica.

—Allí arriba, en los rascacielos, hace mucho frío. Para servir las bebidas me tengo que quitar los guantes y se me estropea la piel.

—Piel fina y duro trabajo. Mala combinación —dice él cogiéndole las dos manos con las suyas.

—Y a ti, ¿qué tal te va? ¿Ya lo tienes todo en la vida?

—Lo tengo todo, pero no en cantidad suficiente —dice sonriendo.

—Nunca tendrás suficiente.

Se ponen a hablar. El tiempo pasa para Blanca sin sentir. Se le olvida el cansancio acumulado de la semana. Le parece que él también se evade de la dureza del trabajo, de las dificultades, de los desengaños. Por unos momentos, la vida es otra cosa.

Pablo se mueve entre grupos de gente guapa que observan de reojo a los demás invitados mientras conversan; todos lucen una perenne sonrisa. Hay mujeres jóvenes y deslumbrantes, maduras delgadas que han pasado por el quirófano varias veces y damas añejas con el cabello invariablemente dorado. Los hombres visten de esmoquin o traje oscuro.

Suena su teléfono móvil.

—Hola. ¿Dónde estás? —es Elena, su voz denota ansiedad.

—Estoy en el MOMA, en una fiesta para millonarios. He llegado de los primeros porque tengo que captar a una clienta.

—Sí, ahora me acuerdo. *Okey*; entonces, nada; era por si podías charlar un rato.

—Salgo y te llamo, aquí hay mucho ruido.

—No, no, déjalo; ya hablamos mañana.

—¿Va todo bien?

—Sí…

—No; te conozco y sé que no. En cuanto pueda, salgo a la calle y te llamo. ¿De acuerdo?

—De acuerdo.

Blanca ha entrado en el Museo de Arte Moderno por la puerta trasera del edificio, en la furgoneta de Food4you que va a servir el *buffet* de bebidas para el evento. Va a cantar tangos durante el acto; solo va a ser una de las teloneras de una importante artista mexicana, pero no deja sentir la tensión de enfrentarse a este nuevo reto. Esa sensación se acentúa cuando llega al *hall* principal, donde han montado el escenario, y ve el enorme cartel que cuelga del techo.

New York Americas Shed FUNDRAISING EVENT Televisa

—Esto del Americas Shed es una de esas sandeces que tanto les gustan a los gringos —dice a su lado Carlos Sánchez, uno de los dueños de la empresa de *catering* mientras examina el local para establecer la distribución de los camareros.

—¿Por qué sandeces? —arrastra las palabras su socio—. Los ricos tienen su forma de hacer las cosas y les va bien, ¿no?

—Porque esto es una encerrona de los mandamases políticos, quieren sacarles plata para hacer un supercentro cultural… Pero esta ciudad, desde el 11-S, no tiene un centavo. No reunirán ni la décima parte del presupuesto.

—Pues si los ricos acuden aquí será porque les interesa…

—O será que son tontos.

—Tontos somos tú y yo, Carlitos, que tenemos que trabajar como negros para vivir. Los ricos son bien listos.

Mientras los dos hombres siguen discutiendo, un joven de modales amanerados y vestido con un esmoquin azul oscuro se dirige a Blanca. Sostiene una carpeta de la que no despega la vista.

—Oye, tú eres la española, la telonera de Thalía, ¿no? Pues se ha anticipado, sales en quince minutos.

—A mí me habían dicho que iba a entrar a mitad. Ahora no puedo. Todavía no me he maquillado ni…

—Pues si no puedes, te vas por donde has venido, preciosa. Otra ocupará tu puesto.

—Joder… —protesta ella levantando las palmas de las manos—, deme unos veinte minutos para arreglarme y ahora salgo.

—No hay tanto tiempo; no te preocupes: nadie te va a mirar —dice palmeando con indiferencia el aire e indicándole luego que lo siga hasta una sala pequeña. Le deja la llave, le concede diez minutos y se marcha. En la habitación no hay ni un espejo ni una luz directa. Solo hay una mesa, dos sillas y varios armarios. Seguro que habrá un camerino bien montado, pero será para Thalía. Se sienta y se acaba de pintar con la ayuda de un espejito de mano. Mientras, empieza a calentar la voz tarareando estribillos de su repertorio. Llaman a la puerta. Tensa por la prisa, abre de mala gana. En el umbral hay un treintañero alto y fornido con aspecto de guardaespaldas.

—Mi patrón quiere platicar con usted, señorita —le dice con acento mexicano.

—¿Quién es su patrón?

—Don Modesto López. ¿Sabes quién es?

—Sí, lo sé.

Siente una contracción en el estómago. Claro que lo sabe. Susan ya le ha hablado de él. Las palabras de la rubia le retumban en la cabeza: «Ya no hay neutrales, los que no estén en el bando de la Doña son todos enemigos». Pero también es una oportunidad. Para sacar un clavo hay que meter otro. La Doña no tiene buenos contactos en Guadalajara porque ese es territorio del cartel de Sinaloa. Y el que representa a ese cartel en los Estados Unidos es don Modesto. Quizá le pueda proporcionar verdadera información, aunque es también muy arriesgado ponerse en contacto con él. No tiene mucho tiempo para decidir. Intenta ganar unos segundos preguntando.

—¿Y qué quiere de mí?

—Eso será él quien se lo diga… Está en el piso de arriba, en la sala principal. Puede subir por la escalera que hay frente al mostrador de bebidas. Yo estaré delante de la puerta, me podrá ver desde el pasillo. La esperaré.

—Está bien, cuando acabe mi actuación, subiré a verlo.

Christina se acerca a Pablo, esquivando los corrillos, y le habla en voz baja.

—¿Sabes quién es ese tipo distinguido del fondo? ¿El del esmoquin azul? Es Modesto López, uno de los capos mexicanos más importantes de Nueva York.

—¿Quieres que intente abordarlo?

—No te haría ningún caso, yo he podido hablar con su secretario, ese joven calvo que está a su lado. Aquí tienes su tarjeta. Pero mejor busca al Club de los Cien Mil Dólares —dice Christina dejándolo para seguir su ronda de contactos.

Él se pone a buscar discretamente entre los asistentes a la fiesta saludando a los pocos que conoce. Al final las encuentra a la tres, reunidas varios grupos más allá. Se acerca y lo reciben bien; Mary Jo le presenta a Luz Clarita Habermas, una mujer que fue hermosa, ahora con los rasgos borrosos por la cirugía. Su objetivo es Serena Hathaway. Él sabe de mujeres, en eso ha tenido éxito toda su vida, por eso mismo sabe que a veces falta la química entre dos personas; no tiene explicación, pero es así. Su norma es no intentar un acercamiento hasta no haber generado interés en la mujer. Recibir un rechazo prematuro haría irremontable la tarea de abordarla. Mira a Serena constantemente por el rabillo del ojo. A él le parece un poco cohibida en ese ambiente de políticos, artistas y *socialités.* Dos veces ha intentado iniciar con ella conversación, y dos veces se ha extinguido. La cosa no funciona. Y Christina quiere resultados rápidos.

En aquella *party,* las canciones de Blanca son la música de fondo. Nadie la mira. Todos los presentes parecen tener un poderoso motivo para no perder de vista a sus contertulios. El repertorio del atril se está acabando y la diva no llega. A una canción le sigue otra y otra sin que ella pueda quitarse de la cabeza que va a entrevistarse con el capo mexicano. De repente, repara en que, cuando se acerque al *buffet* de bebidas para subir por la escalera, los de Food4you pueden verla e ir con el cuento a la Doña. Nueva inquietud. Pero se controla para seguir cantando. En esto, ve que el coordinador le indica con un gesto que esa canción es la última. Tan pronto la acaba y se agotan los tímidos aplausos, el maestro de ceremonias sube al estrado y toma el micrófono de sus manos casi como si ella no estuviera.

—Esta noche es única para los latinos de Nueva York, señoras y señores. En unos instantes tendremos a la cantante mexicana Thalía en este estrado, cantando para nosotros los temas de su último álbum. Thalía no es la única estrella que brilla en el firmamento de esta fiesta. Entre los invitados, también tenemos a la actriz internacional Eva Longoria, que esta noche no luce en absoluto desesperada[2].

Se escuchan risas y fuertes aplausos. Desde el techo, un foco apunta a la diva hispano-norteamericana, que saluda a la concurrencia agitando un brazo en alto.

Ahora el coordinador le hace gestos de que baje del escenario. Tenía que haberlo hecho antes, pero está ensimismada pensando en la prueba que le espera. Separa la cortina que hay detrás de ella, se mete en el *backstage* y se pone a un lado. Thalía entra en esa área y se queda a la espera de que abran el telón. Sus miradas se cruzan fugazmente. Las cortinas se separan, y la diva es recibida por el maestro de ceremonias, que se inclina para besarle la mano. El público estalla en aplausos.

—Bueno, Thalía, aquí te tenemos tan guapa como siempre para presentarnos en exclusiva tu reciente álbum: *Amar sin ser amada.*

2 En aquella época, la actriz Eva Longoria estaba interpretando la serie *Mujeres desesperadas*.

—Así es, muchas gracias, pero déjenme expresarles el gran honor que es para mí…

Mientras la estrella se explica, Blanca baja del escenario para tomar el camino de las escaleras del fondo. Anda deprisa, pues quiere atravesar lo antes posible la sala para evitar que Sánchez o Santos la vean ir al piso superior. Al principio se camufla entre los numerosos corrillos y, al llegar al área que precede a la escalera, ve un tramo al descubierto justo delante del servicio de bebidas de Food4you. No podrá atravesarlo sin ser vista por alguno de los empleados. Se queda parada unos instantes indecisa. Entonces un joven con esmoquin negro y el pelo engominado se sitúa delante de ella con una mirada burlona.

—¿Bajas del escenario y en vez de buscarme te vas?

A Blanca, al principio, le cuesta reconocerlo.

—Pablo, iba a buscarte luego; ahora tengo que ir al camerino. ¿Cómo te va?

—Bien. Estaba saludando a unas conocidas —responde apuntado con el mentón al grupo cercano de mujeres maduras—. En realidad, son clientas. El Club de los Cien Mil Dólares.

—¿El Club de los Cien Mil…?

—Ya te lo contaré. Has cantado muy bien. Tu carrera progresa.

Ella tiene entonces una inspiración, lo coge del brazo, se pega a él y lo arrastra suavemente hacia la escalera; luego le acerca la boca al oído en una brusca demostración de confianza.

—Quedaremos este fin de semana, ¿no? —le susurra.

—¿Por qué esperar? Mejor vamos a tomar algo luego.

—No puedo: cuando acabe, tengo que cantar en el Centro Español de Queens.

—Tienes razón, no me acordaba.

Avanzan muy juntos hacia la escalera; ella lo usa como parapeto, de manera que Sánchez, que está supervisando la barra de bebidas del fondo de la sala, no la pueda ver. Una vez pasado el peligro, le da al joven un beso en la mejilla y se despide.

—Tengo una entrevista arriba, cosas del trabajo. Pero espero tu llamada.

—No te fallaré.

Se aparta de él y empieza a subir las escaleras tan rápido como puede.

Pablo sale a la calle dispuesto a llamar a Elena, pero, súbitamente, cambia de opinión y decide ir a verla a su apartamento. Después de todo, ya ha sacado de la fiesta la información que necesitaba. Busca con la vista la fila de taxis que siempre hay junto a estos eventos. Los ve detrás de un numeroso grupo de jovencitas apiñadas a la entrada del museo, como a la espera. Él entra en el primer coche disponible y le indica la dirección.

—¿Usted sabe qué hacen estas chicas ahí? —pregunta al chófer.

—Están esperando ver a Thalía cuando acabe la gala.

—¿A estas horas, muertas de frío?

—Seguro, todas tienen la ilusión de llegar a ser divas como ella.

Suena el teléfono móvil de nuevo. Es Christina, su jefa. Quiere saber si ha logrado entablar contacto en el cóctel con Serena Hathaway. Él, en un primer momento, se siente irritado de tanta fiscalización, pero se calma y contesta: la californiana va de vacaciones a la Costa Azul dentro de un mes, junto a las demás integrantes del Club de los Cien Mil Dólares. Van a estar en Saint-Rémy-de-Provence.

—Pues ve haciendo las maletas. En un mes nos vamos a la Costa Azul. Yo iré contigo, es imprescindible captarlas como clientes.

Acaban la conversación al tiempo que llega al edificio donde vive Elena. Cuando ella le abre la puerta, aún se está poniendo un albornoz sobre el camisón. El piso es pequeño, pero la habitación tiene un amplio ventanal orientado a los rascacielos del Midtown. Se sientan en un sofá de la sala-comedor. Sobre la pequeña mesita que tienen delante está el grueso tomo del Securities Representative License Manual.

—¿Cuándo te examinas?

—Mañana.

—Y te ha dado un ataque de ansiedad…

—Es tan importante para mí aprobar… Thierry me daría cinco mil dólares como premio y, sobre todo, es un rito de paso. Si no lo supero, me espera un año más de analista haciendo fotocopias y escribiendo informes de siete de la mañana a nueve de la noche. Setenta horas por semana… Y ya, ya no…

—Ya no aguantas más. Escucha, ahora vas a ir a la cama. Me quedaré aquí sentado y cuando te duermas, me iré. Mañana vendré a recogerte a las siete para llevarte al lugar del examen.

—Gracias, pero no hace falta. Tiene lugar en One Penn Plaza, muy cerca. Son apenas dos paradas de metro hasta la estación de Pensilvania.

—Quiero hacerlo.

—Pero déjame estudiar un poco más antes de dormir. La parte de las opciones *call* la tengo…

—No, te hará mejor algo más de descanso que un repaso nervioso de última hora. Mañana estarás más despejada.

Le toma la mano y la conduce a su habitación sin encontrar resistencia. Le quita el albornoz, la sienta en la cama, le coge los pies y la voltea hasta que se tumba. Luego se inclina y, tras esbozar una sonrisa, frunce los labios y los acerca a los de ella.

Cuando Blanca sube la escalera y llega al primer piso, se siente inmediatamente más tranquila. Al fondo del pasillo, delante de una puerta, vuelve a ver al tipo atlético con pinta de guardaespaldas. A él se dirige, segura de que está plantado ante la sala donde se halla Modesto López. El guardia llama a su jefe, que acude en seguida y le echa una mirada nada neutral. Luego le hace un gesto para que lo acompañe al lavabo de señoras. Una vez dentro, le levanta las manos y le palpa de arriba a abajo. Ella aguanta con paciencia los tocamientos con la mirada fija en los ojos de él. Cuando parece haber acabado, mete la mano en su chaqueta y saca una cartera de la que extrae un billete de cien dólares.

—Si me haces un trabajito rápido con la boca te quedas con esto —dice con media sonrisa golosa.

—He venido a entrevistarme con don Modesto —responde sin dejar de mirarlo a los ojos.

El tipo se encoge de hombros, guarda el dinero, da media vuelta y la conduce a una sala, vigilada por tres guardaespaldas, donde dos hombres sentados charlan en voz baja. Uno es joven y calvo, y el otro de mediana edad. El primero, al verla a ella esperando, hace un gesto de despedida y se retira; el otro se levanta para presentarse como Modesto López. Es un señor alto y distinguido; pelo y bigote blancos, ojos negros. La invita a tomar asiento con un gesto.

—Me alegro de que haya venido, señorita. Tenía mucho interés en conocerla —dice lanzándole una mirada de buen conocedor, aunque sin obscenidad ni malicia, como corresponde a un perfecto hidalgo—. Después de oírla cantar, diría que se han quedado cortos los que ya me habían hablado bien de usted.

—En este momento preferiría que nadie hablase de mí, ni bien ni mal.

—No la creo. Todos los artistas quieren ser conocidos y reconocidos —dice el mexicano con una sonrisa irónica mirándola fijamente a los ojos —. Usted no será una excepción. Iré al grano: quiero que venga a cantar a mis locales; los tengo por todo el estado de Nueva York. Sería una magnífica promoción para ti, si me permites tutearte.

Ella se queda en un punto muerto, no se esperaba el ofrecimiento. No tiene intención de aceptar, tampoco sabe cómo negarse sin que esto afecte a su objetivo.

—¿Qué quieres a cambio? —insiste.

—Necesito ayuda para encontrar a mi hermana.

—La tenía por muerta junto al hijo de la Doña; en el mismo accidente —dice él con una mirada turbia que a ella le sorprende.

—Tengo motivos para pensar que está en México. Me han dicho que en Guadalajara han visto a alguien parecida a ella. Una cantante en busca de trabajo.

—Bien, ahora hablarás con mi lugarteniente y le darás todos los detalles. En cuanto a la oferta de cantar en mis locales, ¿qué me dices?

—Tengo un acuerdo con la Doña.

Aunque las palabras suenan rotundas, el mexicano no parece sorprendido ni irritado. Sonríe.

—Veo que eres una joven leal a sus jefes, y para mí eso vale mucho —asiente con la cabeza—. Haremos lo posible por ayudarte. Ya nos devolverás el favor cuando te lo pidamos. ¿De acuerdo?

Pablo acerca su cara a la de Elena y le da un beso en la frente, luego se levanta, la tapa con la ropa de cama y apaga la luz.

—Ahora, a descansar. Me quedaré en el salón hasta que te duermas y luego me iré.

—*Okey*, gracias, me vendrá bien —dice Elena—. ¿Sabes? Si paso este examen, ya nada podrá detenerme. Ya nadie me impedirá que entre en el club.

—Claro, seguro que mañana todo irá mejor.

—Sí, todo irá mejor. Qué bueno, tener un amigo como tú.

—Lo mismo te digo. Felices sueños.

Él vuelve al sofá. Cuando escucha la respiración tranquila de Elena, se levanta, separa la cortina y mira por el ventanal. El difuso alumbrado nocturno hace apenas visible el paisaje. Abajo, las azoteas de los edificios de menor altura; arriba, en el cielo, el reflejo fosforescente de las luces de la ciudad. Hace balance. Elena es una amiga que comparte con él la ilusión de triunfar; y, como él, también está atrapada en la telaraña invisible que la metrópoli ha tejido a su alrededor. Ese es el momento de plantearse el sentido de todo eso: de estar pasando estrecheces económicas para vivir una vida falsamente lujosa, de perseguir a los ricos como un cazador tras su presa, de quemar la salud en jornadas extenuantes…

Sí, debe plantearse qué es lo que realmente quiere. Aún está a tiempo de volver a España y buscar un empleo más o menos normal.

Su mente, como otras veces, se dirige sin darse cuenta a Blanca, que debe de estar cantando en Queens. Ella también está sola en la jungla, pero no se rinde. De repente, la echa de menos. ¿Por qué no ir a verla? Sí, ahora, ahora mismo. Trabajaba hasta la una de la madrugada, ¿no? Aún no son las doce. No se decide. Ella es tan distinta, tan de otro mundo… No, es mejor olvidarlo, además, tiene que recoger muy temprano a Elena. Mejor marcharse a casa. Con el mayor sigilo, sale del piso y baja a la calle. Al día siguiente se lo planteará todo, al día siguiente pensará en ello sin falta. Pasa un Lincoln amarillo; lo detiene, entra y le dice su dirección al conductor. En la cabina suena una música melosa, con bruscos cambios de ritmo. Sensual.

—¿Qué tiene puesto, tangos?

—Claro, son tangos modernos —responde el chófer con acento porteño.

—¿Es usted argentino?

—Del mismo Buenos Aires.

—¿Conoce el Centro Español de Queens?

—Desde luego. Hay muchos hispanos allá, yo entre ellos.

Una premonición. Una duda. Una decisión súbita.

—¿Puede llevarme a ese lugar, por favor?

Blanca está acabando su actuación en el Centro Español de Queens. No se quita de dentro la mala conciencia. Siente que ha utilizado a Pablo como parapeto sin que él se lo merezca. Siempre la ha tratado con consideración y afecto, la ha invitado a salir, se ha ofrecido a prestarle su dinero sin apenas conocerla…

Acaba la canción y sube al escenario otra solista para relevarla un rato. Se dispone a bajar los escalones y ve que Pablo está abajo sonriendo levemente. Cuando ella se le aproxima, él alza las manos invitándola a bailar el ritmo lento que ahora suena.

—No sé por qué te quiero.
Será que tengo alma de bolero.
Tú siempre buscas lo que no tengo.
Te busco en todos y no te encuentro.

Blanca se acerca a él y se abrazan. Luego es el movimiento, las pausadas vueltas.

«No te conviene —le dice una voz interior—. No te conviene esta relación, solo va a ponerte trabas para alcanzar tu meta».

Pero no tiene forma de frenar el sentimiento que nota liberarse en ella, de una intensidad y una fuerza desconocidas. Siente ganas de llorar y de reír al mismo tiempo. Apoya la cabeza en su hombro y descarga sobre él el peso de las penas, de las estrecheces, de las zozobras… Se libera. Es feliz por un rato. Pablo le acerca los labios y ella le corresponde con un beso ardoroso e inacabable. De manera que, como un astro, no para de dar vueltas junto a él en el universo de la pista, ajena a las miserias de este mundo.

Y bailan, bailan, bailan…

Capítulo 6

La costa azul, Valencia, el mar

—¿Estás seguro de que vendrán? —pregunta Christina tras degustar el primer sorbo de Château de Pampelonne.

—Tienen una reserva en este restaurante para las doce y media —responde Pablo sin dejar de mirar a lo lejos a los yates que van llegando—. Me lo ha asegurado la recepcionista de la Maison de Valrugues, en Saint-Rémy-de-Provence; un hotel carísimo donde están alojadas.

—Pero pueden haber cambiado de opinión durante la mañana —insiste la mujer.

—En este restaurante, si pierdes la reserva en la zona VIP, no puedes recuperarla hasta el otoño siguiente, a menos que seas el rey de España. Hacen falta meses de anticipación para que te la den —responde Pablo controlando su nerviosismo.

Están sentados a una mesa al aire libre en el Club 55 de Saint-Tropez, en plena Costa Azul. El entorno es muy parecido al de muchos establecimientos al borde del Mediterráneo: mesas de madera rústica bajo los pinos que procuran una amplia sombra y dejan caer agujitas verdes sobre los manteles. Frente a ellos, la playa lisa y arenosa; detrás de ellos, el restaurante cubierto, una zona VIP donde solo entran las *celebrities* y algunos millonarios habituales.

El calor es soportable.

A Pablo el paisaje le recuerda al de Valencia. Y Valencia le recuerda a Blanca. Absurdamente, busca entre las bañistas un cuerpo similar, como para verla aunque sea de manera vicaria, pero un leve silbido de Christina trunca su ensoñación.

—Vaya, vaya, a quién tenemos aquí… —dice mirando a la orilla y subiéndose las gafas de sol hasta apoyarlas en su abundante pelo rubio—. Es el Bull, el yate de Madoff. Está valorado en siete millones de dólares… El bueno de Bernie llega pronto, como si acudiera a una comida de negocios.

Él ve una embarcación aproximándose a la playa privada del restaurante. A un tiempo, desde la orilla, zarpa una lancha Zodiac con el logotipo del Club 55 pintado en un lateral. Le cuesta creerlo, pero Madoff está allí, visible a lo lejos. La lancha que ha zarpado para recogerlo se detiene ante su yate para que suba a bordo junto a tres personas más. Luego los conduce hasta el pontón de desembarco donde hay colgadas varias banderas norteamericanas para conmemorar que es cuatro de julio.

Aunque el local aún no está lleno, la presencia del millonario no pasa desapercibida. Una discreta agitación sigue sus pasos. Hay comensales que se levantan para saludarlo e intercambiar con él algunas palabras. Su grupo se pierde de vista cuando entra en la zona VIP.

—Ahora llega el yate de Denisevitch —dice Christina.

—¿Quién es este Denisevitch?

—Un oligarca ruso. Es de la clase de tipos que se han hecho con las riquezas de su país tras la caída del comunismo —dice en un tono entre despectivo y envidioso—. Cae el hampa del

KGB y la sustituye otra peor… Pero bueno, bueno, bueno… Veo otro barco con varias mujeres en su cubierta. ¿No son las que estamos esperando?

Le ofrece los prismáticos. A diferencia de su acompañante, a él le da algo de apuro mirar descaradamente a los que se aproximan al local. Al pontón de desembarco se está acercando un catamarán con cuatro mujeres sobre la cubierta. Reconoce a las tres integrantes del Club de los Cien Mil Dólares en seguida, pero no sabe quién es la cuarta. Se trata de una joven de un intenso exotismo, llamativo; una belleza latina. Entonces él comprende: debe de ser la chica que ha ganado este año el Concours General, sobrina de la doncella de Mary Jo. Sus padres habrán aceptado su propuesta de viajar con ella a Europa.

—Sí —confirma Pablo sin dejar de mirarlas—, aquí las tenemos.

Poco después, las ve entrar junto a un hombre fornido, sin duda el guardaespaldas, en la zona VIP. Es algo bueno para sus planes: él y Christina están cerca de la puerta y no parecerá tan raro acercarse a ellas cuando salgan. Pero tendrá una oportunidad y solo una para abordarlas sin que se note que las está siguiendo. «¿Cómo aprovecharla? —se pregunta—. ¿Cuál será el mejor momento?».

—Cuando salgan, nos levantaremos, iremos hacia la playa y me haré el encontradizo con ellas —le susurra a Christina—. Es bueno que piensen que estamos liados en secreto. Algo muy romántico, ¿de acuerdo?

—Sí, todo muy natural —apunta ella—. Si sospecharan que hemos venido a cazarlas, nos borrarían de su lista.

A él esa situación se le hace violenta. Ha ido a Nueva York a meterse en el mundo de las altas finanzas y ahora se ve pagándose los gastos y persiguiendo millonarias como un *paparazzi* o un *gigoló*. Si el encuentro sale mal y no puede colocarle los fondos LuxAlpha a las del club, toda la inversión que ha hecho en ese viaje caerá en saco roto. Le habrá vaciado la tarjeta de crédito y le será imposible alcanzar el objetivo de ventas anual. Y, por lo tanto, adiós al *bonus* y, por lo tanto…

Acaban de comer, él paga la abultada factura y toman el café pausadamente. Cuando, poco después, salen las cuatro mujeres, ellos se levantan también. Pablo coge a Christina de la mano para darle verosimilitud a su pretendida relación y se dirige con ella al camino de salida. Avanzan poco a poco, aunque no demasiado lentamente, para afectar que las ha visto por casualidad. Ahora, ahora están cerca… Es el momento. O todo o nada. Hace un gesto como de sorpresa, sonríe y se dirige a ellas. Que qué agradable casualidad, que qué gusto el verlas, que no sabía que pasaran las vacaciones por aquí…

—No sé si se acuerda de mí —sigue ante la mirada suspicaz del guardaespaldas—. Nos vimos primero en su casa del Upper East Side hace unos meses y, de nuevo, en el New York Americas Shed.

—Mr. Sanchiz. ¡Oh, claro! Usted es el aristócrata español —dice Mary Jo sonriendo.

Pablo la nota sinceramente contenta. Les presenta a Christina, y ellas a Teresa Martin, la joven que las acompaña. Luego, hay un momento de indecisión. ¿Qué decir? Si no se le ocurre algo pronto se separarán sin haber conseguido enlazar con ellas y todo quedará en un simple saludo. Allí, en pie, en medio del camino a la playa, no se puede estar mucho tiempo sin que resulte inconveniente. No sabe qué más añadir, qué hacer. Durante unos instantes, se ve perdido.

—Mr. Sanchiz, me alegro de haberlo encontrado —dice la neoyorquina ajustándose su sombrero de playa—. Teníamos entre nosotras una discusión. Mañana queremos hacer una excursión para ver los famosos toros de la Camargue. Usted será seguramente aficionado. Dígame, ¿esos toros son como los de España?

Él se declara un enamorado de la tauromaquia, pero nunca ha visto a esos animales.

—Entonces, vengan con nosotros y los veremos juntos. ¿Les apetece venir? Mañana, a las once, en Port Camargue. ¿De acuerdo?

Pablo mira a Christina como si le estuviera preguntando su parecer. Ella afirma con la cabeza y les agradece la invitación. Él respira hondo: ha alcanzado su objetivo. En ese momento Bernard Madoff pasa junto a ellos con su grupo, hace un gesto de adiós a sus conocidos y se marcha en dirección al embarcadero. Cuando pasa cerca de Pablo, a este le parece mucho más bajo de estatura de lo que aparenta en las pantallas de Bloomberg TV. Mucho menos imponente.

Blanca no puede dormir. Es medianoche y se revuelve entre las sábanas en la soledad de su habitación de hotel. El miedo y la esperanza se turnan en su imaginario, ya haciendo descender su ánimo a un abismo de apariencia insondable, ya levantándolo con la sola fuerza de la voluntad. Ella le ha preguntado al oráculo del ordenador portátil sobre el transporte que la Doña le ha encargado hacer al día siguiente, y este se ha dignado en responder, pero con una variante de lo mismo: «Te quieren liar, te quieren enganchar. Vuelve a Valencia. Es una trampa».

Vaya consejo. Como si ella no fuera consciente de estar metiéndose en la boca del lobo. Ya no se trata de una ilegalidad tolerada como la de trabajar sin permiso de residencia, sino de introducirse de lleno en el mundo de la droga. Una trampa... sí, es posible. Quizá hayan sabido de su encuentro con don Modesto y no le hayan dicho nada. Al día siguiente la policía recibe una llamada anónima y procede luego a la detención rutinaria de una *camello* de poca monta que se pasará en la cárcel, ¿cuánto?, ¿cinco, diez años? Pero el Curita va a acompañarla al día siguiente. No, no la pueden detener si está con él. Entonces, ¿son infundados sus miedos?

Indecisa, piensa en huir; sí, sería lo más sencillo. Hacer la maleta y marcharse en el primer vuelo de regreso a España. Aunque entonces no podrá contar nunca más con la ayuda de la Doña para buscar a su hermana. No, no se puede ir así. Pero, si da con sus huesos en chirona, ¿cómo le va a ser útil a Marta?

Y su padre..., si se enterara el pobre hombre... Y Pablo, ¿qué diría si supiera que está haciendo lo contrario de lo que han convenido? ¿Hasta qué punto él la quiere, cuánto está dispuesto a dar por ella? Si ella volviera a España, ¿la seguiría? ¿Tiene ella derecho a pedírselo?

Una pregunta tras otra y ninguna respuesta. Joder, joder... La cabeza le va a estallar. Tiene que hablar con Pablo, contarle la verdad. Él lo entenderá porque ella lo está haciendo por su hermana..., seguro que lo entenderá. Dios, cómo lo echa de menos en ese instante, cómo lo añora. Pero no; es mejor que no lo llame, podría comprometerlo. Si la atrapan, su teléfono móvil delataría que han hablado. Lo pueden interrogar, lo pueden inquietar, y ella no quiere. Él vive en otro mundo, un lugar seguro donde uno no se la tiene que jugar para obtener justicia. No quiere implicarlo. Algún día, si todo va bien, quizá acaben viviendo ambos en ese mismo lugar. ¿Es tan difícil ser una persona normal? Daría ahora la mitad de la vida por estar con él tranquila en un sitio seguro. Tenerlo ahí, durmiendo a su lado;

ignorante de la situación, pero accesible, cercano. Finalmente, no resiste y pulsa el botón del teléfono.

—¿Sí? —pregunta él con voz de sueño.

—Hola, Pablo. Oye…

—Dime, ¿pasa algo?

—No, es solo que… quiero saber ¿qué es una sociedad *holding*?

—¿Me llamas a estas horas para preguntarme eso?

—Es verdad, en Europa son… casi las seis de la mañana. ¿Dónde estás?

—En un pueblo de la Provenza, en Francia.

—Bueno, entonces ya te llamaré mañana.

—No, espera; te explico: una sociedad *holding* es aquella… que posee las acciones de otras sociedades más pequeñas y las integra dentro de un grupo. ¿Por qué me lo preguntas?

—Está en el informe que me has hecho llegar sobre las empresas de la Doña.

—Ya. Entonces, Rosablanca es una sociedad *holding*… ¿Y qué tipo de negocios integra?

—Casi todo son hoteles singulares como este en el que vivo. También tiene restaurantes, clubes, discotecas y salas de fiestas.

—Es lógico: para blanquear dinero este tipo de negocios son los mejores…, dentro de los legales.

Ella se rinde entonces a la evidencia.

—Entonces, Susan es una empleada de la Doña.

—¿Quién, la gerente del hotel? No me digas que te sorprende —dice él en voz muy baja.

—¿Por qué hablas tan bajo? Apenas te puedo oír.

—¡Aquí es de madrugada! ¿Cómo quieres…? Dame más datos —pide él en un tono de voz audible—. ¿El nombre de la Doña consta en algún lado como accionista?

—No, el *holding* está integrado solo por sociedades limitadas.

—Si buscas la composición del accionariado de esas empresas, verás que también están formados por otras. Es la estructura piramidal típica para evadir impuestos. Seguro que acaba en una sociedad *off-shore*.

—¿Eso qué es?

—Una que tiene la sede en un paraíso fiscal. Dime, ¿qué pretendes averiguar?

—No lo sé. Estoy hecha un lío. Esto es un laberinto. Estoy sospechando… —hace una pausa para respirar hondo— que la Doña ha matado a su hijo.

—¿Te has vuelto loca?

—Quiero decir que ha ordenado su muerte. ¿Por qué? No lo sé. Quizá quería que el chico fuera su sucesor y no pudo soportar que su hijo no tuviera las agallas necesarias para triunfar en su mundo, quizá discutieron… Una vez hubiera muerto, podría haber conseguido otro cadáver sin señas de violencia, quemarlo y hacerlo pasar por él para simular un accidente.

—Pero, cuando se hiciera la prueba de ADN, se vería que no es hijo suyo.

—No hubo tal prueba, solo reconocimiento del cadáver, que también estaba calcinado desde la cintura a la cabeza.

—¿Y por qué la Doña habría de meter a tu hermana en esto?

—Para dar la impresión de que el fallecido en accidente era su hijo. Marta era la novia de Sonny, los habían visto juntos por todas partes. En las salas de fiestas en las que canto me lo han confirmado.

—Entonces, ¿qué ha hecho con tu hermana?

—No lo sé, no lo sé —dice ella entre sollozos.

Pablo la deja desahogarse unos instantes antes de proseguir.

—Vamos a hacer una cosa: te llamo yo en seguida para que no te cueste tan caro. ¿De acuerdo?

—Sí, hablamos luego.

Pablo sale de la habitación y se mete en el cuarto de baño a hablar por teléfono. Blanca tarda un poco en contestar a su llamada. Su tono parece más sosegado, pero tiene la voz congestionada por el llanto. Él intenta tranquilizarla.

—Tan pronto como vuelva a Nueva York haré algunas averiguaciones sobre las empresas de la Doña. Yo te ayudaré si te alejas de esas compañías peligrosas.

—¿Compañías peligrosas? —pregunta ella con tono nasal.

—Claro, esos mafiosos te van a acabar liando. ¿Qué haces tú entre ellos?

—¿Y los tiburones de las finanzas de los que tú te rodeas no son peligrosos?

—Al menos, en mi mundo se puede ganar dinero sin salirse de la ley, siendo un inversor honrado. Puedes hacer patrimonio con el tiempo… Hoy hemos visto en su yate a Bernard Madoff. Ya te he hablado de él alguna vez. No será un santo, habrá hecho sus cosas, pero básicamente parece honesto. Invierte sobre seguro el dinero de fundaciones, universidades y varias ONG… Hay un camino dentro de la ley para hacerse rico, y yo lo quiero seguir.

—Yo no he venido a este país a enriquecerme, yo estoy buscando a mi hermana.

—Pues a lo mejor ha llegado el momento de rendirse.

Ella guarda de nuevo silencio durante unos instantes. Luego parece más conformada. Le agradece el consejo, le promete considerarlo.

—No me basta, quiero que me digas que lo vas a dejar.

—Lo intentaré, lo intentaré… Pero no me presiones, ¿vale?

Él se da cuenta de que no puede apretarle más por el momento. Cambia de tema. Le habla de sí mismo, de su misión en la Costa Azul.

—Estamos persiguiendo a unas clientas para que inviertan en nuestros fondos. Desde luego, si no hacemos alguna operación, me voy a arruinar porque aquí todo es muy caro y yo corro con mis gastos.

—¿Por qué dices «hacemos»?

—He venido con una compañera de trabajo. En realidad es mi jefa.

—Acostarse con la jefa es la mejor manera de promocionar —dice ella con triste ironía.

—Lo tendré en cuenta. Aunque ahora tú y yo estamos saliendo juntos, ¿no?

—Sí, claro… Gracias. Sé que todo esto lo haces por mí. ¿Me llamarás cuando vuelvas?

—Cuenta con ello. Buenas noches. Un beso —dice él, y cuelga.

Luego sale del cuarto de baño y vuelve a la cama procurando no despertar a Christina, que duerme desnuda a su lado.

Aunque la furgoneta no sea muy grande, conducirla por las calles de Nueva York es un motivo más de inquietud para Blanca. No está acostumbrada a los vehículos de carga ni a un tráfico tan denso. Le tiemblan las manos, pero sigue la ruta que le han ordenado desplazándose siempre hacia el sur para buscar el Holland Tunnel en dirección a Nueva Jersey. Un amplio rodeo destinado a evitar las aglomeraciones del centro, sus largas colas y sus coches patrulla.

A su lado, el Curita reza a un escapulario con la imagen de la Virgen de Guadalupe que cuelga del espejo del parabrisas. Se persigna a veces. En ese momento a ella le gustaría mucho mucho creer en un Dios protector. Intenta salir de sí misma iniciando una conversación.

—¿De veras piensas que la Virgen te va a ayudar para que puedas seguir traficando?

—Seguro. —Se encoge de hombros el chicano—. No hacemos nada malo. Es solo que los gringos no distinguen una droga de otra. Si ellos produjeran coca en vez de alcohol, aquella sería legal y este no. La coca no es mala, puedes dejar de consumirla cuando quieras; la gente la toma porque necesita un desahogo.

—No son estos los mejores tiempos para el negocio, ¿no?

—No lo son. Las ventas crecían y crecían desde que la Doña empezó hace treinta años, casi de cero, comprando el polvo a su paisano Pablo Escobar. Ella le dio dimensión al negocio. Tiene cabeza y carácter. Luego, cuando los gringos lograron la muerte de Escobar y cortaron las rutas de Colombia a los Estados Unidos, el producto tuvo que pasar necesariamente por México, y ahí empezaron nuestros problemas. El cartel más grande, el de Sinaloa, no la quiere, a la patrona.

—¿Por qué?

—Porque ella ha apoyado siempre al cartel del Golfo, el más antiguo, y ahora los dos están enfrentados. Es una guerra desigual porque el Gobierno apoya al de Sinaloa.

—No entiendo nada.

—La lucha entre el Ejército y los carteles está desestabilizando México, y los americanos quieren cortarla antes de que se propague a su territorio. Su prioridad es que se haga la paz; más tarde, ya verán. Piensan que, si una facción consiguiera el monopolio, la guerra de la droga acabaría. Pero es que, aunque así fuera, al no tener competencia, los de Sinaloa exportarán más y más a los Estados Unidos, y las muertes por sobredosis se dispararán; entonces los gringos tendrán que hacer algo contra ellos, ¿sí?

Mientras hablan se abre ante sus ojos una serie indefinida de edificios iguales situados a su izquierda y por el curso azul del río, a su derecha. Luego aparecen los hangares cercanos al puerto, cuya numeración, correlativa, les gradúa su avance: 320 Norte, 321 Norte, 322 Norte… Ya están llegando. Ahora giran a la derecha y enfilan una sucesión de naves industriales. El corazón, poco después, se le sube a la garganta: al final de la calle ve un coche blanco con rayas azules y una inscripción en cada lateral.

NEW YORK POLICE DEPARTMENT

En un solo día ha reparado en la existencia de más coches patrulla que en sus veintiséis años de vida anteriores. No hay que ponerse nerviosa, basta con pasar por delante tranquilamente y sin levantar sospechas. Cuando está cerca, no puede evitar mirar a los agentes. Uno de ellos, de pelo gris, habla por la emisora del coche. El otro, más joven, parece escrutarla de forma inquietante. Ahora está levantando la mano… sí, sí, no cabe duda, la está obligando a detenerse. «Dios, hay que parar, no hay remedio». Mira al Curita.

—Tranquila —le dice su compañero sacando de la guantera la documentación del vehículo—. Aparca y baja del coche. Yo me quedo dentro. Sobre todo, debes mantener la calma.

Ella sale de la furgoneta y le da la documentación al policía que la ha hecho parar.

—Buenos días, señorita —saluda el agente llevándose la mano a la visera de la gorra—. Mientras reviso la documentación, tenga la amabilidad de abrir la portezuela de detrás para que mi compañero la inspeccione. Luego vuelva y seguiremos hablando.

—¿Hay algún problema, agente? —alcanza a decir en su escaso inglés con la voz aún bajo control.

—No… Pura rutina portuaria.

Ella abre la puerta y deja que el policía empiece a inspeccionar. Luego vuelve a la parte de delantera, donde el otro sigue mirando los documentos.

—¿Puede mostrarme su permiso de trabajo?

—Me queda casi un año de validez —le dice ella alargándole el que le ha conseguido la Doña.

—De acuerdo —asiente el policía y luego eleva la voz para preguntarle a su compañero—. ¿Todo en regla, Jack?

Pablo y Christina llegan a las once menos algo a Port Camargue conduciendo un BMW alquilado. Aparcan cerca del puerto y se dirigen a la dársena dando un paseo. El día es muy soleado. Una vez en el amarre convenido como punto de encuentro, esperan.

Un tipo alto y atlético vestido con pantalón color crema y polo Lacoste se acerca a ellos, se presenta como Barry Casey, secretario personal de Ellen Hathaway. También él está esperando a las señoras. Pablo se acuerda de haberlo visto el día anterior en el restaurante.

—He venido con aquel microbús —dice señalando a un vehículo de unas doce plazas aparcado a la sombra—. Es el que vamos a usar para ir a ver los toros.

Con toda puntualidad, a los pocos minutos, llega el yate que trae a las millonarias. Vienen las tres muy elegantes; la joven que va con ellas viste con sencillez, pero su juventud resalta entre la madurez de las otras.

Se saludan brevemente y suben todos al vehículo, cuyo interior está ya fresco. El chófer es el propio Casey. Enfilan la carretera siguiendo una señal.

AIGUES MORTES-ETANG DE VACCARES

Media hora después, tras haber preguntado por el camino un par de veces, llegan al centro de la laguna, donde pacen los animales a la sombra de los árboles, a salvo del calor del mediodía. Son esbeltos, de unos trescientos kilos, con cuernos en forma de lira.

—Bueno, Mr. Sanchiz, ¿qué opina de estos ejemplares? —pregunta Mrs. Wilkinson con curiosidad—. ¿Son como los de España?

—Son animales preciosos, pero nada es comparable a un toro bravo español de media tonelada, que es una fuerza de la naturaleza —responde él.

—Entonces, ¿para ver los toros de verdad hay que ir a España?

—Desde luego. Precisamente este domingo hay una gran corrida en Valencia. Vuelve a los ruedos José Tomás, un torero muy famoso. Es el mejor. Ha causado una expectación tremenda.

—¿Y por qué no volamos mañana a Valencia para verlo? —pregunta Serena Hathaway—. Tenemos el *jet* en el aeropuerto de Niza. Mr. Casey conseguirá entradas. Seremos siete, porque ustedes vienen, ¿no?

Él se da cuenta de que aquellas no se han planteado siquiera la posibilidad de no encontrar entradas. Para la gente de su clase, el dinero allana todos esos pequeños detalles. Al final, quedan de acuerdo en ir.

—Magnífico —dice Luz Clarita batiendo las palmas levemente—. Y ahora, vamos a ir a celebrarlo al restaurante del hotel de Valruges.

Jack parece rezagarse en un registro sin fin. Blanca empieza a sudar levemente. De vez en cuando lanza ojeadas al Curita, cuya serenidad le ayuda a ocultar el nerviosismo.

—Todo en regla. Un cargamento de dulces —anuncia Jack finalmente cerrando la puerta trasera.

—Muy bien. Ya pueden irse.

—La próxima vez no tendrá tanta suerte —dice el agente joven alejándose con su compañero hacia el coche patrulla.

—¿Por qué? —pregunta ella reprimiendo un escalofrío.

—Porque nos llevaremos unas muestras para el departamento de Sanidad Alimentaria. —Sonríe con picardía—. Yo tengo hijos pequeños y Jack tiene nietos. Les vendrán bien unas cuantas muestras…

Se ríen los dos policías. Ríe también Blanca con nerviosismo mientras sube a la camioneta. Con manos temblorosas arranca, pone el intermitente y vuelve al centro de la calle. Todo con tranquilidad, sin prisas. Solo le queda atravesar unas cuantas manzanas. Mira por el retrovisor. Nadie la sigue. Una calle, dos calles… Poco después, han llegado. A su derecha, un edificio en forma de almacén ostenta en la pared el número 389. La puerta parece cerrada desde el principio de los tiempos. Hay un timbre con un interfono. El Curita baja y llama. No hay respuesta. Segundos tensos. ¿No habrá un error en la dirección? Llama otra vez. De repente, el aparato habla.

—¿Quién es? —pregunta una voz con fuerte acento hispano.

—Buenos días. Traemos un cargamento de *jellies*… —responde su compañero en español.

—¿Cuántos son ustedes?

—Somos dos.

—Está bien, ahí les abrimos. Metan el carro y se bajan.

Con un chirrido metálico la puerta se abre verticalmente y Blanca se apresura a introducir el vehículo en aquella nave industrial en apariencia vacía. Delante de ellos, al fondo, ve otra gran puerta que sin duda conduce al almacén. A su derecha hay unas oficinas y dos carretillas de carga. De la oficina salen tres hombres, cada uno con un arma, aunque no les apunten.

—*Okey*. Las manos, bien visibles. Dejen las llaves puestas.

—Venga, Quiroga, guarda las pistolas; solo somos dos. La carga está detrás, completa. Ya se lo dije —se queja el Curita una vez han descendido.

—Y yo les dije que las manos bien visibles.

Se aproxima a ellos para cachearlos un hombre de mediana estatura, musculoso y de pelo rizado. Cuando ha hecho sus comprobaciones, les ordena que entren a la oficina. En su camino ella ve que en la parte alta de la estructura metálica hay más gente. Lo que iba a ser un sencillo intercambio resulta estar atendido por un pelotón de tipos armados. Quiroga y su compinche se dirigen derechamente a la parte de atrás del vehículo y abren la puerta con precaución, como si temieran una trampa. Hechas las comprobaciones, el portón que da entrada al almacén se levanta, y la furgoneta es conducida al otro lado de la nave. No puede ver más porque los encierran en un despacho. Hay una mesa cuadrada y archivadores de otra época, de cuando en ese local había una empresa normal. Se sientan.

—Quiroga, no tenemos todo el día —corta el Curita endureciendo la voz—. Danos el dinero y déjanos ir.

—Ey, amigos, no tan deprisa —dice el del pelo rizado mostrando las palmas de las manos—, mis hombres tienen que pesar la mercancía.

—De sobra sabes que la Doña juega limpio, no me la faltes al respeto. Ahí está tu coca, amigo —dice señalando en la dirección por donde ha salido la furgoneta—. Ahora, dame la plata o vas a tener problemas.

—Está bien, está bien, cuánta prisa… Se te pegó el estilo americano de los negocios —dice Quiroga en tono conciliador mientras hace un gesto a uno de los suyos.

El aludido entra en la habitación de al lado y regresa con dos abultados bolsones que deposita sobre la mesa.

—Aquí los tienes. Cuatro millones y medio en billetes de a cien.

—El trato era cinco millones —dice secamente el Curita.

—Eso era hace un mes. Ahora el precio ha bajado. El consumo está flojo, ya lo sabes.

—No me jodas, Quiroga, habías quedado con la Doña en cinco y yo no me voy a ir de aquí con menos. No es porque los mexicanos estén jodiendo que te puedas aprovechar. Un trato es un trato. Pensaba que eran gente de palabra.

—Ya te digo que el mercado cambió.

—No le quieras medir la talla a la Doña, Quiroga —casi grita el chicano—. Porque a lo mejor te hace ella un pijama de madera.

—Está bien, está bien. —Vuelve a mostrar las manos el sicario—. Quinientos mil más. Pero esa cantidad no se consigue así como así. Necesito tiempo.

—¿Cuánto?

—Veinticuatro horas.

—Te doy cuatro, no más.

El portorriqueño se toma unos minutos.

—Muy bien, amigo, has sido muy elocuente. Tendrás lo que falta en cuatro horas.

—Pues nos llevamos la mercancía y volvemos entonces.

—No, hombre, el riesgo de ir paseando el cargamento no vale la pena. Quédense acá a esperar, más bien. Es lo mejor.

El hotel Le Vallon de Valruges se halla a las afueras de la villa de Saint-Rémy-de-Provence, al final de una curva modelada por altos muros de mampostería. Pablo le encuentra un aire de enorme caja de bombones, con sus escalinatas de entrada cubiertas de alfombras, sus adornos florales y su personal rigurosamente uniformado pese al calor. Ya tienen reserva en el restaurante.

Sentado a la mesa, en la atmósfera glauca del salón, puede observar a sus acompañantes con mayor detalle.

Mary Jo Wilkinson está poco bronceada, no parece tener ganas de sol. Ha pedido los platos más sencillos: ensalada *niçoise* y después un *steak tartare* sin muchas especias.

Serena Hathaway sí que está morena. Come con cierta ansiedad el jamón ibérico «patta» negra, con «té» doble según la carta, que han puesto sobre la mesa como aperitivo.

Luz Clarita Habermas, la más joven de las tres mujeres maduras, debe de andar en mitad de la cuarentena. Debió de ser una mujer interesante antes de tanta operación estética. Parece germánica e imperativa. Sus ojos son azules, y su pelo, muy rubio. Ha pedido un Stroganoff.

Finalmente, Teresa Martín, con sus dieciocho años recién cumplidos, parece como ausente. Ha pedido una ensalada de tomates. Se sienta al lado de Mary Jo, o quizá valdría más decir que esta está al lado de ella, porque no se le despega; hablándole al oído, como entre confidencias, poniendo su mano sobre el brazo de la joven o apretando su muñeca. Siempre cerca.

Christina, sentada junto a él, toma una *vichyssoise* mientras habla con Serena. Lanza fugaces miradas de reojo a los otros comensales, con esa costumbre suya de controlar su entorno, como si fuera una agente secreta.

Entra en el restaurante un anciano de unos setenta años junto a una joven que no llegará a los treinta. Dos tipos altos y fornidos los acompañan. La pareja toma asiento. Uno de los hombres sale y se queda en la puerta vigilando; el otro ocupa una mesa cerca de ellos.

—Es Denisevitch —le dice Christina como en un susurro—, el millonario ruso cuyo yate vimos ayer.

—¿Y ella?

—Una *escort*, y bien jovencita… El dinero todo lo compra.

—Lo alquila, en este caso.

—No estés tan seguro. Antes de irnos tendré que abordarlo. Es un pez gordo.

Sigue la comida. Pablo envía a Serena Hathaway, de cuando en cuando, miradas que se quedan prendidas en la de ella durante unos instantes. Él se pregunta si le conviene seguir ese juego o bien hacerle a Christina alguna carantoña para mantener la ficción de que son pareja. Pero no tiene la opción porque, antes de que llegue el café, ella finge haber percibido la presencia del millonario ruso en la mesa de al lado. Se excusa, se levanta y se dirige hacia él.

—¿Míster Denisevitch?

El aludido la recibe con una primera mirada de desconfianza y el tipo que está sentado cerca de él hace en ese momento ademán de abalanzarse sobre ella. Un gesto de su jefe lo para en seco.

—¡Christina! ¿Cómo tú por aquí, pequeña? —pregunta el ruso.

—Estoy de vacaciones.

—¡Qué agradable casualidad! Siéntate a mi lado; esta señorita ya se iba —dice señalándole la silla donde se sienta su acompañante.

Pablo ve que, efectivamente, la señorita se levanta y se va sin decir una palabra permitiendo a su jefa ocupar el asiento.

—Se lo agradezco mucho, pero será solo un minuto porque voy en compañía de estas amigas y me tengo que ir ya.

—Cuánto lo lamento. Entonces, debes venir a verme a mi villa. ¿Tienes algún buen consejo para invertir mi dinero?

—Desde luego, en un club de fútbol europeo.

—¿De veras?

—Sí, es un gran negocio —dice medio riendo—. En estos tiempos inciertos la gente necesita una ilusión, ¿me entiende? Algo para combatir el aburrimiento y creer que su hijo se va a hacer millonario pegando patadas a un balón. Esa compra no le dará dinero, pero le permitirá el acceso a círculos de todavía mayor poder e influencia. Así es como funciona el mundo hoy en día.

—Bueno, es cuestión de pensarlo —dice, sonriendo, el ruso—. Es verdad… Este mundo es muy distinto al que conocimos tu madre y yo. Nosotros creíamos en algo; en algo más grande que nosotros mismos. Ahora, en cambio…

Pablo vuelve la vista a su mesa para enviar nuevas miradas a Serena, pero esta ya no está en su sitio. Debe de haberse levantado sigilosamente porque oye a Luz-Clarita preguntar a Mary Jo por ella.

—¿Adónde ha ido la *esthéticienne*?

Él cree notar un dejo de burla en el tono de la alemana. Que se refieran a Serena por el oficio que ejerció en sus comienzos le hace pensar que sienten por ella cierto desdén. Se le ocurre que esa grieta es quizá su posible puerta de entrada. Una oportunidad. Tras pensar eso, siente un desasosiego muy grande. Por un momento, las contradicciones que acumula le frenan un poco. Está saliendo con Blanca mientras se acuesta con Christina. Además finge ser su novio, cuando lo único que ella quiere de él son resultados en forma de ventas y sexo ocasional. Se está metiendo en un mundo de apariencia brillante pero de fondo turbio. Como turbio es el espectáculo de la rubia millonaria pegada como una lapa a la joven hispana, sobándola ligera, pero constantemente. O la relación del potentado ruso con su esclava sexual. Por un momento se quisiera liberar levantándose y yéndose de allí; evadiéndose durante un rato de ese grupo que se mueve entre el vicio, la corrupción y la codicia indisimulada. Pero no, no es posible; intenta respirar hondo y calmarse. Su pensamiento se escapa entonces a Blanca, que se gana la vida de camarera de rascacielos y de cantante nocturna. Desinteresada y humanitaria. ¿En qué líos se estará metiendo para saber qué fue de su hermana? Aunque, ¿a qué viene pensar en ella ahora? Quizá su recuerdo sea un refugio al que vuelve sin darse cuenta una y otra vez haciendo que la eche de menos. De nuevo se rehace: ha venido al mundo de los ricos a buscar dinero, placeres y buena vida. Pues a afrontar las consecuencias; a meterse hasta el fondo en él. Mientras, ve como Denisevitz concluye su entrevista con Christina.

—Hablaremos mañana de negocios —dice señalando al guardaespaldas—. Dale a mi secretario las señas del hotel en que te alojas e irá a recogerte a las doce, ¿de acuerdo?

Christina acepta la invitación en seguida. El millonario la mira con complacencia y le dice que le recuerda mucho a su madre; tanto, que es como si la estuviera viendo en ese momento. Quedan así. Nadie ha contado con él para nada. Ella se despide. Luego todos salen a ver el cercano Museo de la Trufa. En la tienda del establecimiento, las del Club escogen uno a uno sus manjares preferidos y se los dan a Casey para que los pague.

—No voy a ir mañana a Valencia con vosotros —le dice Christina en un aparte—. Irás tú solo con ellas; yo llegaré por la tarde.

—No va a parecer muy cortés que, de repente, no vengas.

—Tú compensarás mi falta de tacto. Eres un chico muy servicial —dice pinzándole una mejilla, con una sonrisa irónica en los labios—. Me interesa mucho la cita de mañana. Denisevitch es una pieza de caza mayor. ¿Y tú, ya sabes qué estrategia seguir para conectar con el grupo y vender los jodidos fondos?

—Sí —dice él mirando como Serena Hathaway adquiere una latita de caviar beluga cuyo precio debe de equivaler al sueldo mensual de la dependienta que se lo ofrece—. Me parece que ya sé por dónde entrar.

Blanca nota que los portorriqueños están nerviosos. No esperaban del Curita una postura tan firme. Ahora comprende a la Doña cuando dice que en este negocio no se puede ser débil. Si flaqueas, te devoran.

—Bien, siéntense los dos a contar, yo voy a por el resto, ¿eh? Y tranquilos, no tardaré.

—Los dos, no; la chica, se va —replica el Curita, y luego de dirige a ella—: Vuelve a la base. ¿Tienes dinero para un taxi?

Blanca asiente con movimientos de cabeza.

—¿Qué pasó? —se indigna Quiroga—. ¿Es que no te fías o qué?

—Ella coge la puerta y se va caminando. Ustedes se me van también y me dejan contar la plata. Antes de cuatro horas tengo que tener medio millón más encima de la mesa. Y ahora, fuera de esta oficina todo el mundo.

—No. Yo me quedo contigo —corta Blanca—. Hemos venido juntos y nos iremos juntos. Vamos a esperar a que llegue la plata mientras contamos billetes.

Tres horas después ella y el Curita sacan la furgoneta a la calle, que es como salir de la cárcel. Dan la vuelta a la esquina en la primera ocasión que se le presenta, paran y abren la puerta de atrás. No hay nada sospechoso. La cámara de carga está vacía, completamente vacía. Más tranquilos, suben de nuevo al vehículo y toman la primera indicación.

PORT IMPERIAL BOULEVARD

Blanca ha pasado un mal rato, pero ya se ha acabado. Por qué el Curita ha querido protegerla del peligro es algo que no se explica. Ahora se siente liberada. A su izquierda, a la otra parte del río Hudson, los perfiles de los rascacielos de Manhattan parecen darle la bienvenida a la ciudad por primera vez. El sol también parece más brillante que durante el trayecto de ida.

Pablo se presenta solo, con una maleta y su mejor sonrisa en el aeropuerto de Niza. Casey lo espera en el área de salidas para hacerlo pasar a la zona de los *jets* privados. En el camino, un aeroplano llama su atención entre los demás por su color gris oscuro.

—Pertenece a Bernie Madoff —le aclara Casey como si leyera su pensamiento—. Le gusta ese color. Hasta sus oficinas en Nueva York lo tienen.

—¿Lo conoce?

—Oh, claro que no —el tono de voz del secretario revela la confianza del que se codea con *celebrities*—. No nos movemos en el mismo plano, pero me gusta conocer la vida de los ricos y famosos. Es un *hobby* para mí.

Llegan al avión de Mrs. Wilkinson. El interior está decorado como si fuera el salón de una vivienda, aunque con todo adosado a las paredes. Tras el despegue, cuando alcanzan la altura de vuelo, se sientan a una mesa.

—¿Sabe usted jugar al *bridge*, Mr. Sanchiz?

—No gran cosa, aunque sí lo suficiente como para que podamos formar dos parejas.

No le gusta mentir, pero ha mentido. Él ha jugado al *bridge* desde adolescente, con su madre, en el Casino de Agricultura de Valencia, y ahora va a procurar disimularlo. La partida es a *social bridge*, a cuatrocientos puntos. Su pareja será Serena Hathaway. Se sientan a la mesa, algo incómoda para el juego de parejas porque tiene un lado adosado a una pared del avión. Desde los primeros compases, Pablo nota que su *partenaire* apenas sabe jugar. El *bridge* requiere años de aprendizaje, y la californiana ha dedicado su tiempo a levantar un pequeño imperio. Las otras dos mujeres, en cambio, representan al oro viejo y conocen al dedillo las estrategias. Quieren ganar como si les fuera la vida en ello.

—Muy bien, el contrato es a cuatro corazones —dice él.

«No hay como meter un clavo para sacar otro —piensa—. Mira por dónde, un pasatiempo en apariencia inocente está poniendo de manifiesto las diferencias entre los tres miembros del Club. Nunca lo hubiese dicho. Se están vengando de la Hathaway, pero ¿qué sentido tiene? Si no la consideran a la altura de su círculo ¿por qué no se limitan a sacarla de él? Debe de ser algún motivo malicioso, proveniente del fondo de sus almas, el que las ha puesto de acuerdo tácitamente para humillarla. En fin —concluye—, no hay quien entienda a los ricos».

Y a él ¿qué le conviene más: presentar batalla o dejarse perder? Serena le lanza miradas agónicas cuando la mano se pone difícil, pero él equilibra la situación en más de un sentido con sus jugadas de experto. Pasa el tiempo y no se decide a ganar. Una marea de tensiones latentes escapa de su interior: las humillaciones de Lawrence, la degradante persecución a las mujeres ricas para que inviertan, las ilusiones perdidas de triunfo rápido y placentero. Todo se aglomera en su mente, incluyendo, ¿por qué no reconocerlo?, un cierto orgullo; después de todo, aunque no tenga un céntimo, no deja de pertenecer a una familia aristocrática europea, en tanto que sus oponentes son carne de cadena de hamburgueserías.

En el fragor de la lucha, decide no dejarse ganar. Al contrario, pone los cinco sentidos, haciendo la partida más disputada. Mira a los ojos a sus compañeras como si estuviera jugando contra dos tahúres. Una hora después llega la que puede ser la última mano. Serena y él subastan a tres picas, dobladas por sus contrarias para que se multiplique por dos la penalización que les caiga. Ahora son ellas las que lo miran a la cara para adivinar sus intenciones. Pero no les da tiempo, a la novena ronda él deja caer las cuatro cartas que le quedan sobre la mesa y da una explicación irrefutable de por qué tienen la mano ganada y, por lo tanto, la partida. Por poco, pero han salido victoriosos. La californiana le lanza una mirada agradecida, como si con esta victoria él la hubiera elevado por encima de las demás, por encima de las nubes que ahora atraviesa el avión dando ligeros cabeceos.

Cuando el ascensor llega al piso 86, se detiene. Fin de trayecto. Blanca, con los demás pasajeros, sale del cubículo metálico y recorre un largo pasillo hasta que este se ensancha en forma de área acristalada con vistas a Manhattan. En la pared, un cartel indica que han llegado a su destino.

OBSERVATION DECK

Ella tiene entonces que decidir si se queda a esperar en esa área guarnecida o si sale a la terraza con los turistas que van a contemplar el paisaje urbano. Al final se decide por esto último, por si la persona que la ha citado allí hubiera llegado antes de la hora y la estuviera esperando afuera, pero tras recorrer la zona visitable de extremo a extremo concluye que no hay nadie conocido. Se detiene y mira a lo lejos. En primer plano ve los techos de numerosos edificios que se despliegan hacia el sur, hasta el lugar donde confluyen las dos ramas del río Hudson; allí se alzan los rascacielos más altos. Está demasiado preocupada para disfrutar de la vista, pero su mirada se va sin querer a los edificios en construcción de la Zona Cero, el lugar donde trabaja cada día.

Nota unos golpecitos en la espalda y da un respingo de sorpresa y de miedo. Se gira. Allí está el hombre que estaba esperando. El mismo que hace unos meses le ofreció uno de los grandes a cambio de sexo.

—¿Cómo le va, damita? —pregunta sonriente inclinando levemente su cabeza afeitada.

—Viendo el paisaje. ¿Fue suya la idea de quedar en lo alto del Empire State para hablar?

—Si comenzamos con preguntas, comenzamos mal, créame.

—¿Adónde hablamos?

—Acá —dice apoyando la espalda contra la valla metálica que bordea la terraza, la que impide a los suicidas tirarse al vacío. Saca un paquete de cigarrillos y, tras ofrecerle uno, que ella rechaza, lo enciende. La mira con insistencia, con descaro, como si estuviera pensando en reiterar la proposición sexual.

—Anduvimos preguntando a nuestros hombres de Guadalajara por tu hermana. Estoy regresando de allá. Y no hay nada. Nada. Ninguna cantante española recién llegó a ningún local, salvo que fuera de un tamaño minúsculo, de gente del arroyo. Preguntaron hasta en las casas de prostitución y en los *teibols*.

—¿*Teibols*?

Otra bocanada profunda. No parece tener ninguna prisa. Detrás de él, el sol poniente es una franja dorada que parte en dos el azul del cielo.

—Locales de *strip-tease* —responde arrojando humo por la boca—. También hicimos averiguaciones en Ciudad de México. Es un área muy grande, y don Modesto no controla todo el negocio, pero me ordenó que hiciera un trabajo a fondo y pues esto es lo que he hecho. No es imposible que esté en los suburbios. Si anda de cantante llamará la atención..., una española, chavita, venida de la nada..., y alguno de nuestros contactos nos informará. Están todos en alerta. Y eso es cuanto le puedo decir.

Se calla y le da otra honda calada al cigarrillo ofreciendo tiempo a su interlocutora para digerir la noticia.

Blanca baja la mirada y aprieta los labios. Siente un nudo en el estómago. Intenta contener su pena y su decepción; intenta sobreponerse. Otro callejón sin salida. Otra oportunidad perdida. Otro...

—Mi patrón quiere que se venga a trabajar con nosotros —dice el sicario de sopetón—. Él también tiene salas de fiestas en la ciudad. Algunas muy buenas. ¿Qué me responde?

—Dígale que le agradezco su oferta, pero no. Ya estoy trabajando.

—Para la Doña…

—Sí.

—Ajá. ¿Y qué ha hecho ella por usted? No ha movido ni un dedo, cuando mi patrón, sin conocerla de nada, ya le ha ayudado…

Blanca niega con la cabeza, luego con la boca. No, no quiere que ningún bando la acabe por enganchar. Se quedará, por el momento, en el de la Doña. Si ni esta ni don Modesto han encontrado rastro de su hermana en las próximas semanas, se rendirá y volverá a España. Es su última decisión.

Pablo está de regreso al hotel Las Arenas, situado en plena playa, donde se aloja con el grupo de americanas. Qué extraño se le hace estar de nuevo en casa, en aquellas condiciones y con aquella gente. La jornada de ese día la recuerda como un film a cámara rápida, perdida la noción habitual del tiempo. El *jet* privado aterrizó en Valencia, dejaron el equipaje en recepción y comieron en un restaurante cercano de cocina mediterránea que él propuso. Con un gesto propio de anfitrión, insistió en pagar. Cuando estos gastos venzan, estará casi en números rojos. Luego asistieron a la corrida de toros, en la que el torero José Tomás tuvo un gran éxito. Ahora, por fin, después de una visita rápida a sus padres, ha vuelto al hotel para descansar. Al llegar a su habitación oye ruido proveniente del cuarto de baño. Alguien se está duchando. Una mirada circular le descubre ropa de mujer sobre la cama.

—¿Christina?

No hay respuesta, no debe de haberlo oído. Abre la puerta del baño y la ve salir de entre el vapor en una desnudez sonrosada que él ya conoce.

—¿Qué me cuentas, Bluetooth, has colocado ya los fondos a las millonarias? —dice mientras se enrolla una toalla alrededor del cuerpo.

—Estoy en ello. Te espero afuera, aquí hay mucha humedad.

Sale, se quita la chaqueta y la cuelga en el armario que ya guarda la ropa de su jefa. Ahora son pareja, en apariencia. ¿O lo son de verdad? Piensa que Christina es el tipo de mujer al que nunca le faltará *partenaire* porque no se cohíbe a la hora de expresar sus deseos. No parece tener pudor ni barreras. En el hotel de su primera noche en la Provenza les asignaron las habitaciones pared con pared. Luego ella quiso ir a cenar a Le Papagayo, en el puerto viejo de Saint-Tropez. A su advertencia de que él no iba a invitar le respondió con una mirada de desdén, como si estuviese molestándola con minucias. Cenaron; él no vio la cuenta, pero debió de ser muy elevada a juzgar por la reputación del local. Después fueron a la discoteca que hay bajo el restaurante. Allí sí pagó él dos copas. La mujer no parecía necesitar descanso después de un día de trabajo. Bailaba, reía, daba vueltas… Regresaron al hotel. Habitaciones pared con pared. Él ya se estaba despidiendo cortésmente cuando ella se lo soltó sin preaviso.

—Vamos a dormir juntos, cariño. Y me vas a follar despacito y bien porque hace tiempo que no estoy servida. Así no se puede vivir.

Así de sencillo. Despacito y bien. Consumió el acto como había consumido la cena, como lo consumía todo en la vida: despacito y bien, degustándolo. Se durmió en seguida. Y ahora la tiene aquí cerca, sin más cobertura que una toalla mientras se seca el pelo con otra más pequeña.

—¿Qué tal te ha ido con el ruso?

—Bien —responde alzando los hombros—, tiene cincuenta millones para invertir. Me ha prometido un diez por ciento.

Él se anticipa a su interrogatorio: no ha hablado aún de dinero con las del club, está preparando el terreno, está esperando…

—¿Esperando? ¿Te puedes pagar este ritmo de vida?

—No por mucho tiempo.

—La Hathaway te mira con buenos ojos. Pues empieza.

—¿Empezar a qué?

—A vender. ¿No sabes que te pagan por eso? Me han dicho los de la central que este mes no has hecho ni una sola operación de venta de fondos. En Pegasus está muy mal visto un mes en blanco, amiguito. Más vale que hagas alguna venta, porque no sé si te voy a poder cubrir las espaldas por más tiempo. ¿Tienes algo a la vista?

—No…, por el momento, no.

—Pues fuerza alguna, aunque sea pequeña; antes de fin de mes quiero una.

—Quedan tres días…

—Eso es problema tuyo. Eres un chico guapo, aprovéchalo.

—¿Estoy trabajando para una financiera o para una agencia de *gigolós*?

—Me parece que no has comprendido. En Pegasus aguanta la gente que vende —dice dejando de secarse y mirándolo a los ojos—. Y para vender hay que hacer cualquier cosa, cualquier sacrificio, ¿entiendes?

—¿Tú has hecho algún sacrificio con el ruso?

—No ha sido necesario. Ya es muy mayor. Conoció a mi madre…

—¿Y si hubiera sido necesario, lo habrías hecho?

—Pues claro, ¿cómo crees que se llega a algo en la vida?

—¿Haciendo cualquier cosa por dinero?

—Naturalmente —dice deshaciéndose de la toalla que la cubre y sentándose en el borde de la cama frente a él—. ¿Hay algo más?

Ella hace como que piensa y que concluye que sí, que en la vida hay algo más. Se echa hacia atrás, separa las rodillas y le muestra el sexo. El ralo vello púbico le permite a él ver en perspectiva los detalles del ofrecimiento; no se hace de rogar, se desviste lo mínimo y se acerca a ella sin dejar de mirar el hueco de la entrepierna como el que mira a un ojo hipnotizador que atrae sin remedio. Pero las cosas no ocurren como él espera, las piernas se cierran, los pies se apoyan sobre su pecho y después le empujan hasta hacerlo sentar en una butaca.

—No, tú no has hecho el sacrificio; no mereces tu premio. Quieres el postre sin haberte ganado la comida. No puede ser.

Cuando vendas, follarás. Ahora, vete a dar un paseo; voy a vestirme y no tengo ganas de verte babeando a mi alrededor. Y recuerda: quiero una operación, aunque sea pequeña, antes de fin de mes.

Así de sencillo, otra vez: a la calle. Él le lanza una mirada de ira, coge la chaqueta y sale al paseo marítimo. Está excitado en más de un sentido. Empieza a andar con el mar a su derecha. Todavía ve bañistas en la playa apurando el día. La brisa marina va calmándolo. Después de un rato de paseo da media vuelta en dirección al hotel y ve a Teresa andando sola por la orilla. Se decide, se quita los zapatos y se acerca a ella.

—¿Qué haces aquí?

—Necesitaba pasear.

Andan un rato frente al mar, en silencio. Él lo rompe.

—Algo te preocupa —le dice con una sonrisa.

—Sí, es verdad. Mi padre regresa a Irak, donde se han reiniciado otra vez las revueltas. Han pedido voluntarios veteranos de la primera batalla de Faluya, la del 2004, y se ha presentado. Él es así —dice encogiéndose de hombros.

Permanecen largo rato paseando frente al mar. Charlan. Los puntos de vista de la joven resultan bastante singulares, ajenos al mundo en el que él se mueve.

—Agradezco la hospitalidad de Mrs. Wilkinson. Es muy amable, muy cariñosa... —dice la joven mirando a la lejanía—. Todas lo son conmigo, pero no puedo evitar pensar que viven como fugitivas.

—¿Fugitivas?

—Sí, esa necesidad de cambiar continuamente de lugar, de vestido, de ocupación… tiene algo de forzado, como si lo hicieran porque no les quedara más remedio; para huir de un perseguidor. Qué sé yo: del tedio, del miedo a la soledad… ¿Te das cuenta?, ninguna de las tres tiene hijos. Se van a morir solas. No sé… Puede que el mundo las envidie, pero visto de cerca…

La joven quiere hacerle una consulta. Su padre ha hecho unos ahorros: 35 000 dólares más o menos. Quiere invertirlos en algo seguro. Es un dinero para cuando se jubile.

Él empieza a pensar: aunque es una operación pequeña, se puede cerrar antes de fin de mes. Aún hay tiempo.

—¿Conoces alguna inversión segura? —pregunta ella.

—Desde luego, tenemos unos fondos basados en los de un inversor muy conservador. Se llaman Luxalpha —concluye Pablo, inquieto, porque ofrecer esos fondos a un ahorrador modesto no le hace sentirse bien—. Es el tipo de instrumento donde meten su dinero universidades y fundaciones, entidades sin ánimo de lucro que no quieren perder; sobre todo en momentos revueltos como este. Ofrece rentabilidades constantes, ¿no es eso lo que tu padre busca?

La Doña ha querido que la fiesta dure dos días con sus noches. Está teniendo lugar en el viejo Queens, en una residencia de principios del siglo XX de dos plantas, con una amplia entrada y un jardín exterior. Ahora, desde la habitación donde está reunida con varios hombres, oye a los músicos tocar bachata: se celebra su cumpleaños. Nadie se ha atrevido a preguntarle cuántos tiene.

—Con el presente que le hemos traído queremos demostrar nuestra lealtad aun en los tiempos difíciles como este —dice el joven de acento mexicano que está sentado frente a ella.

—Aprecio mucho este gesto, José Eduardo, puedes creerme.

—¿José Eduardo? ¿Ya no me llamáis el Cos? —pregunta burlonamente el aludido generando a su alrededor risas nerviosas.

—Bueno, ya no eres un simple vocero; aunque seas joven, eres el nuevo jefe del cartel del Golfo.

—Es cierto que mientras el señor Ossiel Cárdenas esté en prisión, yo lo sustituyo, pero solo provisionalmente.

—Yo introduje a los Cárdenas en el negocio de la coca en Nueva York —dice ella—. Hasta no hace mucho teníamos casi el monopolio, los mexicanos de aquí se dedicaban no más a vender el opio de Sinaloa. No sabían nada de coca. Y, ahora, mire, este Modesto López pretende subírseme a las barbas.

—Mientras usted siga siendo la número uno, puede contar con nosotros como aliados seguros. Después de todo, somos amigos, ¿no? —pregunta girando las muñecas para mostrar las palmas de las manos—. Sin embargo…

Las dos últimas palabras taladran los oídos de la Doña y quedan vibrando en el aire como un diapasón.

—Sin embargo —continúa—, nosotros no podemos hacer muchas operaciones como esta en los Estados Unidos. Bastantes dificultades tenemos en México con el cartel de Sinaloa y los federales atacándonos a la vez. Es necesario que reaccione, doña Imelda, y rápido.

—Soy consciente de que… —la mujer corta la frase porque ve a su interlocutor levantar la mano suavemente pidiendo, ordenando, silencio.

—Debe renovar su organización, adaptarla a un entorno cada vez más agresivo. La cosa se está poniendo fea, los años buenos ya pasaron, el consumo baja y baja… Somos los mismos peces en un estanque más chico. Necesita sangre nueva, ¿de acuerdo?

—De acuerdo —responde la Doña, resignada.

—Pero yo me tengo que ir ya, no me puedo quedar por más tiempo a su agradable fiesta.

El tipo, a mitad de la treintena y de aspecto apacible, se levanta, coge su sombrero y se acerca a la patrona para darle un beso en la mejilla. La colombiana puede notar la tensión que en Navas provoca el acercamiento. Mira alternativamente al Cos y a los dos guardaespaldas que este ha traído. Pero no ocurre nada inesperado: los visitantes se despiden y se van.

—Bueno, ya se fueron —dice la Doña a sus hombres de confianza en tono aliviado—. Aunque han venido a apretarnos las tuercas, al menos mantendrán quietos a nuestros enemigos durante un tiempo.

—Pero su alianza de tantos años, patrona, ha sido con la familia Cárdenas, no con…

—Ya lo sé, Navas, trabajo con los Cárdenas desde que contrabandeaban licores. Mucho tiempo. El cambio de líder no nos favorece, pero, a corto plazo, los golpes que está devolviendo el Cos nos darán un respiro.

—Si no fuera así, el asunto se puede complicar. No podemos iniciar una guerra callejera como la de hace veinte años en Miami. Yo no estuve allí…

—Yo sí estuve allí —corta la Doña con impaciencia—. Ya lo sé: los tiempos han cambiado. Hay que adaptarse. Recién nos lo dijeron.

Alguien llama a la puerta suavemente. El Curita se levanta y va a ver quién es. Cuchichea con la visitante sin dejarla pasar. Cuando termina su conversación, vuelve con la Doña.

—Es Blanca. Ha venido a cantar para usted. Quiere pasar a felicitarla.

La mujer sigue pensativa, los últimos acontecimientos están poniéndola a prueba. Navas aprovecha para hacerle una confesión.

—Esta chica me inquieta —le dice mirándola fijamente a los ojos—. Es obstinada, no se conforma con un no. Quizá nos provoque problemas, ¿no le parece?

La Doña reacciona muy rápido. Estaba pensando en eso mismo.

—¿Y bien, Curita —le pregunta a su acólito, que aún sigue en pie—, qué te pareció la española?

—Pues, es una vieja bien verraca. Tiene valor, Doña. Podría haberse marchado de la bodega cuando se lo ofrecí. Cualquier otra hubiera aceptado en seguida; ella se negó: aguantó a mi lado.

—Parece que vale para el negocio. ¿Tú crees que está dispuesta a meterse a fondo?

—No, eso no lo creo. Blanquita no es de nuestro mundo. Es verdad que viene de una familia modesta, pero… integrada, ¿me entiende? No tiene ambiciones de plata ni de carrera musical.

—Yo la veo transformarse, sofisticarse… El tiempo y el dinero que he invertido en ella pueden hacerla cambiar.

—Doña, esa vieja tiene carácter, no es fácil de manipular.

—Entonces, lo que la ha movido a aceptar trabajar para nosotros es encontrar a su hermana, no más…

—No lo dude; quiere hallarla a toda costa. Pasará por encima de cualquiera para lograrlo. Es lo único que le importa.

—Pero, si poco a poco se va integrando, quizá acabemos por entrarla del todo. Tiene que ver las ventajas de trabajar con nosotros.

—¿Y si la siguen los *tombos*, Doña? —pregunta Navas—. ¿Y si Gálvez le va detrás?

—¿Os siguió alguien el día de los portorriqueños? —pregunta la Doña al Curita.

—No, seguro que no —niega este con movimientos de cabeza.

—Por si acaso tendremos que aislarla mientras esté acá y mandarla a hacer trabajos fuera de Nueva York en cuanto sea posible. Prepárate, te vas pronto de viaje. Ahora dile que voy a salir a saludar a todos los invitados.

Cuando el Curita está fuera, Navas le susurra a la patrona.

—No sé por qué este le tiene tanto cariño a Blanquita. Sé que no están liados.

—Yo sí creo saberlo. Porque ella se parece a su hija, la que murió adolescente de sobredosis. Bueno, ya está de trabajar, salgamos a divertirnos un poco —dice la mujer incorporándose.

—¿Y qué hago con el regalo del Cos?

—Guárdalo en la nevera.

Aunque todos saben que trabaja para la Doña, a Blanca le han hecho pasar tres controles de seguridad antes de llegar al lugar de la fiesta: un amplio salón muy animado. Va saludando a los conocidos, que toman copas mientras esperan a que salga la patrona de la habitación donde permanece largo rato reunida; según le dice Susan, está con un grupo de mexicanos importantes. Hace calor. Ella percibe en todos los presentes un cierto aire marginal que ni las joyas, ni la ropa de marca, ni los teléfonos móviles de lujo pueden atenuar. Como de habitantes de un submundo.

Sale, por fin, la Doña y es recibida con aplausos. Saluda uno a uno a los presentes con una buena palabra o un beso. Luego, antes de sentarse, escenifica una tradición: anunciar los regalos que va a hacer a sus colaboradores para premiar su fidelidad. Coches, cruceros, abrigos de piel; a cada cual según su aportación al negocio.

—A nuestra querida Blanquita —dice cuando a ella le toca el turno— le vamos a facilitar que haga un circuito de galas por los Estados Unidos, una gira que acabe en Las Vegas y que le permita hacerse un nombre.

Silbidos y aplausos corresponden a este anuncio. Los asistentes sonríen a Blanca o la felicitan. Se siente confortada. Todo el mundo es tan amable con ella… Hasta cree sentir un cierto calor de hogar. Cuando acaban las dádivas, un empleado la acompaña a una sala cercana donde podrá cambiarse para cantar; le abre la puerta y la deja sola. Mientras se arregla, sigue pensando en la gente de la fiesta. Se dedican al narcotráfico, cierto, pero, después de todo, la coca no es más que un vicio. Lo puede uno dejar cuando quiera, ¿no? La gente necesita soñar un poco para soportar la vida, y algunas drogas ayudan. Y nada más. No es tan dramático. Una dosis y todo se ve mejor. En cuanto acabe de maquillarse, antes de su actuación, va a meterse una raya con el contenido de la bolsita que le han regalado al entrar. Si no aspira su poquito de vez en cuando, la echa de menos; eso sí, cada vez necesita una cantidad mayor para notar su efecto.

Siente sed. Hace calor en ese verano neoyorquino. Un arcón horizontal grande con el logotipo de una marca de refrescos le promete contener algo frío. Se acerca, lo abre y mira en su interior. Botellas, envases de helados y un objeto depositado en el fondo con el aspecto de una pelota. Esta última visión le impresiona como si hubiera avistado una rata. Quiere apartar los ojos de aquello, pero no puede porque atrae su mirada como si tuviera un imán. El brazo se le queda paralizado sosteniendo la puerta en alto. Se fija en el bulto sin acabar de discernir qué es. Se agacha para verlo mejor y, con un escalofrío, distingue una cabeza humana, apoyada en un charco helado de cuajarones de sangre. Permanece así, petrificada, sin poder moverse, agarrando la tapa del arcón. Una voz interior la avisa: «Cierra la nevera, ¡ciérrala! Si te descubren, te van a considerar una posible testigo y vas a tener problemas. ¡Ciérrala!».

Pero sigue mirando morbosamente a la cabeza, pues nota algo familiar en ella. Sí, fijándose bien… no cabe duda, está claro: es la del lugarteniente de López, aquel con el que se entrevistó en la cima del Empire State. ¡Lo han matado!

Suenan golpes en la puerta. Desde afuera preguntan si está lista. Ya tiene que salir. Vuelve en sí como despertándose de una pesadilla.

—Sí, voy en seguida —dice controlando la voz.

Cierra la tapa con cuidado. Respira hondo, deja que su cuerpo tiemble durante un rato para liberar la tensión y que no se le note al salir. Desecha la idea de esnifar la coca: no podrá. Respira hondo otra vez hasta reunir los ánimos suficientes como para salir afuera. La voz interior le sigue rondando en la cabeza mientras cruza el oscuro pasillo: «No te puedes acercar de nuevo a los mexicanos sin riesgo de morir. No hay salida. Estás sola buscando a tu hermana, estás en la más absoluta soledad».

El *lunch* ha tenido lugar en uno de los salones privados del Knickerbocker Club de Nueva York. Pablo se levanta algo mareado: el vino francés ha corrido como si fuera agua. Una comida de trabajo más; aunque esta, excelente. Una veintena de comensales, lo mejorcito de los clientes de Pegasus en Nueva York y los vendedores que los llevan. Ahora todos se despiden y se van marchando. Mary Jo Wilkinson era su invitada, pero se ha ido antes del café. Él es el último en salir y, como no cabe uno más en el ascensor, decide bajar por la escalera de mármol, alfombrada de rojo. Se agarra a la barandilla y mira hacia abajo. En la planta principal las baldosas del suelo forman como un escaqueado en blanco y negro, con una dama y un rey. Pablo diría que ella es Elena, y él, Thierry de la Villehuchet, uno de los dos dueños de Acces. El rey parece irritado, habla con el tono del menosprecio. Pablo ya conoce, por referencias, el carácter irascible del francés. ¿Qué puede haber hecho ella tan mal?

Aunque, cuando llega a la planta baja, el rey ya se ha ido, la dama permanece clavada en el mismo sitio, incapaz de reaccionar. Lo ve y lo mira como lo haría un náufrago a un barco inesperado que le puede rescatar. Se acerca, lo abraza y le pone la cabeza en su hombro.

—Qué bueno verte, Pablo.

—¿Qué pasa aquí? —pregunta él con voz airada.

—Cálmate, no es nada, él tiene razón. Lo he estropeado todo.

—Ven, vamos a la cafetería y me lo cuentas.

Se sientan a una mesa *art decó*, entre cuadros y alfombras. Ella se descarga.

—Hemos organizado una comida con los clientes antes de las vacaciones. Un inversor de New Jersey me había pedido información sobre los fondos LuxAlpha, de modo que vine cargada con un fajo de documentos. Ya sabes que para nosotros es muy importante argumentar muy bien las ventajas de nuestros productos; le he entregado una compilación de artículos, casi todos positivos. Pero entre ellos había uno intitulado «The Maddoff Mistery», un resumen de todas las interrogantes que rodean la gestión de estos instrumentos, que están dando unos resultados extraordinarios para este tiempo tan difícil. El tipo ha repasado la documentación, ha mirado el artículo con suspicacia y ha empezado a hacer preguntas delante de los demás clientes… Mi jefe parecía muy nervioso mientras todo esto pasaba y, no bien hemos despedido a los invitados, me ha abordado en medio de la planta baja. Creo que ya has visto el final de la bronca… «¿No te das cuenta de que podrías haber producido una catástrofe?», me ha dicho. Pero yo había actuado de buena fe, el cliente tiene que tener esa información.

—No te tortures: has hecho lo debido.

—Pero al decirlo he perdido todos los puntos que había ganado ante él con un esfuerzo enorme. Además, no he aprobado el examen financiero.

—No lo sabía…

—No doy la talla, Pablo, me voy a tener que ir —dice reprimiendo las lágrimas—. Mis largas horas de trabajo diario no han servido para nada. Todo lo he perdido.

—Vamos, Elena, ya se le pasará —dice él con voz tranquilizadora—, y te podrás presentar al próximo examen.

—Estoy pasando una racha muy mala. Mi padre no para de insistirme en que quiere invertir en Acces. Tienes que ayudarme.

—Cuenta con ello. Tengo que ir a ver a algunos clientes importantes mexicanos en septiembre. Iré a hacerle una visita a vuestra casa del Distrito Federal.

Ha acabado el amor, pero es como si Blanca no hubiera estado en esa cama. Afuera, cae la noche sobre la gran ciudad.

—Tienes que contarme algo, ¿verdad? —le pregunta Pablo.

—Sí. Voy a pasar en México el mes de agosto… No pongas esa… cara, tú también tienes que ir, ¿no?

—Sí, pero en septiembre, por motivos de trabajo. ¿Qué se te ha perdido allí?

—Voy a buscar a mi hermana. Me han dado indicios de que pueda estar en el Distrito Federal.

—¿Quién te ha dado esos indicios? No, no me lo digas. ¿Cómo la llamas, la Señora? No, la Doña; eso es, la Doña —dice mirándola para buscar su aquiescencia—, y ella será la que pague el viaje. Y tanta generosidad, ¿a cambio de qué?

—Bueno, está promocionando mi carrera…

—Vaya, de repente te importa tu carrera… Oh, vamos, no me insultes la inteligencia. Me habías dicho que la ibas a dejar, y ahora hasta te paga los viajes.

—Yo he venido a buscar a mi hermana, y no la encuentro.

Pablo se levanta de la cama; su desnudez albina, apenas iluminada por la luz de la mesilla de noche, contrasta contra la oscuridad del fondo.

—Lo siento, si no dejas a esa gente, no podemos seguir juntos.

—Para ti es muy fácil decirlo. Tú, por lo menos, estás empezando a hacer dinero…, pero yo apenas progreso en mi objetivo.

—Tienes que elegir.

—Ahora me tengo que ir a cantar al hotel.

—De acuerdo, piénsalo y mañana me dices qué has decidido —musita saliendo de la habitación.

Ella permanece unos minutos sentada en la cama, desnuda, con los brazos cruzados sobre el pecho, como sosteniendo los senos. Dos lágrimas atraviesan su rostro. Pero no dice nada, se levanta, se viste y se pierde en la oscuridad del vestíbulo. Ni siquiera enciende la luz; ni siquiera se digna mirar atrás. Ni un adiós. Solo el sonido de una puerta al cerrarse.

«Ella no te llama, llámala tú».

La voz interior le insiste, el teléfono móvil está muy cerca, al alcance de la mano…, pero él no estira el brazo. Ha tomado una decisión: si ella no llama, él tampoco lo hará. Será porque habrá decidido marcharse a México el mes siguiente para buscar a su hermana. ¡Y qué obsesión! No la da por muerta, por desaparecida, no se rinde… Se está amargando la vida, se está jugando la vida, se está complicando la vida… Todo antes que rendirse. Ella no quiere romper, él lo hubiese notado. En pequeños signos de cansancio, de irritación. No, él sabe de mujeres; lo percibiría. Ella lo quiere. Y él también la quiere… a su manera: infiel, contradictoria, arbitraria. Sin embargo, no la va a llamar. Blanca se está metiendo en una vorágine en la que él no va a participar. Asunto cerrado.

Blanca se sienta a la misma mesa del club del restaurante Mundo en la que Pablo, hace meses, le cogía las manos, entonces ásperas. Ahora están suaves porque ha dejado de trabajar en los rascacielos para ser empleada de la Doña. Una mezcla de mala conciencia, añoranza de Pablo y miedo a lo que le pueda pasar en México corre por su mente. Está sola y ni siquiera sabe si haber roto con Pablo va a verse compensado con algún avance en la búsqueda de su hermana. Se siente cansada. Acaba su bebida, sube a su habitación, enciende el ordenador y se mete en la ducha. Al salir ve un mensaje del Messenger.

NICE

—Me han dicho que te vas a México.

aMARGARt

—Podría ser.

NICE

—Me lo han dado por hecho. Como puedo convencerte que de no vayas?

aMARGARt

—Diciendome donde esta mi hermana.

NICE

—Si vuelves a España, ella se pondrá en contacto contigo.

aMARGARt

—No hay trato.

NICE

—Cuándo llegas a Ciudad de México?

aMARGARt

—Dentro de un par de semanas. Vendrás a recogerme?

NICE

—No me tiendas trampas.

aMARGARt

—Por qué no me dices algo y acabamos con todo esto?

NICE

—Porque no te lo puedo decir.

—Adios.

aMARGARt

—Oye, no te vayas.

…

—Estas ahi?

…

—Estás ahí?

…

—Oye.

Capítulo 7

México, lindo y perdido

En el pequeño despacho que comparte con Ethan, este y Christina hablan del pasado mes de agosto; de sus exóticos, lujosos viajes. Pablo, a su turno, tiene poco que contar: en la semana escasa que le han dado, solo ha podido volver a Valencia. Unos días junto al mar, en el chalet familiar de Jávea. Sol y sal.

El teléfono de su mesa suena ahora interrumpiendo la charla. La recepcionista le da el nombre de alguien que quiere hablar con él. Acepta.

—Ey —dice dirigiéndose a sus colegas—, a ver si adivináis quién me llama. Don Modesto López en persona.

La mujer hace un gesto de asentimiento admirativo.

—Buenos días, señor Sanchiz —la voz suena grave y modulada al otro lado de la línea—. Quiero hacerle una pregunta: ¿es su novia una joven española llamada Blanca Zarco?

—Sí —contesta él tras unos instantes de duda.

¿Por qué ha respondido que sí? Hace un mes que no sabe de ella. ¿Es porque le interesa el contacto con el mexicano o porque siente inquietud y quiere saber en qué se pueda haber metido?

—Muy bien, pues le informo de que la Doña de Queens…, le suena el nombre, ¿sí?, pretende que lleve a cabo en México una misión muy peligrosa que la va a implicar de lleno en su organización. Sin salida posible.

Pablo le asegura que, según ella, solo va por motivos familiares, que él ya le ha advertido muchas veces sobre la patrona sin que atienda a razones, que…

—Es una chica con coraje, no hay duda —interrumpe el mexicano—. Le diré lo que va a hacer: la semana que viene, cuando se reúna con don Vicente Rojo, el padre de Elena…

—¿Cómo sabe usted eso?

—Vamos, vamos, no se altere. Cuando lo vea, digo, le pedirá que la proteja. Él puede hacerlo: fue un hombre fuerte de la Secretaría de Seguridad en el anterior gabinete presidencial.

—¿Y por qué no se lo dice usted mismo?

—Es usted muy joven y no sabe cómo funcionan estas cosas; de otro modo, no preguntaría eso. Hágame caso: hable con don Vicente y pídale protección para ella.

—¿Qué gana usted avisándome?

—Verá, cuando chico, yo fui explorador, *boy scout*; conservo el hábito de hacer la buena acción del día.

—Ya. ¿Cómo podré ponerme en contacto con usted si me resultara necesario?

—No puede. Seré yo quien lo llame. Recuerde lo que le he dicho: pida protección para su novia —dice colgando secamente el teléfono.

Pablo se queda unos segundos anonadado evaluando la conversación. Casi no oye a Christina cuando le pregunta:

—¿Qué tal, Bluetooth, le has colocado los CMO a don Modesto?

En la soledad de otra tarde de hotel, Blanca mira, a lo lejos, la estatua del Ángel de la Independencia. Nada nuevo está sacando de este viaje. Ninguna pista, ni siquiera alguna sorpresa. Mejor dicho, sí, ahora hay una: el teléfono está sonando. Cruza la habitación con pasos descalzos y coge el aparato. El nombre que aparece en la pantalla le hace sentir una fuerte emoción, una mezcla de esperanza e inquietud.

—Blanca, soy Pablo. Mira, yo… bueno… Creo que me equivoqué la última vez que nos vimos. Ha pasado más de un mes, pero te echo de menos… Quisiera… quiero pedirte perdón por lo que te dije aquella noche. Me enfadé, lo siento. Fue… fue porque me preocupaba tu seguridad, puedes creerme… No llores, mujer, no llores. Me haces sentir culpable y, después de todo…, lo hice por ti. Mira, vamos a olvidarlo, vamos a pasar unos días juntos en México. Yo tengo que ir al D. F. para ver a algunos clientes. Dime, ¿podemos vernos este fin de semana?

Pablo reconoce que el caserón de la familia Rojo León de la Barra en la colonia Nápoles del Distrito Federal es impresionante. Un edificio de principios del siglo XX, de dos alturas, integrado por varios cuerpos y rematado por un torreón. Por fuera, paredes de un blanco inmaculado, con marcos de piedra de estilo barroco en puertas y ventanas; por dentro, casi un museo dinástico. El salón principal del primer piso, con vistas al patio interior, es una larga galería de retratos de antepasados:

embajadores, catedráticos, diputados federales… La historia del México contemporáneo en imágenes.

—Nuestra familia está emparentada con la del que fue presidente interino de la República en 1911, don Francisco León de la Barra. Desde entonces no hemos dejado de servir al Estado en todas las variantes que admite el servicio público. Aunque la última generación en esto nos ha salido un poco díscola; me refiero a mi hija Elena, que no pretende seguir ninguna senda oficial, sino hacer fortuna en el mundo financiero. Pienso que ya tendrá tiempo más adelante de seguir la tradición.

—Elena es encantadora, don Vicente —dice Blanca sonriendo—, solo se puede hablar bien de ella.

—Por favor, llámame Vicente. No te costará hacerlo, es un nombre muy valenciano.

—Mi padre se llama también así —asiente Blanca.

—No me digas… Pues a mí puedes considerarme un segundo padre —dice el mexicano benévolamente—. Y ahora, mi esposa se va a llevar a Blanca a ver el resto de la casa mientras Pablo y yo hablamos de negocios.

Cuando las dos mujeres han salido de la estancia, ellos se sientan ante una mesita baja sobre la que acaban de depositar dos cervezas. Don Vicente parece entonces transformarse.

—Entonces, tu novia se quedará acá con nosotros este fin de semana, ¿no? —dice con expresión seria y concentrada.

—La tengo medio convencida, tú tienes que hacer el otro medio.

—Tenemos una fiesta aquí mañana, le propondré que cante para mis invitados.

—Gracias, Vicente. ¿Tú la puedes proteger?

—Puedo intentarlo, pero no más. Fui coordinador general de Protección Civil con el anterior presidente y, aunque ya no estemos en el poder, como dicen ustedes en España, «el que tuvo retuvo». Ahora bien, una vez ella esté al norte de Guadalajara, poco podré hacer. Sin embargo, en los Estados Unidos conozco a un agente de la DEA, un tal Gálvez; estuvo destinado en esta ciudad hace unos siete u ocho años. Él puede impedir que tenga problemas una vez llegue allí.

—No sé si ella imagina el peligro que corre.

—Hay muchos intereses, y muy fuertes, en juego; quizá a tu novia le pase como a los peones del ajedrez, que, en un momento de la partida, pueden amenazar a una dama.

—No sé a qué te refieres.

—Es una larga novela —don Vicente toma un trago de cerveza y prosigue—. Primer capítulo: tradicionalmente el poder político en México ha estado dividido entre mi partido, el Movimiento Regeneracionista Insurgente y el que está hoy en el poder, el Partido de Acción Mexicana. Bien, pues, vamos a imaginar —susurra mirando instintivamente a derecha e izquierda— que el cartel de Sinaloa estuviera… apoyando a nuestro partido, al MRI; y que el cartel del Golfo estuviera haciendo lo propio con el PAM. No sé si me explico.

—Creo que sí.

—Ahora viene el segundo capítulo: los gringos van a meter mucho dinero en la lucha contra el narco. La iniciativa Mérida, ¿sabes lo que es? No, claro, no es tu mundo. Hablamos de ayuda económica; seiscientos millones de dólares para empezar. Ya ha sido aprobada por el Congreso de los Estados Unidos. Esto está poniendo a mucha gente muy nerviosa. ¿Por qué? Porque si los gringos ponen plata de verdad es para hacer caer a un enemigo; ellos no pagan por nada. Cuando Reagan se empeñó en ello, cayó Pablo Escobar; cuando hizo lo propio Bush padre, cayó el cartel de Guadalajara, el más poderoso, el más antiguo.

—¿Y ahora?

—Ahora, con Bush hijo, o cae el cartel del Golfo o cae la Federación. La Federación incluye al cartel de Sinaloa, el más importante actualmente. Las dos bandas están en este momento en guerra, y dentro del Gobierno hay gente apoyando a uno u otro, en función de cuál de ellos los…

—Financie…

No tiene la impresión de que al padre de Elena le haya gustado mucho el comentario; pero este no exterioriza nada, toma su vaso y apura su contenido.

—Ven, vamos afuera y verás el patio interior.

Sale Pablo, con su copa en la mano, a la terraza del primer piso, precedido por el mexicano. Debajo hay un patio cuadrado de aire andaluz. El rumor del agua y el verdor de las jardineras que rodean la fuente circular del centro reflejan una paz que contrasta con su estado de ánimo.

Blanca y la esposa de don Vicente pasan por debajo, camino del otro extremo de la mansión.

—¿Te gusta la casa, Blanca? —pregunta el padre de Elena.

—Mucho, Vicente.

—Espero que se quede con nosotros unos días y que vengan también a nuestra finca cafetera de Veracruz, que les gustará aún más.

—Tendremos que volver pronto para aceptar su invitación —dice Blanca, que hace un gesto de despedida y sigue a la anfitriona.

Los dos se quedan mirando cómo se aleja.

—Y ahora llega el capítulo tres. Algo se está moviendo para que caiga la Doña. Ella es el bastión en USA del cartel del Golfo; garantiza la demanda, los pedidos de coca del estado de Nueva York, el principal consumidor. Sin ella ese cartel no podría comprar a los colombianos a lo grande, y tarde o temprano sería absorbido por la Federación. Por eso nos convendría mucho, para volver al poder, que el cartel del Golfo fuera el perdedor de la Iniciativa Mérida; por eso tenemos tanto interés en que la patrona caiga.

—Sigo sin ver qué pinta Blanca en todo esto.

—Ya te lo he dicho, Pablo, hay veces que un peón amenaza a una reina. Y eso es cuanto te puedo decir por el momento.

Blanca ve entrar otro Audi más al aparcamiento del hotel Aguamarina de la ciudad de Mazatlán, pero el conductor no es el hombre que ella espera. Desde la terraza de su habitación, situada en un segundo piso, puede controlar visualmente la entrada y la salida de coches en el recinto. Está inquieta y frustrada, un mes entre Ciudad de México y Guadalajara, registrando sus salas de fiestas, sus cafés cantantes… Hasta entre los grupos de mariachis ha preguntado, y nadie sabe nada. Siempre quedándose con la impresión de que la gente de esos garitos ha aprendido a callar; de que si no media ni dinero ni violencia no van a abrir la boca: «¿Una chica española? ¿Qué tipo de música cantaba? No, no la conozco».

Cuando el avión de Pablo despegó del aeropuerto del Distrito Federal con destino a Monterrey, donde tenía que encontrarse con algunos clientes, afuera a ella la estaban esperando dos tipos grises y taciturnos. Uno alto y delgado, el otro pequeño y grueso. Subieron en un coche y salieron de inmediato hacia Guadalajara. Podía haber ido en avión o en autobús, pero la organización de la Doña prefiere que sus empleados dejen el menor rastro posible. Viajaron durante siete inacabables horas atravesando valles y volcanes. En medio del camino, una inmensa sábana de agua, preciosa, rodeada de cañaverales.

—¿Cómo se llama este lago? —preguntó para romper el silencio.

—Es el lago de Cuitzeo —dijo el gordo sin volver la cara siquiera.

No querían hablar, apenas se detuvieron un rato, a mitad de camino, para poner gasolina y tomar un café. Se sentaron en la terraza de un área de servicio. Ella estaba cansada del largo viaje. Empezó a observar los alrededores, por la costumbre que había adquirido de controlar su entorno, y algo le llamó la atención. Una mujer rubia, sentada en el asiento del copiloto en un coche aparcado no muy lejos, parecía observarla atentamente. Sus rasgos resultaban borrosos tras los reflejos del cristal. Estaba sola. Si Blanca desviaba la vista, al devolverla a ese punto se encontraba siempre con su mirada. Y así siguió hasta que abandonaron aquel lugar.

Ya de noche, llegaron a la ciudad. Cerca del hotel, se detuvieron ante un semáforo en rojo. De pronto, de uno de los coches cercanos salieron un par de tipos: uno de ellos puso una sirena en el techo; el otro, empuñaba un arma.

—Policía. Bájense con las manos en alto.

Por un momento ella pensó que se estaban dirigiendo a ellos. Sus acompañantes hicieron movimientos, nerviosos, de llevarse la mano al interior de la chaqueta. Pero no, los policías enfilaron un coche cercano, detenido también en el mismo semáforo. Por fortuna los ocupantes no se resistieron, se limitaron a salir con las manos alzadas. Los agentes los empujaron hasta una pared cercana para cachearlos. El semáforo se puso en verde y el flaco se apresuró a cruzarlo. Aquella noche no pudo dormir.

Algunos días después subió en un autobús con destino a Mazatlán, lugar donde ha estado dos días esperando al Curita.

Y ahora este acaba de llegar en un Audi blanco. Desde su terraza ve como aparca, baja del coche y saca del maletero su bolsa de viaje. Ella baja a su encuentro, se saludan con un estrechar de manos. Una hora después están sentados a la mesa de un restaurante, ante una fuente de «pescado zarandeado», la especialidad local.

—A los postres llegará Navas con noticias del Cos.

—¿Por qué lo llaman así?

—Eduardo Costilla. El Costilla o el Cos. Pero dime, ¿y tú supiste algo de tu hermana? —pregunta el Curita acercándose el vaso de zumo de naranja a los labios.

—Ni rastro —responde ella—. He registrado todos los rincones de Ciudad de México, sin averiguar nada.

—El gordo y el flaco seguirán buscando —dice él—. Son tipos serios, muy fieles a la Doña. Si la chica vuelve por allí, la encontrarán.

Se hace el silencio. Ella bebe su cerveza entre bocado y bocado. Los cocineros se han pasado con la cantidad de chiles guajillos, y el pescado pica demasiado. La llegada de Navas, apresurado e impetuoso, los pone en tensión. Se sienta y pide un café.

—Tienen cambio de planes —dice sin mirarla a ella, como si no estuviera.

—¿Qué cambios?

—No van a ir a Matamoros a ver al Cos, en contra de lo previsto.

—¿Entonces?

—Irán a Durango y de allí a Torreón, a unas trescientas millas —Navas habla despacio, sin temor a ser interrumpido—. En esa ciudad les darán un carro de apariencia turística para cruzar la frontera con USA por Laredo.

—¿Con un cargamento? —Ella siente una contracción y el pescado parece que quisiera volver desde su estómago a la bandeja—. Según la Doña, esta misión consistía solo en entrevistarnos con el Cos y tomar un par de aviones…

—Te lo estoy diciendo: hubo cambio de planes —le dice el sicario observándola ahora fijamente.

—Pues si me voy a jugar la vida, quiero al menos saber por qué —afirma Blanca devolviéndole la mirada.

—Matamoros es un campo de batalla —sigue Navas—. El cartel no tiene control sobre el espacio aéreo. No es seguro trasladar la mercancía en avión. Se va a repartir en tres expediciones por carretera, y una de ellas la haréis vosotros.

—¿Tan mal está la cosa en Matamoros, sí? —pregunta el Curita.

—Muy complicada —admite Navas frotándose el mentón—. Los del Golfo están librando una lucha muy desigual. Además, hay problemas con los Zetas.

—No sé quiénes son los Zetas —corta Blanca.

—Son unas de las facciones armadas del cartel del Golfo —le dice el Curita—, exmilitares en su mayoría. Gente eficaz. A Ossiel Cárdenas, que fue quien los reclutó, le tenían respeto, pero cuando a este lo detuvieron el año pasado y lo extraditaron a Estados Unidos, con él se fue la lealtad de los Zetas. Aunque en teoría siguen dentro del cartel lo cierto es que están empezando a actuar por libre, a tomar decisiones por su cuenta. Cada vez más. Ahora han decidido que algunas zonas fronterizas les pertenecen, y quien quiera pasar droga por allí deberá pagarles una comisión. Eso es todo lo que te puedo decir.

Acto seguido Navas pide la cuenta sin preguntar si quieren algo más. Bruscamente, cambia de actitud.

—Es hora de irse a dormir, mañana va a estar bien pesado para ustedes. No anden cogiendo toda la noche.

—Ya sabes que cuando trabajo, ni bebida, ni drogas, ni juego, ni mujeres —dice el Curita mirándolo significativamente al fondo de los ojos.

—Pues tú te lo pierdes, porque esta chica está bien buena —luego se dirige a ella—. Güera, si este vato te está dejando con las ganas, vente a mi habitación.

—Navas, déjala en paz —ordena el Curita secamente.

—Está bien, está bien, amigo. No vamos a pelear por una mujer. ¡En esta ciudad el que no coge es porque le falta la plata o los huevos! Yo voy a buscar una.

Navas paga y se va. Ellos no tardan en salir también, de vuelta al hotel, por el paseo marítimo. Al poco, el Curita inicia una larga explicación que empieza con una apología de la Doña como una mujer excepcional que ha conseguido levantar su imperio y mantenerlo contra viento y marea. Desde un barrio de chabolas de Medellín a Miami, donde empezó el negocio a lo grande, pero como había fuertes bandas rivales, hubo disputas y mucha violencia. La policía se puso seria y ella se tuvo que mudar a Queens. En pocos meses se hizo la reina de la coca de Nueva York. Desde entonces, muchos años en el número uno…

—Y todo lo bueno acaba.

—El día que los gringos deshicieron el cartel de Medellín nos tumbaron parte del negocio. Desde entonces toda la mercancía hubo de pasar por México y los carteles locales han acabado por controlarlo casi todo. Salvo el cultivo, claro, porque eso no se puede resolver a tiros. La droga que producen los mexicanos de forma tradicional no es la cocaína, sino el opio.

—La fuente de la heroína.

—Eso es. La droga del futuro.

—Pero la Doña no trafica con heroína.

—No, ella tiene compromisos con los amos de la coca. Pero ahora los mexicanos nos han pedido un favor, y hay que hacerlo. Cuando don Modesto nos puso contra las cuerdas, matando a dos de los nuestros, el Cos mandó un grupo de sus fieles para que eliminase a unos cuantos hombres del mexicano. Entre ellos, a su lugarteniente. Esto los mantendrá a raya por un tiempo.

Ella siente un escalofrío al recordar la cabeza que encontró en el arcón congelador el día del cumpleaños de la Doña.

—¿No lo podríais haber hecho vosotros?

—Si lo hace el Cos, tiene otro significado. Él es uno de los capos del cartel del Golfo. Su ayuda equivale a decir: «Cuidadito con ella, nosotros estamos detrás». Escúchame —prosigue él—: yo le soy fiel a la patrona. Se lo debo todo. De veras la aprecio, pero su posición es indefendible. Debería retirarse y regresar a Colombia. Yo he tratado de convencerla; suavemente, pero se lo he dicho: su tiempo ha pasado. El futuro no es la coca, pues su consumo lleva ya estancado mucho tiempo, es la heroína.

—Y yo me tengo que arriesgar a pasar veinte años en una cárcel mexicana. Todo para tener una carrera artística —dice ella bajando la mirada.

—¿Carrera artística? Oh, vamos, yo no me chupo el dedo. Tus ilusiones no están en ninguna carrera —dice negando con movimientos de cabeza—. Tu única motivación es encontrar a tu hermana. Si hubiera aparecido, ya os hubierais regresado las dos a casa. Y yo te aprecio por ello, porque eso es coraje.

—¿Qué crees tú que le ha pasado a mi hermana?

—Seguramente está escondida.

—¿De quién?

—De los que mataron al hijo de la Doña y a su acompañante.

—¿Y por qué la hicieron pasar por ella?

—Porque hay muertos que no importan y hay otros que importan demasiado. Pero no te debes rendir. Ella se pondrá en contacto contigo o la localizará la Doña; no te conviene perder su protección, aunque ello te suponga correr ciertos riesgos. El que la persigue la consigue ¿O te quieres regresar ya? Te han dado dinero para este viaje, ¿sí? Pues cuando lleguemos a Torreón, te llevo al aeropuerto, compras el primer billete al Distrito Federal y de allá a España, ¿sí?

Ella baja otra vez los ojos, que tropiezan con el embaldosado de la acera. De nuevo, la posibilidad de escapar de esta loca aventura lucha en su interior por hacerse hueco. Seguir el consejo que le diera Pablo: volver a casa y dejar este camino que no le va a llevar a ningún sitio bueno.

—¿Qué me dices, aceptas la oferta? —pregunta el chicano, para acabar por responderse a sí mismo—. No hace falta que me contestes. Sé muy bien que vas a seguir; ya no hay marcha atrás.

Luego guarda silencio durante unos minutos hasta que se anima súbitamente.

—Mira —dice señalando a la playa—, navegando siempre en aquella dirección se encuentra la península de la Baja California, ¿sí? Pues bien, justo delante de nosotros, a unas doscientas millas náuticas, está cabo San Lucas. Allí quiero retirarme antes de cumplir los cincuenta para envejecer mirando al mar. Es un lugar muy lindo, muy lujoso, es… el paraíso terrenal.

Para llegar a cabo San Lucas, uno de los lugares más lujosos del planeta, el paraíso terrenal, Pablo ha tomado dos vuelos hasta aterrizar en San José del Cabo. Lawrence ya lo esperaba en el aeropuerto, de donde han sido recogidos por un chófer para llevarlos hasta el Esperanza Resort. En el camino, por el corredor marítimo, el sol poniente y los lejanos surfistas le producen un sentimiento melancólico, nostálgico de la primera juventud. Llegan a un elegante conjunto de edificios bajos pegados al mar donde se duchan y se cambian para adoptar un atuendo *business casual*, tal y como requería la invitación; luego los llevan por carreteras desoladas hasta alcanzar un camino acabado en un anfiteatro natural. En medio hay un recinto arenoso delimitado por palos clavados en el suelo con un grueso cirio encendido encima para dar ambiente. Al fondo, un grupo no demasiado numeroso de personas parecen charlar animadamente. Una orquesta toca ritmos *chill out*.

Pisando alfombras desplegadas sobre la arena llegan hasta la presencia de Serena Hathaway, que les da la bienvenida como anfitriona oficiosa. Él la encuentra muy *new age*, con su vestido oscuro, amplio y vaporoso que contrasta con los vivos colores de una chaqueta de estilo indígena. Luego se acercan a saludar a sus conocidos entre los corrillos. Encuentra allí más carne millonaria por metro cuadrado que en Wall Street y también un pequeño ejército de guardaespaldas más o menos camuflado. El evento sirve para presentar varios proyectos novedosos a un grupo de inversionistas.

A Lawrence parece interesarle mucho hablar con Barry Casey y le pide que se lo presente; sabe que ya han cogido cierta confianza en la Costa Azul. Como a él no le gusta el secretario ni sus ademanes de consorte, busca alguien más a quien saludar. Ve a un hombre de mediana edad cuyo aspecto le resulta familiar y que se apresura a presentarse.

—Soy John Dardanelous, estuvimos charlando en una *party* de Greenwich Village. En casa de una modelo despampanante.

—Ahora caigo —se disculpa él con una punzada de dolor por el recuerdo de Kristen—. Tú eres el de: «Has llegado tarde a la arena, chico». Y tenías mucha razón, esto se pone más y más difícil. Ahora está en la cuerda floja Lehman Brothers, quién lo iba a decir hace solo unos meses. ¿Crees que llegará a presentar la quiebra?

—No lo sé. Hay opiniones para todos los gustos —confiesa el financiero—. Ven, voy a presentarte a mi jefe, a Thierry de la Villehuchet.

El francés, de pelo rizado y entrecano, está a la mitad de la sesentena; tiene algo de sobrepeso. A Pablo le gustaría recordarle el incidente con Elena en el Club Knickerbocker; decirle cuatro palabras sobre su costumbre de humillar a los empleados, pero se calla para no perjudicarla. Con una mirada punzante de corsario bretón, Thierry le entrega una tarjeta y le pregunta por su trabajo. Al final quedan vagamente para comer a su vuelta a Nueva York.

Pasada una media hora, a petición de los organizadores, los asistentes se sientan en sillas dispuestas como para una conferencia. Les entregan prospectos de papel reciclado y color azul en cuyo interior se describen los diferentes proyectos. El último en ser presentado es el principal: Aquarius Sun Villages. Serena y una joven delgada se dirigen a los asistentes alternativamente. Primero, la millonaria, que apadrina la *start-up*, les agradece su presencia.

—Ya casi estamos en la era de Acuario, amigos, un tiempo de hermanamiento universal, asentado en la razón, donde será posible arreglar los problemas sociales de una forma justa y equitativa. Se va a producir un cambio en la conciencia del ser humano, un cambio ya perceptible que va a llevarnos a un tiempo de prosperidad, abundancia y paz. La astrología oriental asocia la era de Acuario con la racionalidad y la alta tecnología. Y esto viene a presentarnos hoy esta emprendedora visionaria: la CEO de Aquarius Sun Villages.

Luego, sigue la joven.

—Gracias, Serena. Sí, amigos, queremos empezar aquí, en la Baja California con un proyecto para la nueva era. Se trata de energía fotovoltaica: barata, limpia y sin límites. Vamos a crear una comunidad de alta tecnología donde hombres y mujeres puedan vivir en paz y prosperidad; libres de trabajos repetitivos. Es un movimiento que ambicionamos ir extendiendo por todo el mundo.

Fuertes aplausos. Luego sigue un buen rato hablando en tono enfático de su proyecto: un conjunto de miniciudades basadas en la obtención de energías limpias. Cada villa de esta especie contará con una empresa donde trabajarán los residentes y que se basará en la explotación de la energía solar.

Al final del discurso, en medio de nuevas ovaciones, suena como música de fondo el *Imagine* de John Lennon. Los invitados se levantan y se dirigen a sus respectivas mesas, cada una de ellas servida por un camarero de impoluta chaqueta blanca y pantalón negro con mandil del mismo color.

—Ey, ¿sabes quién está en la mesa de lado? —le pregunta Lawrence discretamente—. Han llegado tarde para el discurso, pero no para la cena.

Él mira en la misma dirección que su jefe y ve sentados cerca de él a Bernard Madoff y su esposa Ruth, que, al advertirlo, los obsequian con una sonrisa. Le parecen una alegoría del bienestar. Bernie, con chaqueta oscura y sin corbata, como la mayoría de los caballeros; ella, con su pelo corto intensamente rubio, su cara estirada por la cirugía y su chaqueta blanca de Dior.

Cuando la comida llega a su fin, Serena circula de mesa en mesa para animarlos a invertir en Aquarius. Casey hace lo mismo. A Pablo le disgusta ver que el secretario se ha convertido en la sombra de ella, en uno de esos tipos que tienen una fuerza especial para influir sobre los demás y que la usan en su provecho.

Después de cenar, la mayoría de los invitados se despiden, suben a sus coches y se marchan. Pero Serena les propone a Lawrence y a él unirse a un grupo que va a ir a bailar al Sensation Club de playa El Medano. Serán muy pocos, apenas una docena de personas. Ambos aceptan porque tienen que lograr influencia sobre ella, porque necesitan que invierta en los malditos fondos.

Una vez a las puertas del exclusivo local, Pablo se sienta junto a los demás a tomar cócteles en la terraza exterior, frente al puerto deportivo, sentados en amplios sillones sin brazos que son casi camas. Mientras charla con una rubia ucraniana, cuarta esposa de un ruso con intereses en Los Cabos, ve que Serena lo mira, cada vez con mayor insistencia, desde la otra parte del círculo humano. Entonces suena su teléfono móvil.

—Hola. ¿Ya has vuelto? —pregunta Blanca.

—No, estoy en California todavía —responde él levantándose y separándose del grupo—. Son las doce de la noche.

—Lo siento, nunca me aclaro con los horarios. Aquí son las once.

—¿Estás todavía en México?

—Sí, pensaba que volvías a Nueva York esta misma noche.

—Ese era el plan, pero… se me ha complicado el trabajo.

—Bueno. ¿Te acuerdas de mí de vez en cuando?

Pablo le responde que sí, que claro, mientras mira desde lejos a la americana, que no le quita ojo. También ve a Lawrence y a Casey hablando animadamente cerca del primer espigón del puerto. Parecen haber intimado, se intercambian tarjetas.

Serena se levanta con una copa de champán en la mano y los invita a todos a seguirla al *lounge* que ha reservado dentro de la *boîte*.

Él nota que Blanca está inquieta, agitada, pero tiene prisa en acabar.

—En cuanto vuelva, te llamo.

—Vale. No te canses —acaba Blanca cariñosamente.

Al local solo entra la mitad del grupo, pues seis se disculpan y se van. Entre ellos, Lawrence, con la excusa de que al día siguiente sale su vuelo muy temprano. Pablo y los demás noctámbulos atraviesan un *hall* de altos techos, iluminado por luces multicolores, y acaban en una sala VIP. Toman asiento en los sillones, también casi camas. El grupo sigue hablando como lo hacía afuera. Llega Casey con una bandeja con fuentes metálicas vacías y humeantes tazas y les entrega una de cada por cabeza. Cierra la puerta y se sienta con ellos. Pablo mira su bebida: tiene el aspecto de un té ligero con una bolita en forma de cactus en el fondo.

—Icuri —le aclara la ucraniana.

—¿Cómo?

—*Peyote* es el nombre más común.

—Esto es un alucinógeno, ¿no?

—No te puedes imaginar cuánto. Vas a estar doce horas colocado. Si no quieres, déjalo y márchate. Ahora. La experiencia es inolvidable, pero primero te sentirás mal y vomitarás. Piénsalo.

Marcharse ahora…, como si se pudiera. Tiene un trabajo que hacer ahí mismo. No se decide a beberse la infusión. Serena, con la mirada turbia, se sienta a su lado, le acerca la taza a la boca y la sostiene hasta que se ve obligado a apurarla, hasta que nota en los labios el roce del pequeño cactus.

Blanca está dando vueltas sin poder dormir en la austera cama de un hotel para excursionistas. Todo ocurre con mucha rapidez últimamente, todo es nuevo para ella; cada día equivale a un año de experiencias e inquietudes. Ahora está intentando conciliar el sueño en un recodo del río Grande famoso por el tamaño de las piezas que los pescadores deportivos pueden extraer de sus aguas. Pese a la cuidadosa elaboración, sus planes se han torcido. En Torreón los del cartel les entregaron una furgoneta Ford Econoline para que la pasaran a los Estados Unidos por Nuevo Laredo. La droga está escondida en las ruedas y en un doble compartimento en el suelo del vehículo. Aunque no resistiría la inspección de un perro bien entrenado, la deberán pasar derechamente por la frontera terrestre sin ser sometidos a ninguna inspección; así se había acordado con el jefe local de la patrulla fronteriza.

Esa mañana han llegado a un Nuevo Laredo semidormido, con casi todos sus comercios cerrados.

—Muchos habrán hecho un día *sándwich.* Mañana es la Independencia —ha explicado el Curita.

Han dado varias vueltas de exploración en coche por las inmediaciones del puente del Comercio Mundial, situado sobre el río que separa ambos países, con el solo fin de ver desde lejos cómo es el paso por la aduana mexicana, situada junto a un edificio enorme con un gran cartel.

PUESTO FRONTERIZO NUEVO LAREDO

A Blanca este lugar le ha parecido la antesala del infierno. Ha podido ver, al fondo, la línea de barreras levadizas que deben atravesar los vehículos para pasar a los Estados Unidos. El Curita le ha dicho que se ponga a la cola de los que pretenden entrar andando para observar de cerca cómo son los registros policiales. No era víspera de festivo para la gente de la fila, a juzgar por su longitud. Ha tenido que aguantar en pie casi dos horas. Había personas detenidas en el lateral de la fila que, aunque habían sido arrestadas por la policía, no se podían mover de allí, porque aún no había sitio en el edificio para interrogarlas. Al final, ha visto el paso de la aduana. Los vehículos tienen que elegir entre dos carriles: «Algo que declarar» o «Nada que declarar». Una patrulla de hombres con perros se mueve a lo largo de la barrera registrando algunos coches elegidos de manera en apariencia aleatoria. Luego ha vuelto al coche. Durante el camino ha intentado tranquilizarse. Todo va a ir bien, al día siguiente presentarán en la frontera sus pasaportes y cruzarán; supuestamente ella y el Curita forman una pareja de neoyorquinos de vacaciones. Todo muy sencillo..., pero, a su regreso, su compañero le dice que ha recibido una llamada de su contacto local convocándolos en la parte sur de la ciudad. Allí se han dirigido y han aparcado ante una antigua casa de cambio abandonada. Al poco de llegar, un Mercedes viejo ha parado a su lado y ha bajado de él un tipo cincuentón, con barriga, papada y un fino bigotillo. Los saludos fueron breves.

—Ha pasado un suceso de la gran chingada, amigos —comenzó—; no podéis cruzar esta noche. Nos han dado un chivatazo: hay inspección doble. ¿Sabes qué es eso?

—Claro, vienen inspectores de fuera para supervisar a los agentes fijos de acá —respondió el Curita sin alterarse.

—Así es. Lo hacen de vez en cuando para prevenir la excesiva confianza. Aún están en camino, pero llegarán antes que ustedes puedan pasar.

—¿Cuándo se irán? Porque, más o menos, estarán un tiempo como *average*.

—Es imposible de saber. Ahorita vienen de McAllen y allá anduvieron una semana, chambeando las veinticuatro horas del día. Escucha el consejo de alguien que lleva toda la vida en la frontera: no intentes pasar por la aduana.

Aunque el Curita no parecía inquieto, sí desorientado. Durante un rato, ninguno habló.

—De acuerdo, me fío de tu olfato. Dime, ¿qué alternativa tenemos?

—Si ustedes tienen prisa solo les queda cruzar el río de noche por el lago Falcón. Yo tengo amigos que tienen barcazas, pueden cargar con tu *van*, eso no es inconveniente. El problema son los Zetas: consideran el lago como su territorio, si los detectan, dispararán contra ustedes. A menos que paguen una comisión.

—No vamos a pagar nada. ¿Y qué me dices de la patrulla fronteriza de los gringos?

—Si no tienen la mala suerte de que pase un helicóptero en ese momento, no les van a poner problemas. Los Zetas son el peligro. Háganme caso, vayan a dormir a Ciudad Nueva Guerrero, camino al lago. Pueden parar en el hotel Capri. Mañana, después de cenar, a las once, pasaremos a por ustedes.

—¿Y por qué no esta noche?

—Porque es víspera de la Independencia y todo el mundo está de juerga. Hoy no querrán hacer el trabajo. No tiene remedio.

Pablo ha vomitado. Ha creído morirse. Y no solo él, la mitad de los presentes ha empleado las fuentes metálicas. Ahora se siente mejor. Nota, poco a poco, el efecto de la droga. En los demás, por la euforia general, las miradas extraviadas y los ojos semicerrados; en sí mismo, porque se siente libre de restricciones y de compromisos; libre para hacer lo que quiera. Lo que quiera, sí, puede casi volar por encima de sus limitaciones y de sus carencias. La música de los altavoces suena repetitiva y cadenciosa, incitando a sus sentidos; le parece que la puede tocar, que la puede ver. Las escasas luces se difractan como en un arco iris en la habitación oscura. Serena le pone un brazo en el hombro, luego desliza la mano hacia su nuca y lo atrae para juntar sus labios con los suyos. Él nota el sabor astringente de su lengua. Luego las manos de la cincuentona le recorren desde el pecho a la entrepierna donde se queda buscando la reacción de su cuerpo, que no tarda en llegar.

Las demás parejas están en el mismo juego, semitumbados en los amplios asientos. Solo permanece de pie, ahora junto a la puerta, el secretario.

Serena se levanta, lo coge de la mano y hace que él la siga. Lo conduce hasta la parte opuesta de la sala, donde hay otro asiento-colchón. Casey se acerca a ellos, corre una cortina y los deja en relativo aislamiento. Él cree notar que esta ceremonia ya la han escenificado otras veces. Luego, después de unos besos y unas caricias ansiosas, ella pasa sus manos por debajo del vestido y las saca después, arrastrando el tanga, que acaba en el suelo; se echa sobre el asiento y luego alza los brazos como en una súplica. Él se desviste a su vez y se sitúa encima de ella. Extrañamente su pensamiento vuela al lado de Blanca, que estará trabajando en el otro extremo del país para pagarse el pan suyo de cada día. La americana le cruza las piernas por detrás de la espalda, en una llave de yudo amorosa, forzándolo a una penetración poco agradable porque ya no lubrica como cuando era joven. Luego se estremece de placer cual alcohólico tras sorber la primera copa. De repente, a él se le antoja estar unido a una medusa con dos orificios labiados en los extremos del tronco adonde se lleva todo lo que puede procurarle placer. Durante unos instantes se siente atrapado, utilizado, abducido. Pero la droga le ha puesto demasiado eufórico como para que esta impresión le dure mucho y no deje de agradecer a la vida estos pequeños detalles. ¿Está utilizando a la millonaria? Puede ser, aunque el fuerte suspiro que sale de sus rojos labios le lleva a pensar que también se está quedando con su parte. Además, en su círculo todo el mundo utiliza a todo el mundo, ¿no es así? Bueno hay una excepción: Blanca —reconoce poco antes del espasmo—. Ella no es así. Blanca, no.

A las once en punto estaba el mexicano obeso en la puerta del hotel Capri. Esa noche no han probaron bocado: ella no tenía hambre y el metódico Curita, cuando puede haber balas de por medio, prefiere andar con el estómago vacío.

—¿Se enteraron? —dice el recién llegado con cara de preocupación—. Hoy han arrojado en Michoacán seis granadas a la multitud que celebraba la independencia. Ocho muertos y cien heridos. Se sospecha de los Zetas. Esos tipos están locos. Al final van a acabar en guerra contra los del cartel del Golfo, y eso va a ser el fin de los dos.

A Blanca todo esto le parece de mal agüero, impresión que no se quita de encima mientras siguen durante casi una hora al coche del mexicano por carreteras enmarcadas por cañaverales. De vez en cuando, un cactus grande y solitario, a la luz de los faros, le hace pensar en una mano abierta y crispada pidiendo socorro. La radio añade un grano más de arena a su inquietud.

—Buenas noches y gracias por elegir Radio Fórmula. Hoy, martes, dieciséis de septiembre de 2008, es otro día negro para la historia de las finanzas de los Estados Unidos. El caos aún reina en el número 745 de la Séptima Avenida de Manhattan, donde está la sede de Lehman Brothers, que ayer se declaró en quiebra. Los empleados han ido acudiendo para recoger sus pertenencias personales y decir adiós a su fuente de ingresos. Un auténtico drama.

Se detienen en un paraje del río con una pequeña playa de arena y salen de los vehículos. Sin los focos de los coches, se hace la oscuridad. Encienden una linterna. La superficie del lago, plateada por la luna, es mecida por un leve vientecillo. Solo se escucha el coro de los grillos. Luego, a esperar.

—Bueno, amigos, ya están aquí —dice el gordo, que parece haber oído un ruido imperceptible para los demás—. Cuanto antes acabemos, mejor.

Navegando cerca de la orilla ve como se acerca, lentamente, una barcaza sin luces que no tarda en quedar semivarada en la escasa arena. Dos tipos bajan de ella. Todos se saludan sin darse la mano. El Curita pregunta cuánto se tarda en alcanzar el otro lado.

—No más de veinte minutos. Pero les parecerá una eternidad, ya verán —responde uno de los recién llegados.

—¿Creen que nos van a disparar? —sigue el Curita.

—Si nos descubren es casi seguro. Esperemos tener suerte. Quién sabe si aún les dura la borrachera de la Independencia. De todos modos, por si acaso, iremos tumbados en la cubierta.

El Curita saca un fajo de billetes y se lo entrega a los recién llegados. Luego le da otro al que los ha guiado hasta allí, que se quiere despedir de ellos.

—Espérate a que estemos a salvo en el otro lado para marcharte. Si nos pasara algo, avisa a Navas —le ordena.

—¿Cómo no, amigo? Suerte y mis respetos a doña Imelda.

Uno de los transportistas extiende una pasarela en cuña que extrae de la barcaza para que el otro suba la furgoneta a bordo. Luego instalan planchas metálicas que protegen las ruedas del *van* y la parte de la chapa donde está el depósito de combustible. Finalmente les dice que suban.

—La Virgen de Guadalupe nos protegerá. Venga, vámonos —ordena el Curita sacándose una cadena del escote y besando la medalla que tiene enganchada.

Los dos tripulantes empujan la nave para adentrarla en el río. Blanca se tumba en el suelo, sobre unas mantas con olor a petróleo. El Curita le tiende un objeto en la oscuridad.

—Toma este revólver. Solo tiene cinco tiros; si se tuercen las cosas, úsalo. Si me pasara algo, llama a Navas.

Pablo se arrellana en su asiento de preferente y pide una tónica. El avión está semivacío. Despliega el *Wall Street Journal* que le acaba de entregar el auxiliar de vuelo y cree estar siendo víctima de una nueva alucinación como las que le ha producido el peyote durante casi doce horas.

EL CAPÍTULO 11 DE LEHMAN BROTHERS SUPONE EL DESPIDO DE 25 000 EMPLEADOS

Aparta la mirada hacia la ventanilla. Abajo, en la oscuridad, no se distingue nada, deben de estar sobrevolando el desierto. De repente, alguien se sienta a su lado.

—Así me gusta, viajando en *business*. Todavía quedan privilegiados.

—John Dardanelous… De regreso a Nueva York, supongo. ¿Y Thierry?

—Salió ayer por la noche hacia París.

—¿Cómo es que no vuelas en primera?

—Los vendedores de Acces nos pagamos los gastos y estoy intentado ahorrar. Bueno, ¿qué te parece? —dice señalando el diario.

—¿No iba a comprar Lehman el Barclays? —pregunta él sintiendo un escalofrío en la espalda.

—No ha habido acuerdo y el Gobierno tampoco lo ha rescatado. Lo han dejado caer.

Durante unos minutos, guardan silencio los dos evaluando el impacto de la noticia.

—Y esto es solo el principio —sigue el recién llegado—. Los productos financieros respaldados por hipotecas van a empezar a estallar de un momento a otro. Toda esa mierda que se ha bombeado a Europa…, cerca de cuarenta billones de dólares. Como para anegar el sistema bancario entero. Nos hemos vuelto todos locos.

—Es el sistema financiero el que ha enloquecido.

—No, es la fiebre universal del oro. Nos ha dado a todos. Nosotros estamos colocando fondos que quizá en unos meses no valdrán nada. Muy bien. ¿Y el tipo que ha comprado una casa con idea de revenderla con un veinticinco por ciento de recargo no pretende lo mismo? ¿Cuál es la diferencia?

De nuevo, el silencio. Cada uno vuelve a sumirse en sus pensamientos. Él, inquieto, reanuda el diálogo.

—¿Qué va a pasar, John?

—Un cambio de era, y no me refiero a la era de Acuario.

Ríen brevemente los dos.

—Es la era del progreso la que ha muerto —sigue—. La gente lo quiere todo y lo quiere ya. Son como los niños: si no obtienen sus caprichos, se revuelven. Desde la cuna les han vendido el mito de que van a ir a mejor, de que no vale la pena rebelarse, porque el propio avance de la sociedad les permitirá alcanzar sus deseos, sin violencias ni riesgos. Solo necesitan tener paciencia… Hasta ahora, este mantra ha funcionado bastante bien. Lo malo es que el progreso ha muerto, es un zombi con los años contados.

—¿Por qué?

—Porque una pequeña élite se está quedando con las mejoras de la productividad, con el excedente empresarial, con todo.

—Entonces, ¿cómo es que la gente no se revoluciona?

—Porque el sistema aún les vende lo único que le queda: ilusiones. Como los Gobiernos no pueden dar ya a los ciudadanos una mejora real de sus vidas, se endeudan constantemente para aparentarlo. Igual que esas familias que fueron pudientes y, cuando llegan mal dadas, hipotecan los bienes para mantener las apariencias.

—La deuda sería la droga de los Estados.

—Sí, podría verse así. Nuestros abuelos luchaban por legarnos algo; nosotros hacemos lo posible por no dejar nada de nada; por gastarlo todo. Y cuando se acaba la capacidad de endeudamiento del presente, cargamos nuestro actual bienestar sobre las generaciones futuras, y arreglado…, por una temporada. No va a ser tan fácil seguir vendiéndole humo a la gente. Esto se va a poner feo. De esta crisis solo va a escaparse el que tenga la frialdad de aprovecharse de ella. El resto se va a hundir. Más o menos, pero se va a hundir.

Otra vez, el silencio.

—Bueno —dice Dardanelous incorporándose—, me voy antes de que la azafata me expulse de la zona *business*. Nos vemos en Nueva York.

Se despiden. Pablo se queda pensando en las palabras del inversionista. Le parece vislumbrar el desastre que se avecina. Miles de personas van a perder sus casas, sus empleos, su futuro; miles se tendrán que prostituir para poder comer; habrá montones de suicidios... Una ola oscura de desesperación y de ilusiones perdidas se va a cernir sobre el mundo. Y él está allí, viéndolo en perspectiva y tomando *gin-tonics*. «¿Y yo —se pregunta a sí mismo— de qué lado voy a estar? Desde luego, no en el de los que van a hundirse con el tsunami». No, él no ha venido a América a fracasar, él es de los que triunfan. Hará lo que sea necesario, absolutamente lo que sea necesario, para salir a flote.

A flote, con el motor al mínimo de potencia, la barcaza ha cruzado ya medio lago sin incidentes. De la otra orilla, solo se distingue, difuso, el negro follaje. Ella está agazapada en el fondo de la barca, sobre la manta, como si estuviera durmiendo. Unos minutos, unos minutos nada más, y habrán alcanzado la parte estadounidense; tampoco está libre de riesgos, pero será el principio del fin de la pesadilla. Bruscamente se oye un ruido lejano. Un sonido rítmico como el de una batidora que se agranda por instantes.

—La patrulla fronteriza —susurra el patrón de la embarcación parando el motor—. ¡Al suelo, al suelo todos!

El helicóptero de la Border Patrol vuela bajo. Tiene un potente foco cuya luz va barriendo el río. Cada vez está más cerca. Pero, contra todo pronóstico, en su zigzagueo, pasa de largo sin iluminar la barcaza. Ya se aleja. Aún con el motor parado, la suave corriente parece ser capaz, por sí misma, de conducir la barca hasta la orilla. Solo hacen falta unos diez minutos más. De repente, un disparo. Seco, sin resonancia. Luego, otro, que rebota en la cubierta con un ruido agudo; después, otro.

—¡Hijos de la chingada! Estaban esperando a que pasase la patrulla para caernos encima —de nuevo la voz entre colérica y preocupada del patrón.

—Pon el motor en marcha y vámonos —dice el Curita elevándose ligeramente sobre la cubierta en dirección a los perseguidores y haciendo tres disparos, tres fogonazos efímeros en la noche. Desde el otro lado, le responden con más tiros. Hasta se oye el tableteo mecánico de un arma de repetición.

Ella no levanta la cabeza. Aunque está asustada, se controla. El Curita se agacha para ponerse a cubierto y volver a cargar el arma. Luego se levanta y hace fuego de nuevo. Pero Blanca percibe en la oscuridad que sale repelido hacia atrás como si hubiera recibido el puñetazo formidable de una mano invisible. Ella enciende una pequeña linterna, se acerca y enfoca la cara del sicario, surcada por un hilillo de sangre que asoma por su boca. Le separa la chaqueta y ve dos impactos de bala en su pecho.

—Blanquita, sácame la medalla que tengo colgada del cuello. Venga, deprisa —balbucea.

Ella intenta tapar la hemorragia con trapos que hay en el suelo, pero el mal ya está hecho. Se llena las manos de sangre inútilmente. Le busca en el cuello la cadena y tira de ella hasta sacar una medalla.

—Acércamela.

Blanca se la aproxima a los labios y él la besa con unción, manchándola con sangre de sus pulmones.

—Virgen de Guadalupe, implora por mí.

—Estamos llegando a la otra orilla, Curita. Te llevaremos a un médico. Tienes que aguantar; solo una hora, tienes que aguantar.

—No me entierres con la medalla, Blanquita, quédatela tú; te protegerá. Prométemelo.

—Te lo prometo.

—Dime, me he portado bien contigo, ¿verdad?

—Sí, muy bien, muchas gracias. Nunca lo olvidaré.

—Entiérrame en cristiano, si puedes, con una cruz, aunque sea hecha con dos ramas.

—Cuenta con ello. —Luego solloza un poco, pero en seguida reacciona—: Dime una cosa, Curita, ¿dónde está mi hermana?

—Tu hermana… tu hermana… Hay algo que puedes hacer para encontrarla: habla con la Doña… y dile que ya lo sabes…

—¿Que ya sé qué?

—Dile que ya lo sabes todo…

El moribundo quiere decirle algo más, pero no tiene tiempo porque, un instante después, su mirada ha adoptado la expresión fija de los cadáveres.

—Vienen para acá. Dios, nos van a liquidar a todos —grita el patrón.

Ella se atreve a levantar la cabeza sobre la cubierta y ve una lancha que avanza hacia ellos desde el lado mexicano. De vez en cuando suena un disparo cuyo resplandor ilumina brevemente la escena. Vuelve a agacharse. Se da cuenta de que este va a ser el fin de todos ellos. Van a acabar en el fondo del lago con una piedra atada al cuello. ¿Qué es mejor, morir de un balazo lejano, como el Curita, o a manos de los perseguidores? Cada vez el ruido del motor se oye más cercano. Se tiende en el fondo de la barca y coge el revólver que le había dado el sicario. Es el momento de la verdad. Le tiemblan las piernas. Un sudor frío le recorre la espalda… Se incorpora, coge el arma con las dos manos y hace un disparo. Había practicado un poco con el Curita en parajes desolados, días atrás, por lo que pudiera pasar. «Tienes buena puntería, mija». Pero, con todo, el retroceso casi se la quita de las manos. Luego hace fuego dos veces más. Los enemigos enmudecen; quizá no esperaban más resistencia. Ahora ella apunta a un bulto difuso que se asoma por la proa de la lancha. Hace otro disparo más, ¿Qué ha oído? ¿Es un grito ahogado? ¿Ha acertado a alguien? ¿Ha matado a alguien? No tiene modo de averiguarlo, ya están cerca de la orilla norteamericana. Ya están, casi, en lugar seguro.

Capítulo 8

Señorita

Ahora, en la oficina, las cosas van bien para Pablo. Se siente seguro de ello sin que consiga precisar qué signos lo escenifican. Quizá un brillo especial en la mirada de la recepcionista; quizá una sonrisa más amplia de los compañeros con los que se cruza por los pasillos; quizá que Christina lo convoca, sonriente, en su despacho.

—¡Objetivo logrado! —dice disparándole con una pistola imaginaria compuesta con sus dedos índice y pulgar—. Buenas noticias. Tus amigas han decidido apostar por nuestra casa: han invertido cinco millones cada una.

—Gracias, pero tú has tenido mucho que ver en todo esto.

—El éxito es tuyo. Serena Hathaway añadió en el día de ayer otros cinco millones más —dice mirándolo significativamente a los ojos—. Total, veinticinco millones. Te corresponde una bonita comisión de ciento veinticinco mil dólares. Buen trabajo.

La expresión de la jefa se torna seria de repente.

—Hay algo que debes saber: el Consejo de Administración ha decidido abonar dos tercios del valor de tus comisiones en forma de fondos comercializados por la compañía. De manera que te daremos cincuenta mil dólares líquidos y el resto en participaciones de Luxalpha. Enhorabuena otra vez —dice ampliando todavía más si cabe la comisura de sus labios.

—¿Luxalpha sigue siendo de Madoff?

—Así es. Recuerdo lo que dijiste en la cena con el hindú y el escocés —lo corta Christina levantando la mano—. Pero no tienes de qué preocuparte. Si algunos clientes los están vendiendo es porque necesitan liquidez. Todavía ofrecen una buena rentabilidad para el tiempo que corre. Y nosotros tenemos el cometido de colocar todos los que nos han asignado. Pero no te quejes: está dando un seis por ciento anual.

Aunque no tenga de qué quejarse, tampoco las tiene todas consigo. Hasta hacía poco, los fondos de Madoff estaban reservados a los buenos inversores, a los de siempre, y ahora se los están endosando sin preguntarle si los quiere. Hay algo extraño en todo esto. Tan pronto como vuelve a su despacho, llama a Elena.

—A nosotros nos ocurre algo parecido —dice ella—. Los dueños de Acces están atrapados por el bueno de Bernie. Nos está exigiendo que captemos más capitales, lo que jamás había ocurrido; al contrario, era reacio a la entrada de nuevos inversores. Y eso no es todo: está presionando a mis jefes para que eviten que los suscriptores saquen su dinero. Muchos de ellos no tienen otra opción, porque lo necesitan…

—¿Y qué pueden hacer los dueños de Acces?

—En estas circunstancias, nada. Casi todos los demás fondos que comercializa la empresa están en pérdidas. Para poder ofrecer un mínimo de rentabilidad a nuestros clientes y evitar que saquen su plata, han tenido que ir trasladando poquito a poco sus depósitos desde otras opciones a Luxalpha y a otros productos de Madoff. Hablando en neto: ya deben de superar el setenta por ciento de todo el capital que gestionamos.

—¿El setenta por ciento? ¡Eso es un riesgo enorme!

—Así es, y Thierry y su socio son muy conscientes de eso, no creas. ¿Y qué otra cosa pueden hacer? No sabes lo que me alegro de que disuadieras a mi padre de invertir en los productos de Acces.

La Doña suele estar animada en su cita quincenal en El Barbero de Sevilla, pero ella la percibe, por primera vez, algo abatida. Le ha preguntado por el lugar donde enterraron al Curita. Blanca le ha respondido que en el lado norteamericano, cerca de la orilla, entre los matorrales.

—Los Zetas ya no os molestaron más… —dice llevándose a la boca una arepa de carne.

—No, después de mis disparos, no insistieron —responde ella sin mirarla.

—¿Mataste a alguno de ellos?

—No lo sé.

La jefa echa los hombros para atrás, se apoya en el respaldo de su asiento y se queda un momento pensando.

—Hiciste un buen trabajo, mija. Has demostrado coraje. Estarás cansada, ¿verdad?

Está más que cansada, está exhausta. Ha conducido durante un periplo de más de dos mil millas. Primero, hasta Austin, donde la recibió Navas, que había llegado allí en avión desde México. Condujo el vehículo hasta un almacén situado en un oscuro polígono industrial en las afueras de la ciudad, donde unos tipos silenciosos levantaron el falso suelo de la furgoneta y sacaron la mitad de la mercancía. Ella se quedó horrorizada de ver la cantidad que había escondida en los bajos. Luego le quedaba otro largo trayecto de vuelta a la base, más peligroso aún. Navas no iba a acompañarla; debería seguir sola.

—Vas a conducir hasta New Jersey tramo a tramo —le dijo frente a un plano de carreteras—. Tenemos una red de ojeadores en el camino que vigila la autopista para avisar si aparece la policía. Te llamarán cada cierto tiempo. No salgas hacia el tramo siguiente hasta que no te lo digan. No los llames nunca: si tienes problemas, pégame un telefonazo. Ellos se dirigirán a ti por tu nombre clave, que en tu caso es Señorita.

Eso era todo. A partir de ese momento a Señorita le esperaban tres días de viaje en solitario, con el corazón encogido; parando en las áreas de servicio que le decían los ojeadores hasta que pasara la policía. En esos momentos aprovechaba para llenar el depósito, para ir al baño… Compraba comida en las gasolineras o sacaba un café caliente y unas rosquillas en un Dunkin Donuts para tomársela por el camino. Pagaba siempre en efectivo. Lo que más echaba de menos era la ducha y la ropa limpia. Cuando se agotaban sus fuerzas, paraba en algún lugar despejado y dormía en el asiento de atrás. Le daba miedo estacionar en un sitio habitado donde pudiera detenerse la policía a husmear. Siempre sola; nunca había sentido una soledad tan fuerte. Un único riesgo no pudo evitar correr, porque era su único desahogo, y fue el de llamar a Pablo tres veces al día: «¿Pablo? ¿Cómo estás?», «¿Pablo? ¿Cómo estás?», «¿Pablo? ¿Cómo estás?».

—Yo muy bien ¿y tú?

—Volviendo ya para Nueva York.

—¿Qué tal han ido tus actuaciones en México?

—Fenomenal. Ahora tenemos una en un local de Baton Rouge. En el Big Shock Club.

—Vaya, vaya, haciendo una gira. Eso ya son palabras mayores, ¿no?

—Pasito a pasito…

Al poco, ella colgó y se aprestó a dormir unas horas en el aparcamiento del Big Shock Club. Lo había encontrado en su camino por casualidad y, cuando vio que tenía vigilancia privada, se animó a detenerse a echar una cabezada. Se arrebujó en una manta ligera, tumbada en el amplio asiento de atrás y, aunque inquieta y desasosegada, se durmió en seguida adoptando de forma inconsciente la posición fetal.

—Estás engordando.

Serena, que le daba la espalda, se gira semidesnuda. Se estaba vistiendo para irse, pero el rebelde sujetador se resiste a ajustarse a su pecho generoso.

—¿Cómo? —pregunta ella mirándolo a los ojos.

—Que estás engordando —repite él desde la cama, semiincorporado, con la sábana subida hasta la cintura por toda cubierta.

Están en el Onmi Berkshire, un hotel que él encuentra absurdamente caro, aunque sea Serena quien lo pague. Ella viene cada vez más por Nueva York y siempre quedan ahí.

—¿Qué mosca te ha picado, amiguito? —pregunta mientras se pone el vestido.

Él está a punto de decir algo. Por ejemplo, que si se lubricara antes de que llegase él, en vez de pretender que no le hace falta todavía, el sexo sería más gozoso. Pero se calla y se conforma con lanzarle una mirada poco amable.

—¿No te gusta este hotel? —insiste ella—. ¿Quieres ir a otro más caro?

A él no le agrada el comentario. Suena a «¿Quieres que te pague otro aún más caro? Porque yo soy la que financia estas juergas».

—Este hotel es perfecto. Hoy voy a pagar yo.

—Ah, muy bien —dice ella levantando a un tiempo las dos manos y los ojos con expresión beatífica—. ¿Y eso te da derecho a llamarme gorda?

—No te he dicho que estés gorda, sino que estás engordando.

—Sí, debo adelgazar, es verdad; demasiadas celebraciones últimamente… —dice mirándose al espejo para empolvarse la nariz—. Además, me tengo que poner el vestido de Karl Lagerfeld para la fiesta de Los Claustros. Tú vas a ir, ¿verdad?

—No estoy invitado.

—Qué tontería. Yo te haré llegar una entrada.

—No me hace falta, ya me la buscaré yo.

—¿La buscarás tú? El donativo mínimo para entrar es de cien mil dólares.

—¿Y vas a pagar cien mil dólares por mí?

—Por ti, por ti… Qué no haría yo por ti —dice acercándose y abriendo la mano para cerrarla sobre la parte de la sábana que cubre los genitales de él.

A Pablo, en ese momento, no le gusta el contacto, pero no se aparta.

—Sería muy bueno para tu carrera acudir a esa cena —dice melosamente mientras se dirige hacia el armario donde ha colgado su chaqueta.

—Te he dicho que yo me las apañaré —insiste él cruzando los brazos sobre el pecho. Se siente inquieto, ofendido, aunque no encuentra las palabras oportunas para mostrarlo.

Tras unos segundos de duda, opta por ir a ducharse. El agua tibia lo calma un poco. No puede negarse a sí mismo la realidad: Serena es su único cliente significativo, si no fuera por lo que ella invierte en Pegasus, ya habría sido despedido. Los compañeros de la oficina lo saben, empiezan a mirarlo con cierta sorna, como a un mantenido. Ella dosifica las compras como si le estuviera pagando cada encuentro. En ese momento se pregunta si lo que empezó como una aventura no está derivando en una forma de vasallaje. Aunque el grueso de sus comisiones le es remunerado en forma de fondos Luxalpha, que no puede vender por el momento, el resto lo puede gastar. Y bien lo está derrochando en vivir la vida: piso nuevo, ropa de lujo, caprichos… hasta quedarse casi sin reservas. Es verdad que esta doble relación con Serena y con Blanca le incomoda. Si al principio no tenía la sensación de estar traicionando a ninguna de las dos, porque estaba todo en el aire, por definir, con el tiempo este *ménage* está tomando un cariz cada vez más sórdido. Sale de la ducha y regresa a la habitación con una toalla enrollada de la cintura. Ve a Serena sentada en la cama, de espaldas a él, inclinada sobre la mesita de noche.

—¿Te estás haciendo otra raya?

Ella no le responde en seguida porque quiere apurar la dosis. Cuando se le encara, tiene la mirada borrosa.

—¿Qué hay de malo en alegrarse un poco la vida? Solo se vive una vez, ¿no? —habla lentamente. Su expresión se va haciendo más y más acerada, fijos sus ojos en los de él.

—Estás loca.

Ella lo sigue mirando.

—¿No quieres hacerlo otra vez? —le pregunta muy seria.

—Hacer… ¿No has tenido bastante?

—A tu edad dos veces no es nada y a la mía es un esfuerzo agradable. Venga, vamos —dice empezando a desvestirse otra vez.

—He dicho que no.

—¿Qué te cuesta?

—¿No sabes qué significa la palabra *no*?

—Vamos… —Se le acerca y él se da la vuelta; ella lo agarra por detrás—. Venga, un polvo más y ya está. Te voy a conseguir una entrada para la fiesta de Los Claustros, ¿no te levanta eso el ánimo?

—¿Por quién me has tomado, por un *gigoló*?

—Claro que no, es una invitación de amiga —dice melosamente tirando de la toalla hasta que acaba en el suelo.

—He dicho que no, y es que no.

—Está bien. Quédate ahí —le dice ofendida—. ¡Olvídate de mí!

Se viste a tirones y sale dando un portazo. Él se queda de pie, desnudo frente al espejo. Una mezcla de ira hacia Serena y hacia sí mismo circula por su interior. Es consciente de cuánto la necesita. Por unos instantes piensa en llamarla, en disculparse, pero se da cuenta de que no es el momento. Por ahora solo le queda reabsorber su mala leche. Suena su móvil. Lo coge como despertando de un sueño. Es la voz de Elena.

—¿Todavía trabajando?

—Sí —responde él, no muy seguro de si miente o si dice la verdad.

—¿Vas a ir a la cena de Los Claustros?

—¿Sabes?, eres la segunda persona que me hace esa misma pregunta esta tarde.

—¿Y qué le dijiste a la primera?

—Que no tengo ni idea. ¿Y tú vas a ir?

—Thierry y su socio irán, y nadie más de Acces.

—Entonces, ¿por qué me has llamado, por si tenía alguna entrada de sobra?

—Si te molesto, corto.

—No, no es eso.

—Pues nadie lo diría.

—¡Oh, vamos, Elena! Ya tengo bastantes peleas por hoy.

—Pues invítame a cenar.

—De acuerdo, siempre que no sea un sitio muy caro.

—Listo.

Blanca está yendo en taxi a la Gran Manzana con los nervios relajados. Esa mañana ha hecho otro reparto más, sola, y todo ha ido bien, sin incidentes. Tiene en el bolso los tres mil dólares que ha cobrado por el trabajo y se los va a gastar en comprar esa ropa que hasta ahora la miraba, entre incitante y burlona, desde el otro lado del escaparate. Además, ha quedado con Pablo a las ocho en su nuevo apartamento. Se relame por anticipado pensando en una buena cena y en una hora de amor.

Entra en Sermoneta Gloves y poco después sale con una bolsa de papel de seda con los guantes rojos de cabritilla que tanto le llamaron la atención en su primer día en la ciudad. Siente una satisfacción manchada de mala conciencia. No se puede engañar a sí misma: se está ensuciando las manos. No toda la coca va a parar a ejecutivos viciosos ni a estrellas del *rock*: destroza vidas y envilece lo que encuentra a su paso. Pero ha ido a la Gran Manzana a comprarse buena ropa y no va a cambiar de propósito. Ahora, a Barney's, que está también en Madison, un poco más al norte. Cuando rebasa el semáforo de la calle 58, le parece notar que circula a su izquierda, a su paso, un vehículo con los cristales ahumados. No le gusta. Apresura la marcha; el otro hace lo mismo. Cuando llega ante la tienda, bruscamente gira a su derecha y entra. Mira hacia la calle a través del escaparate y ve que el coche pasa de largo. Debe de haber sido una falsa alarma. Hay que olvidar el incidente. Se concentra en las prendas que va a comprar. Toma tres y se dirige a los amplios probadores. No le acaba de sentar bien ninguna: le están pequeñas. Sale para pedir tallas más grandes. Cuando abre la puerta, ve al inspector Gálvez ante ella mirándola con expresión hosca. Detrás de él hay otro tipo. Da un respingo.

—Señorita, lamento haberla asustado, pero comprenderá que debíamos guardar ciertas precauciones.

—No sé a qué se refiere —dice ella con la mano en la puerta.

El agente le hace un gesto para que le permita pasar y le sugiere que se siente en un banco. Él hace lo mismo enfrente.

—Me refiero a evitar que nos vea la clase de gente para la que trabaja como transportista de dulces.

—Sigo sin saber a qué…

—Vamos, vamos. ¿Se acuerda de los agentes Jack y John? Los que la pararon en el Port Imperial. Eso fue en junio.

—Puede ser…

—Revisaron la mercancía y hasta tomaron una muestra. La coca más pura que han visto en mucho tiempo…

Ya la han atrapado, ya no hay salida. Todo se ha desvanecido. Empiezan a temblarle las piernas.

—Si es así, ¿por qué no me detuvieron entonces? —todavía le quedan fuerzas para preguntar.

—Porque esperamos otra cosa de usted. No sabe con qué gente se ha metido, ¿verdad? —dice el inspector como masticando las palabras.

—Le aseguro que no sé nada de negocios ilícitos.

—¡Ya está bien de toda esa mierda, señorita! Lo sabe perfectamente… —El inspector hace una inspiración profunda para tranquilizarse—. Tenemos pruebas como para meterla entre rejas de cinco a diez años. Con buen comportamiento, se puede quedar en la mitad.

—¿Qué quieren de mí?

—Queremos que traicione a la Doña de Queens. Necesitamos pruebas para inculparla.

—¿Qué tipo de pruebas?

—Una confesión. Sí, una confesión de alguien de su confianza. De alguien de quien no pueda sospechar. Usted y ella comen cada dos semanas en El Barbero de Sevilla, ¿no? Allí no hacen registros ni hay arcos para detectar metales. Pondremos cámaras ocultas. Usted hará el resto. Piénselo: o la cárcel o la confesión. Elija.

Desde que la ha visto entrar por la puerta, ha notado a Blanca muy inquieta. Permanece silenciosa; los intentos que él hace para reanudar la conversación se extinguen al poco tiempo.

—¿Qué te preocupa?

—No sé… quiero volver a España, lo tengo claro…, pero me siento atrapada, como pegada a una tela de araña. Llevo menos de un año en esta ciudad, ya me retienen en ella fuerzas muy poderosas. Ahora me han buscado una gala en una sede del Museo Metropolitano que se llama Los Claustros.

—¿Vas a cantar en la cena de caridad de Los Claustros?

—Sí, ¿la conoces?

—Claro, yo voy a asistir también. Va a acudir toda la gente importante de Nueva York.

—Pues a mí no me supone ninguna ilusión —dice con una mirada baja que en seguida levanta hacia él—. Yo me iría mañana. ¿Tú, no?

—Yo siento algo parecido, pero no es tan fácil dejarlo todo. Si me marcho ahora, perdería bastante dinero. Necesito que la bolsa suba. Aunque esto no parece probable en los próximos meses. Yo estoy atrapado también, esa es la verdad.

Blanca respira hondo antes de entrar e intenta calmarse. Luego, con un ligero temblor, cruza el umbral del reservado del restaurante El Barbero de Sevilla donde le espera la Doña. Le tiemblan ligeramente las piernas. Saluda a la patrona y se sienta. En algún lugar de la sala los técnicos de la DEA han situado una cámara y un micrófono. Le da escalofríos pensar que sus movimientos están siendo grabados.

La patrona le pregunta por el último transporte. Ella le cuenta que todo ha ido bien. Nota que la empresaria está satisfecha, notoriamente contenta, asiente a todas sus afirmaciones con expresión relajada. Es el momento.

—Una cosa más, señora, quisiera decirle que… me gustaría volver a México para seguir buscando.

—¿Cuándo pretendes ir? —pregunta la Doña con una mirada inquisitiva que pone a prueba el temple de sus nervios.

—Tras la gala de Los Claustros, el siguiente fin de semana. Estaría unos quince días.

—*Okey*, de acuerdo, si ese es tu deseo, yo lo respeto; ahora bien, tienes que hacerme antes otra entrega en New Jersey. Una como las anteriores.

—Cuente conmigo.

Entra el camarero con una bandeja de patacones a la colombiana y la pone sobre la mesa, entre las dos mujeres. La patrona le cuenta sus ideas para el negocio, sus objetivos… Ella ve que la confianza le está soltando la lengua e, inevitablemente, lanza miradas de reojo a su alrededor como si pudiera así detectar la cámara.

—Te diré una cosa, mija: eres muy buena en el trabajo —dice sosteniendo entre los dedos una tacita de café Umpalá, el más caro de su tierra—. El coraje que mostraste cuando la muerte del Curita no cae para mí en saco roto. Tú podrías llegar alto en mi organización.

—¿Yo, señora? Oh, no; seguro que no. ¿Qué le hace pensar eso?

—Tú tienes mucha resiliencia.

—¿Cómo?

—Resistes el miedo, no dejas que se interponga entre tú y tu objetivo. Quiero que aprendas el oficio conmigo.

—Yo no valgo para distribuir drogas al por mayor; eso solo lo sabe hacer usted, señora. Ninguna otra mujer se atreve a hacerlo.

Suena el móvil de la Doña. Es Navas. Parece que hay problemas, pudieran ser otra vez los mexicanos. Blanca se impacienta porque la jefa habla y habla sin que la confesión acabe de llegar. Tras conversar un buen rato, da algunas instrucciones terminantes a su sicario y vuelve a dirigirse a ella.

—En este trabajo nunca puedes bajar la guardia, mi niña; nunca estás segura, nunca tranquila. No puedes mostrar debilidad ni dejarte llevar por los sentimientos —dice sincerándose por unos instantes—. Ah, si yo hubiera nacido hombre, Blanquita —suspira mirándola de soslayo—. Yo creé a Pablo Escobar, el mayor de los narcos de Colombia. Yo generé el mercado que él luego abasteció. De ser yo varón, las cosas hubieran sido bien diferentes.

—Usted es la número uno. Nadie es como usted.

—Y tú también vales. Claro que vales. ¿Por qué no habías de valer?

—Porque esto de la droga… no es lo mío.

—Tienes escrúpulos morales. —Como ve que Blanca no responde, sigue—. Pero nosotros no engañamos a nadie. Todos esos ricos de Manhattan que consumen la coca saben muy bien a qué se exponen. No son bobos. Si alguno cae en la dependencia necesitará una cura de desintoxicación, de acuerdo. ¿Y acaso no les pasaría lo mismo con el güisqui? ¿Qué hay de malo en sacar un poco de plata de los vicios de los que se los pueden pagar? Nosotros, los pobres, también tenemos que vivir, mi niña.

—Usted es rica.

—No, no te engañes. Es verdad que tengo plata, pero se podría decir que no me pertenece. No está firme. Un mal paso, una detención y todo se vendría abajo de repente. Vivo encerrada en una jaula de oro. A veces, veo a mis compatriotas, a las mujeres que arreglan las habitaciones de mis hoteles y las envidio. De veras. Al menos, ellas pueden salir a la calle sin miedo, libres.

—¡Qué duro es vivir así!

—Sí, toda esa plata... —dice la colombiana con una sonrisa triste—. No te puedes imaginar lo cara que me salió. Le tuve que dar mis mejores años, sacrificarle hombres fieles, como el Curita. Hasta mi propia libertad le he dado... En fin, la vida es dura, mi niña; no es fácil. Por eso, un poco de coca de vez en cuando viene bien; por eso accedo a que te tomes ese par de semanas de vacaciones; te lo has merecido. Ahora, márchate, tengo llamadas que hacer.

Ella se levanta deseosa de escapar cuanto antes de aquel lugar.

—Y los gastos de tu viaje, me refiero a los billetes y a los hoteles, tú se los pasas a Navas, que él te los pagará, ¿de acuerdo?

Ella asiente con la cabeza y se dirige a la salida. Sin embargo, antes de marcharse, algo le hace volver la vista atrás conteniendo las lágrimas. Está traicionando a la mujer que ha confiado en ella y le ha dado un modo de vida en la gran ciudad.

—¿Qué tienes, mija, por qué me miras así?

Blanca no responde. Levanta los hombros, se pone dos dedos en los labios y le lanza un beso silencioso. Solo uno y desde el umbral de la puerta, para que no quede registrado por ninguna cámara.

Pablo circula en taxi con Christina por una avenida arbolada del norte de Manhattan. Él lleva esmoquin; ella, traje de noche. A su derecha se levanta un promontorio rematado por un monasterio medieval con su torre, alta y cuadrada. Un conjunto arquitectónico que él no esperaba de ningún modo encontrar en esa ciudad. Contra el cielo de nubarrones, le parece casi siniestro.

—¿Esto es Los Claustros? ¿Aquí va a ser la fiesta donde la alta sociedad de Nueva York se dé cita?

—Así es —responde Christina, que no parece en absoluto extrañada—. Vamos a ver si logras que Serena y sus amigas del Club inviertan más dinero en los fondos Luxalpha porque la cosa se está poniendo fea; sobre todo para ti, Bluetooth.

—¿Cuántas veces me lo vas a repetir?

—Hasta que te entre en la mollera —dice la jefa secamente mientras coge su móvil, que está sonando. Al poco, pone el teléfono en manos libres.

—Nos han dicho que los peces gordos mexicanos de New Jersey, con don Modesto López a la cabeza, van a estar en la fiesta —se oye la voz de Lawrence.

—Son clientes de Bluetooth, él irá a por ellos. Yo lo acompañaré.

—De acuerdo. Y no olvidéis los fondos Luxalpha.

—Ya se lo he dicho también.

—Bueno, que disfrutéis y, sobre todo, que vendáis.

—Gracias —concluye ella con cierto sarcasmo en la voz.

El taxi los deja en la puerta exterior de entrada a Los Claustros. A su alrededor hay varias docenas de manifestantes con carteles y pancartas.

CARIDAD DEL PUDIENTE= HIPOCRESÍA SOCIAL.

EL DONATIVO DEL RICO es el SUDOR DEL POBRE.

Va a tener lugar una *reception and dinner* solo para doscientos cincuenta elegidos por la fortuna. Christina y él empiezan a subir la larga escalinata que conduce a la puerta principal. En el trayecto se encuentran con la gente de Acces. Elena no está entre ellos, pero sí John Dardanelous. Pablo lo saluda animadamente.

—¿Que qué hago yo por aquí? Vengo en sustitución del socio de Thierry; no ha podido venir a última hora.

—¿Cómo ves la situación? —pregunta él en voz baja.

—Uf, algo realmente gordo va a pasar —responde también en un susurro el financiero—. Se capta en el ambiente. La caída de Lehman Brothers es solo el primer aviso… Hablando de Lehman, ¿te has enterado de lo último de su director general?

Él niega con la cabeza.

—El tipo quería que la FED le comprara los activos ilíquidos de su balance. Ya sabes, hipotecas impagadas en su mayoría. Había creado una filial al efecto, de nombre SpinCo, y quería colocársela al Gobierno; pero el hijoputa del secretario del tesoro, Hank Paulson, se negó, y por eso fue a la quiebra.

—En otras palabras: la FED no va a rescatar a ninguna entidad financiera en apuros.

—Ni más ni menos. ¿Te das cuenta? En una sola semana los cuatro bancos de inversión más grandes del mundo han dejado de serlo. Están cayendo las torres más altas.

—Da escalofríos. Bueno, vamos a intentar relajarnos por una noche —dice meneando la cabeza, como si así se desprendiera de las preocupaciones.

—¿Bromeas? Yo he venido aquí a trabajar con atuendo de gala. Algunos de mis clientes se me echarán encima en cuanto me vean para preguntarme qué pasa con su dinero, y no les puedo decir la verdad: que en el mercado ahora solo hay mierda. Tengo que aguantarlos, vivo de ellos. No me hagas creer que tu caso es diferente.

—No, no te lo hago creer —dice él con el acento de la rendición—. Bueno, que te diviertas.

Pablo se aleja para reunirse con Christina, pero las palabras de Dardanelous resuenan en su mente con tonos inquietantes: solo hay mierda, nada más… Todas tus esperanzas son vanas.

El vehículo —un Mercedes— rodea la colina donde gravita el conjunto de Los Claustros y se detiene ante el primer control. Blanca está en el asiento de atrás y ve que a derecha e izquierda del acceso hay guardias privados. Macario, el chófer, presenta las autorizaciones y recibe los distintivos que les permiten entrar en el recinto. Detrás le sigue la furgoneta de Food4you que va a servir las bebidas esa noche. Suben por un camino empedrado en forma de curva y pasan junto a una puerta grande, inserta en un conjunto de edificios bajos plenamente medievales, que ostenta un cartel.

THE CLOISTERS OF NEW YORK

CHARITABLE GALA DINNER 2008.

—El claustro más grande es el central, se llama Cuxa o algo así; está al otro extremo de esta puerta —dice, a su lado, Susan señalando a su izquierda—. En su centro han puesto un escenario desde donde vais a cantar.

—¿Y si llueve? —dice Blanca mirando al cielo.

—Según me han dicho, han puesto un parasol gigante de metacrilato para guarecer a la orquesta. Aquí no reparan en gastos… Y habrán dispuesto las mesas a lo largo de la galería del claustro para que los comensales estén a cubierto. Después del postre hay un baile en el salón románico que está en la primera planta. No se sabe con exactitud cuánto durará; tendréis que animar el evento hasta su final.

Luego pasan por debajo de un arco que desemboca en una plaza abierta donde hay varios vehículos aparcados en batería. El Mercedes se detiene y salen las dos. Blanca respira hondo el frío aire del atardecer. Desde donde está, apenas se divisa el perfil de la ciudad porque lo tapa una barrera de árboles. Siente como si aquel conjunto de otra época hubiera aparecido por encanto, cual palacio de un cuento de hadas. No puede detenerse en contemplaciones por mucho tiempo. Han llegado una hora antes del evento, para los ensayos. Ella es una de las artistas que van a amenizar la fiesta, un reto que la pone en tensión. Llegan a la puerta principal, donde está situado el segundo control. Allí el ambiente es completamente distinto: ya hay periodistas al acecho para fotografiar a las *socialités* más tempraneras, un cordón que limita el acceso y dos guardias más de seguridad.

Suena el móvil de Susan. Blanca nota que se está poniendo tensa mientras habla. Mucho «De acuerdo, de acuerdo» y otros tantos «*Okey*, *okey*»… Cuelga.

—Buenas noticias. Me acaba de llamar Deldorado. Ha conseguido que cantes también arriba, en la capilla Langon, para los del baile de después de la cena. Será solo un tema, pero habrá muchos periodistas. Es una oportunidad para ti. Hablaré con los de Food4you para que te hagan un vídeo. No la cagues.

—Pero… ¿qué debo cantar?

—*Bésame mucho*. ¿Te la sabes?

Ella asiente. Todavía no se lo cree.

—¿No adivinas lo que pasa? —pregunta Susan, que parece haber notado su confusión—. La Doña te está premiando por tu buena actuación. Nada de particular. ¿No tenía Frank Sinatra detrás a los jefes de la Camorra? Pues tú la tienes a ella. Siempre hay alguien detrás.

La rubia le desea suerte y se despide, pero se queda a la espera para ver que ella pasa el siguiente control sin problemas. Así es, la Doña ya se ha encargado de ponérselo todo fácil, sencillo, fluido… Blanca accede al edificio por la entrada de la planta baja. En el vestíbulo hay un enorme espejo ante el que se detiene unos instantes para inspeccionarse. Se quita el abrigo. Lleva un vestido ajustado blanco, partido por una franja en forma de cinturón de la misma tela, y zapatos negros con medio tacón. La ropa está hecha a medida; hasta los zapatos lo están. Se evalúa y se aprueba. Luego llega al salón Gótico, una estancia rectangular con aire de sacristía por los muchos motivos religiosos que exhibe. La pared de enfrente está ocupada por un enorme tapiz con escenas bíblicas. Hay camareros preparando los puestos desde los que se van a servir las bebidas. En la capilla Langon ya se ha instalado el conjunto musical: bajo, *cello* y batería. Busca al maestro de ceremonias, se presenta y todo queda claro: tras el descanso cantará *Bésame mucho*. Cuando va a bajar al claustro, le sale al paso un hombre en la treintena, de esmoquin, con aspecto de guardaespaldas.

—Don Modesto López quiere platicar contigo. Cuando llegue el descanso, yo te buscaré para que te reúnas con él en un sitio discreto —le habla cortante, rápido.

Blanca asiente mecánicamente. El tipo se despide dejándola como petrificada en medio de la sala.

A Pablo, de repente, el corazón le da un vuelco: el Club de los Cien Mil Dólares entra en pleno en la gran sala con más de trescientos mil dólares de ropa encima. Se escucha un sordo murmullo de aprobación. Los *flashes* de la prensa provocan una nube efímera de destellos luminosos. Él mira a Serena Hathaway, antaño su mayor fuente de ingresos, ¿qué tendría que hacer ahora? ¿Acercarse a ella como un perrito y pedir perdón para que vuelva a invertir su precioso dinero? No, por el momento no está tan desesperado.

—Mira, allí está Modesto López. Tú lo conoces, ¿no? —Christina lo reclama señalando a un tipo de aspecto hispano, muy bien vestido.

—He hablado alguna vez con él —dice conduciéndola hasta la presencia del mexicano.

Esperan a que esté libre y lo asaltan.

—Hoy no platicamos de negocios —corta el caballero tomando las tarjetas de Christina y de Pablo sin darles una suya a cambio.

—Podríamos quedar a comer la semana que viene, cerca de sus oficinas de New Jersey —propone Pablo.

—Para entonces será demasiado tarde —responde el caballero mirándolo al fondo de los ojos.

—¿Demasiado tarde?

—Quiero decir que estaré de vuelta en México por entonces. Ya me podré en contacto con ustedes. Nos volveremos a ver —dice con media sonrisa retirándose.

—De esta manera tan elegante se nos ha quitado de encima —susurra Christina—. Voy a seguir saludando a más gente.

Ella se retira y él se ve un poco en tierra de nadie. Echa una ojeada a su alrededor. Sus ojos tropiezan con los de Serena y esta le sostiene la mirada. Entonces, recibe una llamada de móvil. Uno, dos, tres timbrazos.

—¿Pablo? ¿Ya estás aquí? Yo estoy en el salón Gótico, saliendo hacia el claustro principal, ¿y tú?… ¿También? Entonces, estamos en el mismo sitio. A ver… yo, tengo detrás un tapiz muy grande. Aquí pone que viene de la catedral de Burgos.

Él mira hacia el enorme lienzo que tapa la pared del otro extremo de la sala, pero no distingue a Blanca hasta que esta alza la mano para agitarla en el aire. No la había reconocido vestida así, de gala. Se acerca a ella. La besa; sus labios saben al *pisco sour* que está tomando. Él la encuentra muy guapa, con su melena negra corta, su flequillo rozándole la ceja izquierda y sus sencillas joyas. Se ha ido sofisticando, no cabe duda. Pero algo le pasa.

—Me tengo que ir a cantar. Luego nos vemos, ¿de acuerdo?

—Sin falta. Te noto preocupada, ¿ocurre algo?

—Toma, acábatelo.

Le deja el cóctel y se marcha con su paso elástico. Él cree percibir su perfume; como un soplo de aire puro en aquel ambiente viciado.

Blanca se aleja pensando que él es…, ¿cómo decirlo?…, como un soplo de aire puro en aquel ambiente viciado. Si supiera hasta qué punto está comprometida con la Doña, él, que quiere trabajar con honestidad en el mundo enrarecido de las altas finanzas.

Llega al claustro. Hay una mesa corrida que rodea el recinto, preparada para la cena, con velas y ramilletes de flores cuidadosamente alineados. Las copas tienen un reborde dorado que contrasta con el púrpura del mantel. Está chispeando. Ella alcanza el escenario y nota alivio en los músicos. Ya era hora. El recital va a empezar. Luego, la interminable sucesión de las canciones. Le cuesta concentrarse. No se quita la preocupación de encima. Su único objetivo ahora es hablar con don Modesto, pero ¿cómo esquivar las miradas de los empleados de Food-4you, que están sirviendo las bebidas?

Por fin llega el descanso y puede dirigirse a los cuartos de baño. En el camino, el sicario de antes la sigue, se pone a su altura y le dice que su jefe la estará esperando cuando salga.

Así ocurren las cosas, poco después, en la puerta de acceso a los lavabos la espera el mexicano. Impecable. Le sonríe, apenas. Le hace un aparte.

—Escúcheme, señorita, debe saber que la Doña la está engañando, como hace con todo el mundo; no importa cuán leal le sea usted. No se fía de nadie.

Se queda mirándola a los ojos, como evaluando el impacto de sus palabras. Luego, sigue; más serio:

—Tu hermana está muerta, Blanca, hazte a la idea.

—¿Cómo puedo estar segura? El cuerpo que hallaron en el lugar del accidente no era el suyo.

—Claro, era el de Rosanita Luna. —Aquí el mexicano se detiene y ella nota una nube pasando por sus pupilas—. Rosanita era mi mano izquierda, no sé si me entiende. Le di la misión de seducir a Michael y situarlo en un lugar donde lo pudiéramos raptar. Al principio parecía que sí, pero no tuvo éxito. En el último momento, él no cedió; aunque, por lo visto, se ofreció a llevarla a su casa, y entonces ocurrió el accidente.

Hace una pausa.

—Era ella la que estaba en el carro, ¿entiendes? —sigue el narco con los ojos acuosos, que brillan en la penumbra—.

Cuando la policía de Queens vio quiénes eran los dos que se habían estrellado, se lo contaron a la Doña en primer lugar; ella les paga para eso. Actuó rápido: puso un bolso con la documentación de tu hermana cerca del cadáver como pista falsa e hizo que provocaran una explosión para borrar todas las huellas.

—¿Y por qué meter por medio a mi hermana?

—Porque si llegaba a hacerse público que su hijo se relacionaba con la lugarteniente de un clan rival, ¿cómo se lo hubiera explicado la Doña a sus socios del cartel del Golfo? Esos tipos no son sofisticados; no les puede hablar de Romeo y Julieta. Hacía falta una identidad falsa, y ninguna mejor que la de tu hermana; pero, luego, solo podía ser un estorbo, alguien que puede reaparecer de nuevo y dejar toda la mentira en evidencia. La Doña no corre riesgos.

—¿Y usted por qué me dio esperanzas en nuestra última reunión?

—Fuiste tú quien me pidió que la buscara. La Doña te había hablado de una joven española en México, y yo, sin esperanzas, di instrucciones de que la buscaran. Pero no había nada que hacer, todo era mentira. Tu hermana estará en el fondo del río Hudson con unos zapatos de cemento. Hazte a la idea.

Blanca tapa su rostro con las dos manos y se pone a llorar mezclando en ellas el maquillaje, las lágrimas y la transpiración de haber estado cantando bajo los focos. Su llanto va cogiendo cuerpo a medida que atraviesa las diversas capas de esperanza que había construido para soportar la espera.

—Márchate, linda. Regresa por donde has venido antes de que ella acabe por atraparte del todo, si no lo hizo ya. Toma el primer avión a España y busca un escondite durante unos años en un lugar recóndito. Donde tú quieras, pero vete ahora que aún puedes.

Don Modesto se despide, da media vuelta y se dirige a la salida dejándola sola, entre sollozos. Poco a poco, pasado el primer rato de desesperación, siente una tranquilidad que le sorprende. Quizá porque ha dejado de escuchar a esa voz interior que la empujaba siempre a seguir buscando a Marta, que no se iba a callar hasta tener una evidencia suficiente de su destino. Entonces repara en que tiene que ir a cantar a la capilla Logan. Durante un rato piensa en dejarlo, en marcharse tal y como está. O mejor, encontrarse con Pablo y abrazarlo, retenerlo, atraparlo. Le necesita. No, razona, eso no haría más que levantar sospechas. Se obliga a rehacerse, a buscar ánimos en su interior. Vuelve al lavabo para retocarse el maquillaje y luego acude a la capilla pensando a la vez en Pablo y en su próxima actuación. Va canturreando por el camino para afinar la voz.

—Bésame mucho.

La cena ha resultado aburrida para Pablo. Lo han situado junto a Christina y otros dos compañeros de trabajo. Poco que contar. La conversación se extinguía con facilidad, como si el efecto de las malas noticias económicas pesase en los ánimos recortando las expectativas y los proyectos. De cuando en cuando gira la cabeza a su derecha y ve a lo lejos a Serena. Entonces se cruzan sus miradas y él cree adivinar en sus ojos una invitación. Antes de sentarse ha saludado al Club de los Cien Mil Dólares. Las tres estaban solas. Solo una de ellas tiene marido, y sus múltiples negocios le impiden acompañarla. Él no puede evitar recordar las palabras de Teresa en la playa de Valencia: estas mujeres siempre parecen huir de algo.

Empieza a llover. El maestro de ceremonias toma el micrófono y dice que se va a abrir el baile, y hay dos opciones: los amantes de las canciones melódicas pueden subir a la capilla Logan, en la planta de arriba; en cambio, abajo, va a sonar música disco hasta la madrugada.

El grupo de empleados de Pegasus sube al salón Gótico. El maestro de ceremonias está presentando a Blanca como a una futura estrella. Suenan unos débiles aplausos. Al poco, su voz sentida llena el espacio del salón.

—Bésame, bésame mucho.
»Como si fuera esta noche la última vez.

Pablo se queda mirándola de pie, con una copa de champán en la mano. Sonríe levemente. Oye entonces una voz que suena detrás de él.

—¿No me sacas a bailar? —Serena le envía una mirada incitadora. Es una propuesta con un dejo de ruego.

—Claro, vamos a bailar este bolero.

—*Bolerou* —repite ella ya algo achispada.

—Bolero.

La toma de la cintura, la atrae hacia sí y la conduce agarrado al cuerpo que tan bien conoce.

—Te he echado de menos, ¿sabes? —dice la americana.

—Yo también he pensado mucho en ti —añade él sin mentir.

Durante unos instantes la perspectiva permite a Pablo abarcar con la mirada a sus tres amantes más recientes: en primer plano a Serena; en segundo, a Christina que baila con alguien desconocido para él; y, al fondo de la sala, a Blanca interpretando su canción.

—Que tengo miedo a perderte, perderte después.

Fuertes aplausos siguen a esta única interpretación. Todas las parejas se detienen unos instantes en el centro de la sala a la espera del siguiente tema. Serena toma una copa de una bandeja que le ofrece un camarero disfrazado de Robin Hood y se pega cada vez más a Pablo; tanto, que puede oler su perfume y el dejo de champán de su aliento cuando se acerca a su oído y le susurra:

—Abre la boca y cierra los ojos.

Él sigue sus instrucciones. Serena le hace tragar una cápsula con ayuda de un sorbito de champán.

—¿Qué me has dado?

—Una cosa con la que vas a soñar —responde ella sonriendo.

—No será peyote, ¿no? Eso coloca veinticuatro horas.

—¿Y qué más te da? ¿Es que mañana tienes que trabajar?

—No, pero…

La cantante que sucede a Blanca toma la palabra para anunciar que, a continuación, va a interpretar un tema de Engelbert Humperdinck: *The last waltz*. Los músicos entonan los sones de un vals y las parejas empiezan a dar vueltas. Al principio es un movimiento inarmónico y dubitativo, propio de personas que nunca han practicado ese baile. Giran y giran queriendo dar armonía a sus movimientos sin apenas desplazarse.

Ver a la gente evolucionar torpemente sobre la pista le da la sensación de que están como perdidos, como deseosos de alcanzar anhelos imposibles. Quizá sea el efecto del alcohol, de la droga o del movimiento, pero la cabeza empieza a darle vueltas y, poco a poco, es la sala entera la que sigue el ritmo de la música. Aquel lugar se convierte entonces para él en el centro del mundo, en el sitio perfecto desde donde presenciar el fin de una época. Puede ver el inmenso alud financiero que se va a precipitar sobre sus creadores, así como sobre millones de personas que ni siquiera sospechan lo que se les viene encima. Cada uno con su ilusión, cada uno con su íntima carga… Aunque, por ahora, por el momento, todos bailan y bailan y bailan…

—Ven —le dice Serena—, quiero que veas una cosita.

Y se despega de él sin soltarlo de la mano para atraerlo hasta el fondo de la sala, como si fueran a abandonar el edificio, pero, cuando están cerca de la entrada, se detienen delante de una pesada puerta de madera enmarcada por dos columnas cuadradas. Parece cerrada desde la noche de los tiempos. Cerca de ella está Casey, que debe de haber entrado a la fiesta como guardaespaldas. Pablo no comprende por qué Serena lo ha arrastrado hasta allí. El secretario saca una pesada llave de su chaqueta y entreabre la puerta lo justo como para que entren los dos. De repente, lo ve con claridad: el dinero todo lo puede; por ejemplo, el que una millonaria madura tenga un rato de intimidad con un joven en una capilla románica española en Nueva York.

La iluminación es muy tenue, pero puede ver que han entrado en un espacio rectangular acabado en un ábside en uno de los extremos. Cerca de la puerta hay mesas, sillas y cajas acumuladas; se ve que esta sala está sirviendo de almacén auxiliar para el evento. Serena se apoya en la puerta recién cerrada con los brazos a la espalda, resaltando su aún bien modelado pecho, y pregunta mirándolo a los ojos.

—¿Y, ahora, qué vamos a hacer tú y yo en este rincón tan especial?

Blanca vuelve a experimentar una fuerte liberación interior, como si se hubiera quitado de encima una pesada carga. Hasta el momento siempre ha vuelto a colgársela; ahora sí que se va a rendir, ahora va a volver a Valencia dando por perdidas sus esperanzas. Es triste, pero no hay alternativa. Después de lo que ha hecho, cuanto más se aleje de la Doña, mejor. Le llega un mensaje de Susan, dice que Navas quiere hablar con ella y le da un número de móvil nuevo; cosa habitual, pues el lugarteniente cambia con frecuencia de aparato para evitar escuchas. Ella lo llama.

—Mañana tienes que ir a Nueva Jersey otra vez —le ordena el sicario.

—¿Más caramelos?

—Sí, más caramelos. A las nueve en nuestra base, ¿de acuerdo?

—¿Cuánto me vas a pagar?

—¿Cómo? Acabas de cantar en el baile, ¿no? Eso es un salto para tu carrera.

—¿Cuánto? —insiste.

—Dos mil dólares.

—Que sean tres mil.

—¡Mira esta vieja! Aprende rápido. Listo, tres mil dólares. Mañana, a las nueve, en la sede.

Tres mil dólares. Ella los cuenta mentalmente. Con eso podrá pagar el vuelo de vuelta y aún le sobrará para aguantar un mes en alguna parte, sin contar con lo que tiene ahorrado. Ya se ha decidido a volver. Aunque siempre va a echar de menos a Marta… Intentará olvidar. Ahora, en ese momento, solo siente la necesidad de la compañía de Pablo. Lo llama. Pero él no coge el teléfono.

La estancia está débilmente iluminada por focos invisibles. En el ábside hay una imagen de la Virgen con el Niño en brazos. Frente a Pablo, un enorme crucifijo de madera cuelga del techo por unas pesadas cadenas. Él encuentra el lugar algo sobrecogedor, ahora que truena afuera y la lluvia golpea con fuerza los cristales. Se siente algo mareado por efecto de la droga. Suena el móvil; es Blanca. Lo apaga. Sin querer, mira hacia arriba. La cara de rasgos alargados del Cristo le sugiere una expresión a medio camino entre la perplejidad y la desolación.

—Lo vamos a hacer aquí mismo, ¿no te da morbo? —dice la americana alzando las manos como para recibirlo. Su silueta, con los brazos extendidos, se recorta contra la oscuridad formando un extraño paralelismo con la figura de madera.

Pablo siente que la cabeza le da vueltas. Un rayo cae cerca de la ventana. Su luz se difracta por la habitación y lo rodea como un aura. Involuntariamente mira de nuevo al Cristo románico, ahora visible para él en tres dimensiones. El penitente de madera alza la cabeza y lo mira con sus ojos enrojecidos. «¿Cómo has caído tan bajo, Pablo?», parece decirle. Otro rayo ilumina la estancia permitiéndole ver que de los pies del crucifijo caen gotas de sangre.

—Ven —dice Serena acercándose al altar y tendiéndose sobre él.

—No; aquí, no; así, no.

—¿Me vas a rechazar otra vez? —pregunta girando su rostro, aunque él solo puede ver la silueta de su cabeza.

—Aquí no lo quiero hacer.

—¿Y si yo te digo que quiero?

—Conmigo no será.

—Contigo no, ¿eh?, niñato de mierda —grita incorporándose—. ¿Quién te has creído que eres? Un vendedor de fondos sin un centavo… Está bien, vete, pero no vas a ver un dólar más de mi parte, ¿entiendes?

Cae otro rayo. El rostro de la mujer se ilumina de un azul blanco, espectral. Él se da media vuelta y se dirige a la salida.

—No quiero volver a verte nunca más —oye a su espalda cuando cierra la puerta tras de sí.

Afuera, Pablo recibe una mirada significativa de Casey, como extrañándose de que haya acabado tan pronto.

—¿Dónde estás? —pregunta Blanca—. Yo, abajo, en el claustro principal.

—Estaba buscándote. Nos vemos en el túnel de salida. Hay una parada de taxis afuera. Nos vamos, ¿no?

Ella asiente y sale al exterior del edificio por la puerta principal. Cerca del umbral de la entrada se topa con el Club de los Cien Mil Dólares en pleno. Un periodista apunta un micrófono hacia ellas.

—Vamos a entrevistar a tres millonarias que llevan una vida de ensueño: llena de viajes, de buenos restaurantes, de veladas nocturnas y de ilusiones cumplidas. Las tres vestidas de Chanel por el mismísimo Karl Lagerfeld. Elegantísimas.

Blanca pasa de largo, mirando de reojo al trío, que está ahora bajo los focos. Se detiene en el extremo del túnel de salida y espera. Poco después ve venir andando hacia él a una figura esbelta de hombre que se recorta contra las luces del fondo…, pero anda con dificultad, medio inclinado hacia adelante. Cuando se expone a la luz del túnel, aunque débil, ella ve que es Pablo, que la esquiva, se encara a la pared y vomita. Una pareja de mediana edad pasa cerca en ese momento, en dirección a la salida, y murmura al verlos.

—Definitivamente, hay tipos que no saben beber.

Se aproxima Blanca al joven y le pone la mano en la espalda para reconfortarlo. Luego le sostiene la frente, que encuentra fría. Pasan largo rato los dos en esta posición; ella le rodea el hombro con el brazo y le ayuda a llegar a la salida del túnel. Afuera ha parado de llover. Se respira mejor. La humedad ha despertado las esencias que esconden las plantas de los jardines, purificando el aire. Hay una larga cola de taxis. Suben en uno y se alejan con un ruido de chapoteo sobre el asfalto.

—La jornada bolsista de este diez de octubre ha empezado con muchos nervios y fuertes bajadas. Puede decirse que, desde la apertura, Wall Street está en caída libre.

La Doña mira la televisión de su despacho con su mascota entre las manos. Lo que ve le da muy mala espina. Adiós definitivo a los años locos de dinero fácil, limusinas, champán, caviar y… coca.

Suena el teléfono móvil. Con desgana, lo coge.

—Doña, nos ha llegado un soplo de la DEA. Están organizando algo.

—¿Qué tipo de «algo», Navas?

Navas calla durante unos segundos; la televisión, no.

—El secretario del Tesoro, Henry Paulson, advirtió el jueves de que puede haber nuevas quiebras de bancos —dice la voz en *off*.

El lugarteniente no tiene información precisa. Divaga. Su fuente debe de estar lejos de los que toman las decisiones en la DEA. Parece que tiene que ver con Blanca.

—Varios parqués, Rusia, Tailandia, Austria, Rumania, Brasil e Islandia, han cerrado ya para frenar las fuertes caídas. Hoy es un día que huele a *crack*.

La Doña apaga la televisión y suspira hondamente. Se siente cansada. Los años pesan.

—Hazla seguir, a la Blanquita.

Capítulo 9

Los días de diciembre

Pablo está en la sala de reuniones de Pegasus. Desde que ha llegado de mañana a su despacho ha notado el ambiente especialmente cargado de tensión. Ahora todos se sientan alrededor de la larga mesa de conferencias sin quitar el ojo de las pantallas de Bloomberg TV.

Llega Christina, apaga la televisión con el mando a distancia y les habla puesta en pie.

—Hay que enfrentarse a las situaciones como vienen, y lo que viene es una avalancha de peticiones de reintegros —dice con una expresión dura en el rostro—. La gente va a querer su dinero, y lo va a querer ya. Va a preferir meterlo bajo el colchón a tenerlo invertido en fondos con un mercado a la baja. Debemos contener la ola vendedora a toda costa. A toda costa. ¿Está claro?

Él mira las caras de los allí reunidos y todas dicen lo mismo: «¿De qué manera?». En especial, los fondos de Madoff tienen liquidez mensual. ¿Cómo evitar las ventas en masa en cuanto venza el mes?

—La forma en que lo consigáis es cosa vuestra. Mentid si hace falta. Aconsejadles, por ejemplo, que no saquen el dinero ahora porque esos fondos volverán a subir y perderán todo el beneficio. Decidles que esto es pasajero.

—Lo siento —dice el cuáquero evangélico—. No estoy dispuesto a mentir.

—¿No estás dispuesto?

—No —repite el joven negando con la cabeza.

—Pues ya puedes ir a Personal y pedir la cuenta. ¿*Okey*?

—De acuerdo —responde levantándose y saliendo de la sala.

Pablo está a punto de seguirlo, de replicar que él no es un estafador como para engañar a los clientes sobre el estado de su dinero ni para generar ilusiones falsas. ¿Una bajada pasajera? ¿A un *crack* en toda regla le llama una bajada pasajera? ¿El mercado volverá a recuperarse? Claro, algún día, cuando hayan limpiado toda la mierda que circula por sus circuitos.

Acaba la sesión y cada uno vuelve a su despacho.

Está claro, él debe dimitir, ¿no? Pero no se resuelve. No tiene dinero líquido. Tendría que vender los fondos Luxalpha, y no es el mejor momento… Siente una fuerte tensión interna, una electricidad que le atraviesa todo el cuerpo. Luego una flojera, como un desfallecimiento. Empieza a ver de forma borrosa…

Blanca ha vuelto al hotel después de hacer otro transporte y desde allí ha llamado al detective Gálvez para pedir instrucciones. El policía le ha dicho que continúe haciendo ese trabajo, la DEA se asegurará de que no tenga tropiezos. Cuando se acerque la Navidad, con la excusa de visitar a sus padres, viajará a España para volver solo para declarar en el juicio contra la Doña. No antes.

El tener un plan definido, una fecha para marcharse, le hace sentirse algo más tranquila. Se sienta a la mesa de su habitación frente al ordenador portátil. La pantalla, de vez en cuando, le anuncia mediante un «bip» la entrada de algún mensaje. La mayoría son de amigos de Valencia o de conocidos de Queens. Pero llega uno que es diferente. Aunque parecen palabras destinadas a otra persona, están ahí para ella.

NICE

—SAL DE LA HABITACIÓN AHORA MISMO. ESCONDETE YA!!!!

Al principio le cuesta entender que NICE, quien quiera que sea, ha vuelto. Decide hacerle caso, como otras veces. De manera que, con las manos temblorosas, coge el ordenador, el bolso, y descuelga el abrigo del armario. Entonces suena el teléfono. Mira el número que aparece en la pantalla, es Susan, la gerente de hotel. Una voz interior le advierte, le ordena, le grita: «¡No lo cojas, no lo cojas! Afuera, afuera… ¡Afuera!».

Y sale corriendo de la habitación. Una vez en el rellano de la planta, no sabe qué hacer. Esa voz, que parece independiente de ella misma, la guía: «No uses el ascensor ni bajes por las escaleras interiores, mejor toma la de incendios».

Ella le hace caso, recorre el pasillo a la carrera, empuja la puerta de la salida de emergencias y alcanza la escalera de incendios. Luego permanece un rato mirando por el ventanuco que da al corredor donde se halla su habitación. Cinco minutos, diez minutos, no pasa nada. Empieza a sentir frío. Mira hacia abajo. La escalera es de puras barras de metal y le da la sensación de estar suspendida en el aire. Como se marea, vuelve la vista al pasillo. Otro sobresalto la sacude: allí está Navas acercándose a la puerta de su habitación, abriéndola con una placa-llave y entrando. Lo pierde de vista. ¿Cuánto van a tardar en averiguar que ni está allí ni tampoco ha salido del edificio?

«Sube a la azotea —le grita su instinto—, será el último sitio donde te busquen. ¡Sube, sube!».

Con el ordenador portátil fuertemente agarrado entre los brazos asciende por la escalera exterior. Tiembla de vértigo, pero en seguida llega a la terraza y se esconde detrás de una torre de enfriamiento del edificio. En cuclillas, descansa unos segundos. Navas no va a abandonar la búsqueda hasta que no la haya encontrado. Uno de sus hombres la estará esperando en el *hall* mientras él y algún otro más estarán registrando el hotel de arriba abajo. Da una vuelta al perímetro buscando una salida. En la cara opuesta a la entrada ve algo que puede servirle: un delgado muro que une el hotel con el edificio colindante y que podría recorrer sentándose a horcajadas sobre él y avanzando con ayuda de brazos y piernas. Diez metros más allá, está la azotea de la finca de al lado; lo más difícil será al final del recorrido: tendrá que levantarse, agarrarse a la balconada y pasar las piernas por encima. Primero una y luego otra. Eso es todo: avanzar diez metros sobre el abismo, solo diez; y deprisa, porque sus perseguidores pueden llegar en cualquier momento. Se hace a la idea, lo intenta, se agarra al muro de la terraza, llega hasta a levantar una pierna para pasarla por encima, pero le da miedo; no puede; lo reintenta, desesperada… Imposible, no le queda más remedio que arriesgarse a tomar de nuevo la escalera de incendios, esta vez de bajada. «Venga, no hay tiempo que perder». Un piso, dos pisos, tres pisos. Se detiene y mira hacia abajo, a través de los escalones hechos de barras metálicas, para ver si alguien sube. No ve nada. Desciende un par de plantas más y ya está en la calle. De prisa, cruza la acera y dobla la esquina para que no la puedan ver desde el hotel si salieran en ese momento a buscarla. Luego sigue, siempre acelerada, por la avenida 35 hasta llegar a la altura de los estudios Kauffman, segura de que allí habrá taxis. Toma uno y le da al conductor las señas de la casa de Pablo, en el Upper East Side. Va a coger el móvil para avisarlo de su llegada y entonces repara en que se habrá quedado en su habitación, como si hubiese dejado atrás a un alacrán con el número de teléfono de Susan dibujado en su brillante caparazón.

—Te ha dado una lipotimia por el estrés —le dice un médico al que nunca antes había visto—. Estos episodios son normales en lugares llenos de gente y mal ventilados. ¿Trabajas en un ambiente viciado?

—Muy viciado —responde Pablo sentado en la camilla de un sanatorio cercano a su oficina con solo un atisbo de cómo ha llegado hasta allí.

—¿Has tenido últimamente palpitaciones, aceleramiento, sudor o subida de la tensión arterial?

—Sí, creo que he tenido todo eso.

—Tómate una semana o dos de descanso: te hace falta. Tienes que dormir más.

¡Dormir más! Ojalá pudiera… Lleva muchas noches mal dormidas soñando que inversores enfurecidos le exigen la devolución de su dinero, o que es despedido de Pegasus… Muchas veces, se despierta de madrugada y, como luego ya no puede volver a conciliar el sueño, enciende su ordenador para trabajar. Quiere poder explicar a sus clientes que todo va a ir a mejor, pero con la bolsa bajando día a día, no encuentra forma. Aunque está acudiendo al despacho una hora antes de lo habitual para demostrar a la empresa su compromiso, ve que todos sus compañeros han tenido la misma idea. Es el preludio del sálvese quien pueda. Está perdiendo peso. Como colofón, antes casi se ha desmayado sobre su mesa. Ethan lo ha llevado a una clínica cercana y, en cuanto lo ha visto recuperado, ha vuelto al trabajo.

Ahora pretende volver al despacho, no dejarse vencer por la enfermedad y el cansancio. Incluso da algunos pasos en esa dirección, pero le fallan las fuerzas. Debe sentarse a descansar un rato antes de volver. De regreso a su puesto, da a sus compañeros algunas excusas que nadie parece escuchar. La mirada de Lawrence, tras ojear el informe del médico aconsejando su baja, es transparente: no eres un soldado de primera, Bluetooth, no puedes aguantar la tensión. Acaba por dar su aprobación con un leve asentimiento de cabeza. Luego, desde el taxi de regreso a casa, contempla con otra mirada las céntricas calles, llenas de turistas, de tiendas lujosas, de gentes que se mueven tras un anhelo. Todo esto parece desprender ahora un olor a despedida.

Una vez en su casa, entra en la cama y se queda dormido al instante. Al rato, el timbre del interfono lo despierta. Es Blanca.

Aunque mareado, permanece en pie para recibirla mientras se pone un albornoz por encima del pijama. Sabe que tiene mal aspecto: ojeras, lividez, cara de agotamiento… Cuando llega, él balbucea algunas explicaciones para mitigar la expresión preocupada de su rostro.

—Vamos. Tienes que volver a acostarte.

Él no se resiste. Parece haber envejecido una década en diez días. Se deja ayudar a entrar en la cama, se deja arropar, se deja besar en la frente.

—Descansa. Voy a comprar caldo, te sentará bien. ¿Dónde están las llaves?

Él señala al mueble que hay enfrente de la cama. Sobre un cenicero hay unas llaves y tres billetes. Ella lo coge todo y no tarda en volver del *deli* de abajo con un *brick* de caldo, filetes envasados y unos yogures. Luego cenan casi en silencio mientras va cayendo la noche sobre la inmensa urbe. Ninguno de los dos quiere revelar sus angustias, sus temores íntimos. Se acuestan juntos. A él la inquietud no lo deja dormir, y nota que Blanca tampoco puede hacerlo. Están solos y desamparados en medio de la gran colmena; un rival que, al menos en este *round*, los ha noqueado a los dos. Ahora solo se tienen el uno al otro. Él la rodea con sus brazos en la oscuridad, instintivamente, buscando calor. Se tocan y se besan, luego se unen en el único acto que les puede dar ahora un poco de paz y de seguridad. Después, por fin, consiguen dormir.

Blanca sale presurosa del edificio donde vive Pablo, pues en la calle se siente amenazada. Ha bajado solo para comprar lo más preciso, luego irá a la agencia de la DEA donde trabaja Gálvez. No quiere llamarlo, prefiere presentarse allí sin dejar pistas. Ni Pablo mismo lo va a saber. Mira a un lado y otro de la acera sin notar nada extraño. Cruza y baja los escalones para entrar en la tienda, que está debajo del nivel del asfalto. Poco después sale con dos bolsas de papel cargadas con verduras y frutas. Cuando alcanza de nuevo el portal, un operario vestido con un mono azul, como si fuera de una empresa de limpieza, se dirige a ella con ademán de preguntarle algo. Ella no responde. El tipo parece alejarse, lo que la anima a abrir para entrar. Cuando va a cerrar, ve al hombre de antes, que ha dado media vuelta e intenta impedírselo presionando la puerta desde fuera. Forcejeando, con el impulso de la desesperación, logra cerrar. Como ve que el otro saca una pistola, sube corriendo por las escaleras, pero al llegar al primer piso se detiene. Esa voz interior que la guía en los momentos dramáticos le da consejos: «No subas al apartamento de Pablo a pedirle ayuda. Si ve a tus perseguidores lo matarán para eliminar testigos. Él no te puede salvar: está enfermo y desarmado. No, mejor sube a la azotea y busca un lugar para esconderte».

Le hace caso. Sube las escaleras a toda velocidad. Al llegar al cuarto piso de nuevo duda, pero acaba por pasar de largo ante la puerta de Pablo. No le quiere condenar a su mismo destino. Sigue saltando los peldaños hasta alcanzar el quinto piso, el último. Cuando llega al rellano, baja el ritmo de su carrera para entrar en la azotea, pero la puerta está cerrada. «Coge las llaves de Pablo, alguna será».

Las saca del bolso y, nerviosamente, las examina. Ya oye el ruido de los pasos de su perseguidor. La voz interna sigue aconsejándole: «Tiras las llaves por el ventanuco para que ellos nos puedan entrar en casa de Pablo. Luego, no les confesarás en qué piso vive. Tendrás que resistir».

El hombre del mono azul llega ante su presencia con la pistola en la mano. Llama al ascensor y luego le hace señas de que entre. Ella se rinde. Bajan los dos. La hace salir a la calle y meterse en un coche con los cristales ahumados, aparcado en doble fila. Dentro está Navas. Ya no tiene solución, la han atrapado. Tenía que pasar antes o después y ha sido ahora.

—Bueno, dime en qué apartamento vive tu novio.

—Navas, no; a él, no —ella se dirige al sicario con desesperación, con pánico—. Ya me tenéis a mí. Él no os ha visto, no puede ser testigo de mi desaparición…, no puede…

—Blanquita, Blanquita, no conoces este negocio. Claro que puede ser testigo tu mozo; y largar también todo lo que tú le habrás contado. No corremos riesgos.

—Yo no le he contado nada, Navas, te lo juro. ¡Nada! No quería comprometerlo. No sabe nada.

—Somos mala gente, Blanquita, el que se une a nosotros ya no puede ser normal ¿No te lo habían dicho? —sentencia cadenciosamente negando con la cabeza—. Si amabas a ese hombre, no debiste haberte juntado con él. Ahora van los dos por el mismo camino. Dime en qué número vive y dame las llaves.

—No las tengo, te lo juro. Tu sicario tiene el bolso, no hay ninguna. Puedes comprobarlo.

—Pues dime en qué número vive. No voy a ir preguntando puerta por puerta. Se me acaba la paciencia, Blanquita.

Pablo sigue en la cama con el ordenador portátil sobre las piernas. Abre los mensajes. La mayoría son despedidas de amigos que ha hecho en las *parties*: han perdido sus empleos y van a buscar fortuna en otro lugar. Una rápida lectura de las noticias del día no le ayuda a animarse.

«Después de haber sufrido pérdidas por más de cuatro billones de dólares en el tercer trimestre del año, la General Motors pide ayuda al Gobierno».

«Circuit City, la empresa número dos de venta al detalle de productos de electrónica, se declara en quiebra».

Afuera de su cuarto, el mundo se tambalea.

Intenta reponerse. Se dice que todo acabará por solucionarse, debe resistir; peor sería si estuviera trabajando en la banca de inversión, donde hay despidos por millares.

Suena el interfono. Piensa que Blanca se habrá dejado las llaves. Al levantarse, ve que no están sobre el cenicero. Es extraño. Andando con dificultad llega hasta el aparato y pregunta quién es.

—¿Pablo? Ábreme.

—¿Cómo lo podemos arreglar para que no lo mates?

—No tiene solución, Blanquita. No insistas.

—Yo siempre te he gustado, Navas. ¿No podemos llegar a un acuerdo?

—No digas sandeces. Estás a mi merced. No necesito tu consentimiento.

Navas da instrucciones a dos sicarios, que deben de haber llegado en otro vehículo aparcado cerca. Ella los reconoce al instante, son los dos que la tuvieron colgada del vacío en su primer día de trabajo en el rascacielos. Deben de ser especialistas…

El tipo vestido con el mono empuña una pistola que apunta hacia ella. No hay salida.

Pablo ve la figura menuda y pulida de Elena perfilarse contra el umbral de su puerta. Como Blanca el día anterior, ella también se sorprende de su aspecto, se irrita con él, lo acusa.

—Tienes el celular apagado.

—No puedo atender las llamadas tal y como estoy…

—Me tenías bien preocupada, los de tu oficina me dijeron que estabas en casa, enfermo. Salí temprano de una cita y he aprovechado para venir a verte. Ahora, regrésate a la cama, casi no te tienes en pie.

Él se acuesta, y ella lo arropa y le toca la frente.

—Aún tienes algunas décimas. Debes descansar. Haces bien en no contestar las llamadas; todos están histéricos por recuperar su plata.

—Al final a vosotros os va a convenir el estar tan expuestos a los fondos de Madoff. Al menos no pierden dinero.

—Son los únicos. Pero no hablemos de eso —dice Elena sentándose en la cama y poniendo su mano derecha sobre la de él, que reposa sin fuerzas.

Entonces se oyen uno, dos disparos y un golpe fuerte en la puerta de entrada, como si alguien estuviera cargando sobre ella para derribarla. Él dirige la vista hacia allá y se inclina instintivamente a la parte izquierda de la cama, aunque sin dejar de mirar. La puerta cede al fin, pero el tipo que la ha forzado se lleva la mano al hombro con una expresión aguda de dolor en su cara. Detrás de él entra otro, alto y delgado, con una pistola. Se acerca y le apunta. Ya no se puede escapar.

—No, no —oye la voz de Elena que se ha interpuesto entre él y el arma.

Una detonación, un grito de mujer; otra detonación, otro grito. Él ya se ha arrojado al suelo. Luego, en unos pocos segundos, transcurre para él una eternidad exacta y consciente. Mete la mano bajo la cama, saca su pistola deportiva, le quita el seguro y espera con la vista en alto. No tarda en aparecer el que ha disparado contra Elena; parece confiado, ignorante de que él tenga un arma. Luego, todo muy preciso: un tiro en la rodilla que hace doblarse al tipo; otro en el corazón y cuando ya está retrocediendo, otro en la cabeza. Llega su compinche, revólver en ristre, aprieta el gatillo con el dedo de su brazo dolorido y… falla. Él, no: un tiro al corazón y otro a la cabeza.

Cinco disparos, cinco dianas. La fuerza de la costumbre.

El coche que lleva a Blanca atraviesa el Hudson por Queensboro y llega al edificio que hace de cuartel general. La meten a empellones en el despacho de la Doña, que habla por teléfono desde su sillón con la tarántula roja sobre sus rodillas.

—Salgan de aquí, se queda Navas no más —les dice a sus hombres.

Solo cuando los sicarios se han ido, la patrona deja el animal a un lado, se levanta y le dirige la mirada a ella. Una mirada enigmática que quiere decir muchas cosas sin declarar ninguna.

—¿Qué hiciste, mi niña? —pregunta con voz apenada—. ¿Qué hiciste?

Blanca intenta hablar, balbucea, pero la otra la corta con un gesto.

—Yo confiaba en ti. En muy pocas personas he confiado en mi vida, y tú has sido una de ellas. Te jugaste el pellejo por mi causa, ibas a ser alguien en nuestra organización… ¿Acaso no te traté bien? ¿No te ayudé cuando lo necesitabas?

—Ya lo sé, señora —responde con lágrimas en los ojos—, ya lo sé, es que la policía me chantajeó. Me obligaron, señora.

—¿Y por qué no me lo dijiste?

—Tenía miedo…

Blanca todavía se aferra a la esperanza de que la Doña la perdone, le asegura que nunca declarará contra ella, se lo jura, le implora…

—Mi pobre niña entrometida —le susurra pellizcándole suavemente una mejilla—. Mírala, Navas, quiere encontrar a su hermana y no le importa hundir al que sea para lograrlo. Tiene coraje, la pendeja, pero todavía no sabe cómo es el mundo. Aunque es una chica pobre, sus padres la protegieron hasta hace bien poco de la parte dura de la vida. ¿Estás de acuerdo conmigo?

—Sí, señora —responde el sicario con voz metálica.

Sin dejar de mirar a Blanca fijamente a los ojos, la mujer baja la mano de su cara, poco a poco, sin prisas, pero antes de que regrese a la altura de su cadera, esta mano se dispara como un látigo sobre el rostro de la joven. Luego le pega otra bofetada de revés que la tira al suelo. Después, una patada, dos, tres…

—Señora, si me la tengo que llevar… —dice Navas.

—Está bien —dice la Doña deteniendo su pierna, aún flexionada—. ¡Sácala de aquí! Llévatela.

Navas coge a Blanca del suelo, le pone unas esposas y le junta las manos en la espalda. Antes de sacarla de la sala, se dirige a su jefa.

—Debe marcharse de aquí en seguida, patrona. No hay tiempo que perder.

—Yo siempre tengo las maletas hechas. ¿Cuál es el plan?

—Macario la llevará al aeródromo de Morristown y desde allí volará hasta Laredo, donde la estarán esperando los hombres del Cos; la conducirán en coche hasta una casa de seguridad en Guadalajara. En ese punto nos reuniremos con usted y la llevaremos a nuestra base. Luego, según cómo se desarrollen los acontecimientos, ya decidiremos.

Bajan los dos hombres en el ascensor con Blanca hasta el aparcamiento, donde los espera un Mercedes de alta gama. El tipo que ella no conoce le pone unas esposas en los pies y la amordaza. Abren el capó del vehículo, la cogen entre los dos, la meten dentro y cierran dejándola en la más absoluta oscuridad.

Pablo está en la sala de espera de Urgencias del Mount Sinai West, el hospital más cercano a su casa. Intenta dominar sus nervios tras el episodio traumático de ver a Elena herida y de haber liquidado a dos tipos. Luego han seguido momentos agónicos hasta llegar hospital. Cuando han ingresado a la chica, se ha empeñado en quedarse pese a que su salud sigue resentida. Ha pedido un ansiolítico y, cuando ha empezado a sentir su efecto, ha telefoneado a Blanca sin obtener respuesta. ¿Qué puede hacer, en esa espera, para controlar su angustia? Rezar, concluye; es lo único.

—Padre Nuestro, Padre Nuestro que estás en los cielos, padre… —musita dando cortos paseos por la sala.

Se sienta para levantarse poco después, agitado e inquieto. ¿Cómo estará yendo la operación de Elena? ¿Y qué ha sido de Blanca? Intenta tranquilizarse. Mira a la pantalla de televisión. Están emitiendo un reportaje sobre la situación en Irak, pero apenas se oye, pues el volumen está muy bajo. De repente, una noticia de última hora. El escenario cambia completamente. Ahora la imagen muestra a Bernie Madoff saliendo de su casa del Upper East Side rodeado de policías. El número del portal es el 133. El titular de la parte baja de la pantalla despeja cualquier duda.

MADOFF ARRESTED

Él se queda mirando, petrificado, sin poder separar la vista del aparato. Ve como el financiero es introducido en un coche celular con las manos esposadas. Quisiera aumentar el volumen para oír mejor. Mira a derecha e izquierda. ¿Dónde está el maldito mando?

—No puede ser, esto es una broma de mal gusto, no puede ser…

Llama a la oficina. Todas las líneas comunican. Le entra un mensaje de voz en el contestador del móvil, luego otro y otro más. Mira en la pantalla del teléfono: todos los números entrantes son de clientes. Ya se deben de haber enterado, como él.

Ahora, sí; ahora es el caos.

La están llevando por la ciudad, ralentizada la marcha por algún embotellamiento. Lo deduce por el sonido de los cláxones y por las periódicas paradas del vehículo. El corazón le late a toda velocidad. Llora como una chiquilla. Se ha orinado encima. El terror no le permite pensar; de vez en cuando siente que se desmaya, que no puede mantener la consciencia. Se acuerda de su padre y sobre todo de su hermana, cuyo fin habrá sido seguramente el mismo que le espera a ella. En esos instantes pasa su vida delante de sus ojos. Otra vez vuelve a la infancia, al colegio, a los primeros novios, al primer coito, que no fue grato. Se han criado sin madre porque el destino se la llevó antes de tiempo y ahora… Es demasiado, demasiado horrible.

—Señor Sanchiz, debo decirle que su compañera… —el médico ha entrado en la sala de espera con la cara transida de tristeza profesional y se dirige a él evitando el contacto de su mirada— no tiene solución. Lo siento. No podemos hacer nada. Ha tenido mala suerte. Le queda poco tiempo de vida. Venga a verla, hable con ella. Se ha despertado de la anestesia; no sé si podrá oírlo, pero quizá… la pueda reconfortar en sus últimos momentos.

Él sigue como un zombi al cirujano por los pasillos del hospital con las piernas flojas y un torbellino de sensaciones sacudiendo su corazón. Se adentra en Cuidados Intensivos. El ambiente del interior es el de una nave espacial con los tripulantes hibernados hasta un próximo aterrizaje. Elena es uno de ellos. Él se sienta a su lado, le pregunta cómo está. Ella lo mira y sonríe débilmente a través de la máscara de oxígeno.

—Bien… me voy a recuperar. Ya verás, necesito unas semanas… nada más…, eso es todo. Luego volveré al trabajo —su voz suena cada vez más débil, como si se estuviera alejando.

—No tienes que preocuparte por eso ahora.

—Quiero que todo vuelva a ser como antes.

—Claro, preciosa, todo volverá a ser como antes. Te pondrás bien. Luego, solo hace falta que suba un poco la bolsa y… todo arreglado.

—Sí, un poco, solo un poco para que Thierry se quede tranquilo. Me dará un buen *bonus*, ¿no crees?

—Claro, a los que funcionan los recompensa bien. —Él nota que la sedación provoca en la joven un reflejo de optimismo—. Escucha, acabo de ver en la televisión una importante noticia sobre Maddoff. Resulta que ha sido… ha sido… elegido miembro del comité de crisis de la Casa Blanca. Trabajará codo con codo con el secretario del Tesoro. Por lo visto, lo consideran un valor seguro. O sea, que ya no debes inquietarte por el futuro de sus fondos.

—Ya ves, todo solucionado…

—Ahora descansa.

Silencio. Él se sienta en una butaca. Mira el aparato de electrocardiogramas, y ve como la señal se debilita… Los recuerdos acuden a su mente: los años de estudio en la Haut École de Sciences Politiques de Poitiers; luego, un año en Buenos Aires; luego, a París. Siempre juntos, siempre amigos. Ella encuentra un buen trabajo en Nueva York y le sugiere que se reúna con él, le facilita los contactos… Siempre amigos.

—No, no, no, Elenita, no; resiste cariño, resiste…, por favor. ¡Por favor!— grita mirando la pantalla, que ahora muestra un cardiograma casi plano.

Se levanta exasperado. Llama a un sanitario que se acerca, mira a la pantalla y sacude levemente la cabeza. La señal se aplana. Ya no hay nada que hacer. Entonces él se deja caer en el asiento y se tapa la cara con las manos para llorar con un desconsuelo sin fondo. Las frustraciones, los sinsabores, las renuncias… Todo se descarga en un sollozo que no parece acabar nunca, renovado a cada instante por la visión, empañada por las lágrimas, de la persona que ha sacrificado su vida por él. Quizá la que más lo haya querido.

El viaje está siendo largo, ella nota que ahora el coche discurre por una autovía. Morir no le parece lo peor, lo peor será el sadismo y la previsible violación. Se desespera. Desvaría. Recuerda los días felices junto a Pablo en México. Él la quiere, la estará buscando. ¿Y Gálvez? ¿La estará buscando también? Sí, seguro, quizá siga la pista de ese coche y lo detenga de un momento a otro. De nuevo el instinto de supervivencia, de nuevo el restregar de las muñecas para librarse de las esposas, con desesperación, con rabia, hasta que un líquido caliente le moja las manos gota a gota y se da cuenta de que es su propia sangre, porque se está segando la piel. Llora otra vez, esta vez como adulta. Toma una decisión. No se va a dejar sacrificar como un cordero. Luchará, se abalanzará sobre sus captores. La matarán a tiros, pero no la violarán. ¡No lo va a consentir!

El vehículo se inclina por la parte de delante empujando su cuerpo hasta el fondo del maletero. Es una suave pendiente, quizá una rampa. Ahora las ruedas chirrían como cuando se circula por un aparcamiento subterráneo. Luego, un movimiento brusco y se detiene. El motor se para y nota que el coche se eleva un poco porque los conductores de deben haberse levantado del asiento. Un ruido de pasos y luego el capó se abre y nota que el aire se hace más respirable. Se queda quieta, no se puede mover. Tiembla como un pajarillo asustado. Un pobre pajarillo de ciudad.

En la sala de espera hay dos tipos con uniforme de policía y un tercero de paisano. Le han hecho venir desde Intensivos con prisa. El que parece el jefe se presenta como el inspector Gálvez. Pablo le clava los ojos en los suyos: recuerda que el padre de Elena ya le había hablado de él. Pero el agente no se interesa por la mexicana, sino por Blanca. Pablo le dice lo poco que sabe. La ha visto salir de su casa por última vez esa mañana; luego, mientras esperaba su regreso, ocurrió el tiroteo.

—¿No tiene ni idea de quién ha podido mandar a aquellos tipos a su casa para matarla? —pregunta Gálvez en tono de urgencia—. ¿No le había contado Blanca que estaba metida en líos con una traficante importante?

Es el momento de decidir si se va a comprometer o a esquivar el asunto.

—No me contó nada —concluye.

—¿Está seguro? ¿Cuándo fue la última vez que estuvo en contacto con Modesto López?

—Hace poco, en una fiesta en Los Claustros; solo hablamos de inversiones… legales, claro.

—Si sabe algo, me lo tiene que decir ahora. Hemos mandado dos unidades especiales que están asaltando la sede de la Doña en Queens. Yo voy para allí, pero me dicen que Blanca no está en aquel lugar. No sabemos dónde puede estar, esa es la verdad. —Lo mira con unos ojos húmedos y se muerde el labio inferior, indeciso por unos momentos—. La tenemos que encontrar antes de que le hagan daño.

Él acaba por reconocer que algo sabe; de hecho, habían decidido volver a España y alejarse de esas amistades peligrosas. Ahora que lo dice, la notaba muy tensa el día anterior, cuando fue a su casa. Pero ella no le había hablado de ningún peligro inminente.

—No sé nada más. Se lo aseguro.

—Tengo que irme. Estos dos hombres lo acompañarán a su casa para que recoja sus cosas. Luego irán a un hotel, donde lo mantendrán protegido hasta nueva orden. No podemos garantizar su integridad más allá de un par de días ni estar seguros de que nadie quiera vengar a los dos tipos a quienes mató. Lo mejor que puede hacer, siendo extranjero, es abandonar el país lo antes posible.

Él asiente pensativamente. El inspector se despide y se va. Uno de los dos hombres se acerca a él y se presenta. Él lo escucha como en una nube; todavía bajo el *shock* de los sucesos recientes. Pregunta qué será del cuerpo de Elena.

—La llevarán a la morgue para hacerle la autopsia. Luego, pasadas cuarenta y ocho horas, informarán al Consulado y repatriarán su cadáver. El inspector ya se ha puesto en contacto con sus familiares en México. Aunque, si usted pudiera informar a la empresa para la que trabajaba…

Él se compromete a comunicarle la noticia a Thierry, el dueño de Acces. Lo llevan a su casa. Durante el trayecto se hace el ánimo y llama, pero el número comunica continuamente. No le cuesta imaginar lo que está pasando al otro lado de la línea. La noticia se habrá extendido a la velocidad de la luz, y los clientes estarán colapsando la centralita. Debe de ser aún peor que en su oficina. Usa el teléfono móvil privado de John Dardanelous, que lo coge en seguida.

—Es el desastre, Pablo —le dice con voz descompuesta—. Acces gestiona tres millardos de dólares; dos de ellos están invertidos en fondos de Madoff: Luxalpha y otros. Por lo visto, ese dinero no existe ya. Se ha volatilizado… ¿Te haces una idea?

—¿Y qué te ha dicho Thierry, está con vosotros? Tengo que hablar con él.

—Sí, ha recibido la noticia aquí, en la oficina. No ha dicho nada, no ha reaccionado. Está en estado de *shock*. No existe... Tampoco mi salario, ni mi *bonus*, ni mi futuro. Estamos todos acabados... Esto es el fin.

—Te llamo para darte una noticia sobre Elena, la chica mexicana. Algo terrible ha pasado.

La Doña arroja a la chimenea los documentos que está extrayendo de la caja fuerte de su despacho. Lo hace con rapidez, mecánicamente. Un sonido de disparos en la planta baja la hace despertarse como de un sueño intranquilo. La puerta se abre y el guardia del pasillo le dice que no se mueva, que están repeliendo un ataque. Ella cierra la caja, se sienta en su sofá, coge su tarántula y la acaricia. Intenta calmarse. Lanza una mirada circular a su alrededor que se detiene en el retrato del que tan orgullosa se siente. La figura que fue suya parece recriminarle ahora: «Esto tenía que pasarte, Imelda: llevas muchos años en la pendiente cuesta abajo; suavecito, pero siempre abajo. Estabas viviendo de tiempo prestado. Ahora tienes que despedirte de todo esto».

Es verdad. Dejarlo todo... En realidad no ha disfrutado nunca de lo conseguido. Posee joyas valiosísimas que no puede ostentar, coches de gran cilindrada en los que no puede viajar, abrigos de pieles que no puede exhibir en la calle. ¿Por qué no descansar, irse lejos? ¿Adónde? ¿A México? Sí, ir a la base que tiene preparada allí y dejar pasar los años.

Oye más y más disparos, cada vez más cerca.

Transcurre un rato largo, un cuarto de hora al menos. Ya no hay ruidos.

La puerta se abre. Ella está de espaldas y no ve quién entra, pero el cristal del cuadro le devuelve el reflejo de una figura conocida.

—¿Cómo está, inspector Gálvez? —dice sin dejar de mirar su retrato—. Hace tiempo que no tenía el gusto de hablar con usted. Desde los días de Miami, ¿sí?

—Eso es, señora, la última vez fue en Miami —responde el inspector entrando en la sala y cerrando la puerta—. Desde entonces no la he olvidado ni un solo día. Ahora debe acompañarme.

—¿No hay remedio?

—No hay remedio.

—¿Ni siquiera si le asegurase que va a ser millonario en las próximas horas? —dice dándose la vuelta y mirándolo a los ojos.

Blanca lleva un rato en el maletero del coche, expectante. Están tardando mucho en sacarla, algo pasa. Navas y el otro no andan lejos. Ha estado oyendo sus voces hablando por el móvil. Una palabra se oye repetidamente: asalto. Navas da órdenes terminantes. Ahora nota que desde atrás la cogen y manipulan las esposas; poco después, se las quitan y puede mover las manos. Se atreve a abrir los ojos. Ante ella están Navas, que sigue hablando, y el otro sicario al que no conoce con una pistola en la mano. Se hallan en un aparcamiento muy grande. Ve como le abren las esposas de los pies.

—Quítate la mordaza y sal —ordena Navas—. Si gritas, te pego un tiro aquí mismo.

Ella obedece. Las piernas le tiemblan de miedo y de entumecimiento. Nota entonces que se ha orinado encima. Mira de reojo el lugar y lo identifica como el aparcamiento de algún edificio público grande, aunque en esta zona no hay casi vehículos. Había decidido saltar sobre sus captores, vender cara su vida, pero las piernas aletargadas necesitan tiempo para despertar.

—Ponte esto —le dice el otro tendiéndole el abrigo que le habían quitado antes de meterla en el maletero.

Navas sigue hablando excitado. Algo gordo debe de estar ocurriendo. Las cosas no están saliendo como esperaban. Pasan algunos minutos que le permiten reponerse. «Es el momento —piensa ella—: ahora o nunca». Tiene que reunir las fuerzas disponibles, las energías de la desesperación. Arroja el abrigo a la cara del tipo de la pistola y sale corriendo entre dos coches. Navas salta y le agarra una pierna, ella le da una patada en la cara y se libera. Ya no hay nada que perder. A correr, como todos los días, aunque más deprisa, más furiosamente. La voz interior le vuelve a avisar: «Te va a disparar por la espalda. Corre en zigzag, que te va a disparar».

Pero no le disparan. Sigue corriendo. Ya está cerca de la pared. ¿Adónde ir? De un área pasa a otra donde hay más coches, luego a otra. Ve en un muro una indicación con el icono de un avión en despegue. Está en un aeropuerto. La voz interior le orienta: «Sigue la señal. Cada vez habrá más gente, más testigos. ¡Dirígete hacia allí! Corre, corre, corre. La numeración de las plazas del suelo empieza por 3, luego debes de estar en el sótano tercero. Por eso hay tan pocos coches. Tienes que subir a la planta baja».

Gira la cabeza hacia atrás y ve que Navas ya no la persigue, sino que se ha parado y se limita a hablar por su teléfono móvil. Llega al área de ascensores. Toca el botón de llamada; no puede esperar. ¿Dónde está la maldita escalera? Al final del muro, allí… Sube, sube, sube. Un piso, dos pisos, no se cruza con nadie, mierda, no se ve ni un alma. Llega, jadeando, a la planta 0. Piensa que ahí la verá más gente, habrá policía, podrá… abre la puerta y, sí, hay alguien: Susan, con un pequeño revólver en la mano, apuntándole directamente a los ojos.

Pablo ha llegado a su casa. Un agente se queda en la puerta de la calle, y el otro, junto a la del piso. Dentro hay dos miembros de la Policía Científica que están acabando de tomar muestras del lugar del tiroteo. El suelo está ya limpio de sangre. Él reúne sus cosas en dos maletas. Luego, por motivos de seguridad, se lo van a llevar a un sencillo hotel de la zona de Tribeca. No piensa volver nunca más a ese apartamento. Se sienta en el sofá del salón. Intenta calmarse. Pone la televisión.

—La detención de Bernard Madoff, el hombre que gestionaba el *hedge fund* más grande del mundo, del orden de cincuenta millardos de dólares, no ha sido la única que se ha producido en el día de hoy. Una amplia operación policial en su guarida de Queens ha acabado con la detención de «la Doña», una mujer de unos sesenta años considerada la principal distribuidora de drogas en los Estados Unidos. Según todos los indicios, ha sido detenida cuando intentaba salir del país en vuelo privado. Originaria de Medellín, Colombia, vino muy joven a Miami para iniciar su carrera delictiva. En pocos años, se convirtió…

Llaman a la puerta. Es Christina junto al policía de la entrada, que le pregunta si la conoce. Él siente tentaciones de decir que no.

Parece muy alterada. Nunca la había visto así.

—¿Qué es todo esto?

—Han matado a una amiga —responde Pablo—. Se llamaba Elena. Trabajaba en Acces. Ya te había hablado de ella, ¿te acuerdas?

Ella asiente, pero, mientras le explica lo sucedido, la nota inquieta, con ganas de desembuchar.

—Tenemos que irnos —dice en cuanto él ha acabado.

—¿Irnos? ¿Adónde?

—A… a un país de Hispanoamérica. Mañana, a primera hora.

—No tengo ninguna intención de irme. ¿Qué es lo que pasa?

Christina parece que se rinde. Se quita el abrigo, deja a un lado el bolso. Se sienta en el sofá. Cruza las piernas.

—Escúchame. Los fondos que le vendiste al Club de los Cien Mil Dólares estaban referenciados a Luxalpha. Ahora no valen nada —su tono de voz tiene dejos de desesperación.

—¿Y qué puedo hacer yo? Yo no tengo la culpa de que Madoff sea un fraude.

—No lo entiendes —corta la mujer—. Serena Hathaway ha invertido casi todo lo que tenía en esos fondos. ¿Te acuerdas de la cena en que estuvisteis tú y Lawrence, en Baja California? Lawrence le colocó los Luxalpha en grandes cantidades. Sobornó a Casey, su secretario, para que la convenciera. Lo que Serena te compraba a ti, en comparación, era poca cosa. O sea, que ella ha perdido casi todos sus bienes. Ha intentado… ha intentado suicidarse tomando pastillas. Está en hospital. Seguro que habrá una investigación.

—Sigo sin ver en qué me afecta —dice tras unos segundos de indecisión.

—Tú también lo has hecho; has contribuido. Es tu cliente.

—Yo le vendí algunos millones de dólares, pero no sabía que esos fondos no valían nada.

—La operación se hizo a tu nombre.

—¿Y dónde está mi comisión?

—Se la ha apropiado Lawrence.

—Si la venta es mía, el dinero también.

—Está a tu nombre, pero la pasta se la ha llevado él. A ti es a quien van a investigar.

—Yo no sé nada de esa operación opaca, yo…

—¿Y cómo lo vas a demostrar?

—No tengo que demostrar nada, yo he sido uno de los primeros perjudicados. En la cuenta de la empresa solo me quedan participaciones en Luxalpha. Lo mismo te pasa a ti, ¿no?

Ella no responde. Dice bruscamente que se tiene que ir. Se levanta.

—No has comprendido nada, Bluetooth; no quieres comprender nada. Yo me voy esta madrugada. Te aconsejo que hagas las maletas y salgas de este país.

—Ya las tengo hechas, pero, en cuanto pueda, iré a la oficina a dar la cara. Eso es lo que haré.

Ella hace el amago de ir a la puerta; cambia de idea, se acerca a él, le acaricia la mejilla y le da un leve beso en la boca.

—¿Sabes? Te voy a echar de menos. Eres muy bueno en la cama. Me gustaría volver a verte en Europa, si no te enganchan.

Ahora, sí. Se dirige a la salida con paso elástico, como liberada, y cierra casi de un portazo.

Susan aún tiene el rostro desencajado. Ha agarrado a Blanca para propinarle un puñetazo en la boca del estómago que le ha hecho doblarse de dolor sin emitir casi ningún ruido. Blanca se ha quedado con las manos cruzadas sobre el vientre y sin poder respirar. Sabe pegar la rubia. Luego ha tenido tiempo de recuperarse porque el móvil de Susan ha sonado y, sin dejar de apuntarle, ha atendido la llamada. Algo muy gordo debe de estar pasando.

—No hagas el imbécil si no quieres que acabemos las dos mal —le dice Susan, tras acabar la conversación, cogiéndola del brazo y empujándola en dirección a la salida. Llegan a la planta baja y se dirigen hacia un área muy extensa. Un cartel indica dónde están.

NEWARK INTERNATIONAL AIRPORT DEPARTURES.

Conforme andan hay más y más gente. Susan no le suelta el brazo. El trayecto se hace largo. Dejan detrás los mostradores de varias compañías aéreas. Se acerca una pareja de policías. Susan sonríe y le aprieta más. Ella puede notar incluso su perfume. Todavía cien metros más, hasta que llegan al terminal de facturación de Aeroméxico. Hay un joven esperando con dos maletas: una no la ha visto nunca, la otra es suya.

La rubia lanza a Blanca una mirada de arriba abajo, airada, rápida y dura. Luego se gira y entrega a la empleada del mostrador dos pasaportes mientras el joven pone las maletas sobre la cinta de equipajes. Luego, con las tarjetas de embarque en la mano, le ordena que la siga y se dirigen al área internacional. Antes de entrar, un funcionario del aeropuerto les pide las identificaciones y Susan le enseña las dos que lleva. Pasan. Ella aprovecha para mirar atrás, ni rastro de Navas ni del otro. Entonces, ¿se ha librado de ellos?

Llegan al control de pasajeros y equipajes previo a las salas de embarque. Está desorientada, pero lo hace todo dócilmente, con un atisbo de esperanza en el corazón y un resabio de dolor en el vientre. Pasan el control y cruzan el *duty free*, donde se alinean los cosméticos, los relojes y los chocolates. Luego, un largo recorrido hasta llegar ante una puerta de embarque con un cartel electrónico.

MEXICO DF 17:30
AEROMEXICO AM 21345

—¿Adónde vamos? —pregunta Blanca con la voz quebrada.

—¿No lo ves? A México.

—¿Tú y yo? —sigue, incrédula, mirando a izquierda y derecha a ver si descubre el truco, a ver si avista al par de tipos que la van a amenazar si dice algo o si pretende huir o si…

—Tú y yo. Y no hagas más tonterías ni se te ocurra gritar cuando pase la gente de seguridad. Tenemos que abandonar el país por una larga temporada. La sede de la Doña ha sido asaltada. La han detenido. Tú y yo iremos detrás de ella si nos cogen. Ahora nos vamos a un lugar donde no nos puedan encontrar ni tú puedas declarar en su contra. Si te portas bien, claro. Pero antes voy a comprarte algo de ropa. Apestas.

Capítulo 10

Invierno

Volver a la oficina de Pegasus escoltado por dos policías le deja una sensación de desasosiego a añadir a ese otro en que lo mantiene la desaparición de Blanca. En vano la ha buscado yendo al hotel de la Fábrica de Cartón. La secretaria le ha dicho cuándo la vio por última vez, y él deduce que fue el mismo día en que ella se presentó en su casa.

—¿No ha dejado ninguna nota?

—No, ninguna.

—¿Puedo hablar con la gerente?

—Mrs. Chisholm está de viaje por varias semanas.

No le saca nada más. Según el inspector Gálvez, la siguen buscando. Mal asunto. Tampoco en la oficina las cosas pintan mejor. Ha entrado a su despacho a esperar a que sus dos escoltas de la DEA acaben su reunión con los tres del FBI que llevan instalados en la sala de juntas dos días ya investigando los fondos Luxalpha. Ethan le dice que todos los empleados han sido interrogados. Han precintado algunos ordenadores; entre otros, el suyo… De Lawrence y de Christina no se sabe nada. El ambiente es muy tenso. La central ha enviado a dos ejecutivos para gestionar el negocio. La cuchilla de los despidos está dando vueltas en el aire y están todos expectantes, a ver sobre quién cae. Después del arresto de Madoff, los fondos que dependían de este no valen nada; en cuanto a los demás, el setenta por ciento de la cartera de la empresa, casi todos pierden dinero. Y el impacto de la gigantesca estafa no está contribuyendo precisamente a mejorar la situación.

Al rato, lo hacen pasar a la sala de juntas. Lo interrogan. Él intenta convencerlos de que ha sido el primer perjudicado por el fraude de Madoff; de que la mayor parte de su salario ha consistido en participaciones que ahora no valen nada. Al final lo dejan ir, no sin advertirlo de que su tiempo de protección ya ha acabado y de que debe abandonar el país antes de cinco días.

No tarda en llamarlo a su despacho el nuevo gerente. Es un hombre mayor, con acento sureño. Se lo aclara todo en pocos minutos: está despedido. A él no le sorprende. Le dan su liquidación: un cheque al portador. Ya lo tenían preparado.

—Coge tus cosas personales y márchate.

Bye, bye, american dream. Se acabó el sueño para él y para millones de personas. En este país todo el mundo tiene que empezar de nuevo de vez en cuando. Sale a la calle. El día es frío aunque brille el sol. Pasea por Madison en dirección a su casa. Por primera vez desde el día de su llegada no tiene nada que hacer. Bueno, no, se corrige a sí mismo, todavía debe rematar algo: saca el teléfono móvil de su chaqueta y llama.

—¿Teresa?

—Sí, Pablo, ¿cómo va todo?

—Vamos a decir que bien.

—Quería hablar contigo, estoy preocupada por todo lo que está pasando. Me refiero al dinero de mi padre, los treinta y cinco mil, están a salvo, ¿verdad?

—Desde luego. Te llamaba por eso. No solamente no se han perdido sino que se han convertido en algo más, concretamente en… —saca el cheque que le acaban de dar y lo lee— en 45 163 dólares. Dime cómo te puedo hacer llegar el importe.

—Me gustaría agradecerte tu gestión en persona. ¿No podríamos tomar un café esta tarde?

—Claro, cuando a ti te venga bien. Ya no tengo ninguna prisa.

El conductor anuncia que han llegado a la parada del lago Cuitzeo. Blanca baja del autobús junto a Susan, y ambas recuperan sus maletas. El vehículo maniobra con dificultades, entre los numerosos viandantes, para seguir su camino. Frente a las dos viajeras se extiende una sábana de agua verde-azulada que se alarga hasta el horizonte. A su derecha se ven las primeras casas de un pueblecito blanco. El ambiente es festivo por la próxima Navidad. Le recuerda mucho a las tardes de procesión en el pueblo castellano de la España rural en que nació su madre, adonde pasaba con su hermana las vacaciones. Grupos de jóvenes con sudaderas de la Cofradía del Cristo empuñan faroles que, según todas las trazas, luego iluminarán el paso durante su trayecto.

—¿Señorita Susan? —pregunta una voz a su espalda.

Blanca se gira al mismo tiempo que la rubia y ve a una joven morena de baja estatura, con el pelo recogido a su espalda en una trenza. Viste una camiseta rosa y unos vaqueros. Su apariencia es agradable, tranquilizadora.

—Soy yo.

—¿Y usted es Blanca Zarco?

—Sí —responde lanzando una mirada inquisitiva a la mujer que pregunta.

La recién llegada se presenta como la secretaria de doña Montserrat y les pide que la acompañen. Da media vuelta para dirigirse derechamente a la orilla, a un pequeño embarcadero donde se alienan varias lanchas motoras. En una de ellas hay un hombre esperando; de aspecto amistoso también, pero Blanca ha aprendido que las apariencias no sirven para juzgar. Una vez en la proximidad del bote, interroga a Susan con la mirada; esta tampoco parece tenerlas todas consigo. Debe de temer una trampa. La recién llegada reacciona.

—Este es mi esposo. Trabaja también para doña Montserrat, no se inquieten.

Suben a la barca y saludan al patrón, que les pide que se pongan delante y luego arranca el motor. Parten en seguida. El lago es de una belleza sobrecogedora. Blanca se acuerda de cuando iban con sus padres a recorrer la Albufera de Valencia, y las lágrimas parecen querer volver a asomarse a sus ojos, pero se reprime. Al doblar un grupo de cañaverales se ve otra barca más, con dos hombres en pie armados con fusiles. Ella nota que Susan, de forma refleja, aprieta las manos sobre el asa de su maleta.

—No se preocupen, vienen a escoltarnos —dice la secretaria.

Los tipos sitúan su lancha detrás y los siguen a corta distancia. Blanca no se siente tranquila; de cuando en cuando, vuelve la cabeza discretamente para mirarlos. Tras casi media hora de travesía, al doblar un carrizal, ven una vivienda de madera blanca sobre un trozo de tierra firme. Detrás hay un puente y un embarcadero. Las dos naves atracan. Los hombres se quedan de vigilancia frente a la casa. Sale una mujer de unos cincuenta años que les da la bienvenida y las hace pasar al interior.

—Doña Montserrat acudirá en seguida a verlas. ¿Quieren una limonada?

—¿No puede ser un Martini? —dice Susan.

—Por supuesto. ¿Y para usted?

—Para mí, la limonada —dice Blanca.

Pasan unos minutos indecisos. La puerta se vuelve a abrir, ella espera que sea la mujer con las bebidas. Pero no, no es la amable secretaria quien aparece.

—¿Pablo? Soy John Dardanelous. ¿Te has enterado ya?

—¿De qué me tengo de enterar? Cada día hay un desastre nuevo.

—Se ha suicidado Thierry, mi jefe.

—¡¿El dueño de Acces?!

—Sí. Lo han encontrado en su despacho esta mañana con las venas abiertas. Una tragedia. Estoy en la puerta del edificio donde se halla la oficina, la policía no nos deja entrar. Esto parece el Nueva York de las películas: tres coches patrulla, dos ambulancias, periodistas, curiosos…

—¿Y la empresa?

—Nos han despedido a todos. Acces está en quiebra. Absoluta.

—Vale, vale, espera, voy para allá y comemos en algún restaurante cercano. ¿De acuerdo?

—No sé si me lo puedo permitir —responde el financiero con ironía.

—Estaré en Madison en veinte minutos.

A Blanca la invade una cierta sensación de irrealidad. Ve entrar a una joven parecida a ella aunque de cabello rubio, que la mira y se emociona hasta las lágrimas en seguida. Al principio no puede creerlo. Una aparición, alguien rescatada de la tumba. Un fantasma, un espectro… Grita su nombre con la voz cortada.

—Aquí soy Montserrat —le dice Marta tapándole la boca—. Llámame Montserrat. ¡Qué contenta estoy de verte, hermana!

Las dos se funden en un abrazo y rompen a llorar ruidosamente. Una mezcla de sensaciones se agitan en el pecho de Blanca: la alegría, la sorpresa, el alivio…

Luego, salen de la casa cogidas de la mano y suben a la lancha que la ha traído hasta allí. Marta pone en marcha la embarcación y salen hacia un claro del lago. Cae la tarde entre nubarrones que amenazan lluvia. Ahora las dos permanecen en silencio, mirándose con arrobo, como si no supieran por dónde empezar.

—¿Te acuerdas de cuando papá nos llevaba a la Albufera para montar en barca? —pregunta Blanca sin dejar de llorar.

—¿Que si me acuerdo? No te imaginas cuántas veces he pensado eso mismo —responde Marta—. No sabes cómo os he echado de menos. Me tienes que perdonar muchas cosas, hermana. Muchas, muchas…

—¡Qué importa ya eso! —dice Blanca cogiéndole las manos. Como si quisiera asegurarse, mediante el tacto, de que no se trata de un sueño.

—Claro que importa. He sido egoísta… he sido. Es que las cosas… han venido dadas así. Todo se ha hecho como se ha podido. Tu coraje es el que ha complicado las cosas —empieza Marta.

—¿Mi coraje?

—Yo sabía que tú no te ibas a rendir así como así, sin presentar batalla, pero nunca creí que pudieras llegar tan lejos. Tan lejos, por mí… —dice besándole las puntas de los dedos.

—No sé a qué te refieres. ¿Por qué no me lo explicas todo desde el principio?

De nuevo, el silencio, hay tanto que contar, tanto que justificar. Marta lo rompe mientras mira a lo alto, a una lejana montaña volcánica en cuya cima se están acumulando los nubarrones.

—Desde que Michael era niño, la Doña vio que no iba a ser su sucesor en el negocio —empieza—. No iba a ser el Michael Corleone que había anhelado en sus fantasías. Era sensible y cariñoso, un trozo de pan. La vida es así. No podía heredar un negocio como el de su madre.

—Ella no lo despreciaba.

—No, al contrario, al final acabó por quererlo más. Yo creo que no era por instinto maternal, el que se siente por el hijo débil, sino porque veía que él nunca iba a pertenecer a su mundo. No sé si me entiendes. Michael había nacido dentro de ese grupo de gente… marginal…, condenada, antes o después, a la cárcel o a las balas, pero no era parte de él.

—Ha sido para su hijo… una madraza, ¿no?

—Sí, es contradictoria. Lo mismo ordena liquidar a un tipo que no le gusta, que proteger a alguien al que considera en peligro. Ella quería separarlo del negocio, que ni apareciera por su cuartel general. A los dieciocho años intentaron raptarlo, pero los guardaespaldas lo evitaron. Luego pasó mucho tiempo sin problemas, hasta que Modesto López se hizo el jefe del clan de los mexicanos; entonces, todo empeoró bruscamente. Se dio cuenta de que él era el punto débil de la Doña e intentó raptarlo dos veces.

—Tres veces.

—¿Cómo? —Marta se queda indecisa unos instantes, sin comprender.

—Continúa, luego te lo contaré.

—Michael no podía seguir así por más tiempo. Estaba en continuo peligro. En aquellos días la patrona llegó a la conclusión de que su hijo debía morir.

—¿Y lo mató?

—Sí, se podría decir que lo mató.

Se encuentran en una *ostería* de propiedad familiar. El dueño conoce a Pablo por haberlo visto cenar antes con Blanca; les da una buena mesa.

—¿Qué edad tenía Thierry?

—Sesenta y cinco años —responde Dardanelous—. Pretendía jubilarse, pero no pudo vender la empresa; le fue imposible conseguir el nivel de transparencia necesario. En realidad, era un vendedor de los fondos de Madoff, dependía casi totalmente de él, y las operaciones que hacían no estaban del todo claras. Bernie lo estuvo estrujando hasta que lo arruinó, como a otros tantos; en los últimos meses, pese a lo difícil de la situación, le exigía nuevos clientes; más y más dinero…

Hace una pausa, como intentando encajar el brusco cambio de su fortuna. Luego, sigue:

—Con la quiebra debió de ver que de la noche a la mañana se evaporaba su prestigio profesional, su dinero, su empresa, todo… No lo pudo soportar. Quizá suicidarse haya sido la manera de demostrar a los que habían confiado en él que era un hombre de honor. Quizá no tuvo coraje para empezar de nuevo a su edad. No lo sé.

—¿Y tú qué vas a hacer?

—Me voy. Quiero aprovechar la experiencia que he adquirido aquí para encontrar otro trabajo. Aunque, después del *crack*, van a sobrar financieros en todo el mundo. No volveré a Nueva York. Buscaré en cualquier otro lugar. En fin, el tsunami también nos ha cubierto a nosotros, Pablo. Ahora hay que salir a flote.

Durante unos segundos, ambos permanecen en silencio. Luego hablan de Elena, cuyo cadáver ya ha sido repatriado.

Vuelven a permanecer callados. Dardanelous le pregunta por sus planes.

—Tengo que abandonar el país. El próximo sábado tomo el vuelo de regreso a España. No sé, exactamente, qué haré. Quiero seguir en el mundo financiero. Buscaré un empleo en la banca comercial o algo así. No me importaría mudarme a Asia o a Australia. Aún me queda mucho por ver.

Blanca oye a su hermana explicarse y en varios momentos piensa que ha perdido el juicio, que los acontecimientos han sobrepasado a su pobre razón. Marta sigue.

—Para los que operan a alto nivel en el mundo del narcotráfico solo hay una forma de salir de verdad de él, y es muriendo. No hay otra. Aunque no hayas hecho nada, aunque seas completamente inocente…: si estás dentro, estás atrapado. Michael era el punto débil de la Doña, que había llegado a ser la reina de Queens, pero estaba en decadencia.

A Blanca todo le suena como un cuento. No se explica cómo han podido llegar hasta esa situación alocada en solo unos meses. La Doña decide matar a su hijo, y la mejor manera de hacerlo es permitirle vivir bajo otro nombre, bajo otra identidad. Costaba dinero, pero se podía conseguir. Tenían un contacto en la morgue de Nueva York que les avisaría cuando tuviesen un par de donnadies de la edad de ellos; de la edad de cada uno de ellos.

—Se sabía que yo era su novia. Nos habían visto juntos, nos habían fotografiado. Si queríamos seguir unidos, debíamos morir los dos. Un día, por sorpresa, me dicen que ha llegado el momento. Tienen el cuerpo de una joven más o menos de mi edad y otro de la de Michael.

—¿Sabes de quién era el cadáver de la chica?

—No, no me lo dijeron.

—De una lugarteniente de don Modesto López, el jefe del clan rival. Me lo contó él mismo. Intentó seducir a Michael para raptarlo. Le salió mal la jugada.

—Nunca supe quién era. A mí me pidieron un bolso, un anillo y documentos de identidad. Se lo pusieron todo al cadáver, y ya estábamos muertos los dos. Hicieron estallar el vehículo para que el fuego borrase las huellas.

Luego, salieron del país con una identidad nueva. Los sacaron de los Estados Unidos en coche a fin de que no dejaran ningún rastro. De Queens a Florida, donde cambiaron de vehículo; de Miami a El Paso y luego Chihuahua, Aguascalientes, Guadalajara… Finalmente, San Agustín del Pulque, una de las localidades que rodean el lago, donde había una casita solo para ellos. Ya estaban a salvo. Aquella fue su luna de miel.

—Pero tú tenías que venir a rescatarme. Como cuando éramos pequeñas… Yo sabía que no te ibas a quedar quieta, pero de ahí a pensar que fueras a ir a Nueva York a reconocer mi cadáver sin esperar a la repatriación del cuerpo…

—Como no nos decían nada claro, decidí tomar un avión y plantarme allí.

—Yo debía morir, ¿lo entiendes? —dice Marta mirándola a los ojos.

—¿Y los demás, qué? ¿Papá, yo, qué?

—Si dejaba cabos sueltos, si no era creíble, el plan habría fracasado. No te haces una idea de lo difícil que me resultó acatar esa decisión. El asunto se complicó contigo en los Estados Unidos. Podías echarlo todo a perder. Susan te hizo llegar mi ordenador y yo te pedí a través del chat que reconocieras el cadáver como el mío. Por suerte, me hiciste caso. Aunque en vez de volver a Valencia y esperar noticias, te quedaste a buscarme. El susto del montacargas, cuando te colgaron del vacío, fue una idea de la patrona para meterte miedo y hacerte volver. A mí me lo contaron más tarde. Lo siento mucho, debió de ser…

—Sigue, por favor —le pide Blanca intentando no pensar en aquel episodio.

—Solo tú podías estar tan loca como para quedarte en la ciudad después de aquello. Si la Doña acababa contigo, hubiera forzado mi ruptura con Michael, y ella quiere ver feliz a su hijo. Como vio que en ningún caso te ibas a detener, decidió implicarte.

—¿Por eso me pidió que transportara la droga en la furgoneta?

—Yo volví a mandarte un chat diciéndote que tu hermana estaba bien. Parecía que ibas a hacerme caso, pero duró poco esa impresión.

—La Doña me dijo que tenía nuevas pistas de ti.

—Solo pretendía meterte a fondo en el negocio, atraparte del todo. Necesitaba gente nueva en su organización. Por eso te mandó aquí a hablar con el Cos. Y tú te detuviste en la zona de servicio que hay cerca de este lago a tomar café. Con el gordo y el flaco. Yo te esperé para verte desde un coche.

—Tú eras la mujer rubia que me miraba fijamente…

—Claro, he cambiado de aspecto desde que llegamos aquí. No sabes lo que me costó tenerte a unos pasos y no acercarme a abrazarte.

De nuevo Blanca la mira como si no la pudiera abarcar con los ojos.

—Cuando empezaste a colaborar con la policía, complicaste la situación todavía más. Ahora, a la Doña la han detenido. Todo su mundo se ha venido abajo.

—¿Cómo has sabido eso desde aquí?

—Michael y su madre hablaban de vez en cuando. Él sigue siendo su debilidad.

—¿Fue él quien te dijo que iba a mandar a Navas a detenerme?

—No, fue Susan —dice dando una cabezada en dirección a la casa—. Le debes mucho a esa mujer. Convenció a la Doña de que te enviara aquí para esconderte e impedirte declarar en un juicio; de que, si tú desaparecías, la unión de su hijo conmigo se iba a romper. La felicidad de Michael le ha costado el fin de su imperio.

—Era cuestión de tiempo. Los mexicanos la tenían acogotada. Su época pasó.

Durante unos minutos permanecen en silencio.

—Y ahora, ¿qué hacemos? —pregunta Marta.

—Por lo pronto, habrá que avisar a papá para que no sufra más —dice Blanca.

—Desde luego. Con la Doña en prisión, no me parece que estés segura aquí. ¿Cómo pueden ellos tener la certeza de que no vas a declarar en su contra?

—Es que sí voy a hacerlo —dice Blanca resueltamente mirando a su hermana al fondo de los ojos—. Fingiremos que al haberte encontrado ya he cumplido con mi objetivo y que solo quiero olvidar lo pasado.

—¿Y qué vas a hacer? ¿Adónde vas a ir?

—Sé quién me puede ayudar. Es mejor que no sepas nada más.

—La Doña te ha respetado a ti por amor a su hijo y tú vas a hundirla del todo. ¿Es eso?

—Sí, es eso.

Empieza a llover. Las nubes se apelotonan sobre la cima del cercano volcán dándole el aspecto de haber entrado en erupción. Algunos rayos de sol se filtran desde lo alto alterando con sus tonos rojizos el azul oscuro de las aguas. El lago adquiere entonces un aspecto irreal, como si se tratase de un inmenso escenario de ópera.

—Va a diluviar, vámonos.

—Sí, volvamos a casa —dice Marta arrancando el motor.

Blanca piensa en Pablo. No va a poder reunirse más con él. ¿Y cómo es que no la ha buscado en seguida en el hotel? Durante el viaje le ha preguntado a Susan, y ella le ha respondido que ni siquiera ha ido por allí a indagar. Esto le suscita una duda.

—¿Y por qué habrá hecho Susan esto por mí?

—¿No lo adivinas? —pregunta Marta mirándola con incredulidad.

Blanca se encoge de hombros.

—¿En serio? —insiste.

—En serio.

—Porque está obsesionada contigo.

Capítulo 11

Otra vez donde se conmemora una muerte

«Cuatro años ya desde que murió Elena», piensa Pablo mirando la lápida. Por un momento se imagina lo que hay bajo la piedra, pero acaba por girar la cabeza, desolado. El par de tipos que ve en animada charla le causan un escalofrío similar.

—¿Qué hace aquí el inspector Gálvez? —le pregunta a don Vicente.

—Es un amigo de la familia —responde el aludido encogiéndose de hombros—. Ya sabes que estuvo trabajando en la delegación de la DEA en México varios años. Ahora es subdirector de la oficina de Nueva York. La caída de la Doña ha catapultado su carrera.

—¿Y cómo es que hace tan buenas migas con don Modesto?

—Son aliados. Entre los dos tumbaron a la patrona.

—¿Y qué gana la DEA con que controle la droga en Nueva York un mexicano en vez de una colombiana?

—Modesto López sigue las normas del cartel de Sinaloa. La primera es «Nada de ordenar muertes de civiles». La Doña, en cambio, había juntado un auténtico rosario de víctimas inocentes; sin excluir a niños. Por lo demás, hace mucho tiempo que la DEA renunció a acabar con el narcotráfico: con mantenerlo bajo control tienen bastante.

—No lo comprendo.

—La sociedad tendría que estarle agradecida a hombres como Gálvez, que se juegan la vida por sesenta mil dólares al año para que tú y yo podamos vivir tranquilos. Ven, vamos a saludarlos.

—¿En serio?

—Sí, ¿por qué no? Se alegrarán de verte.

Cuando se acercan a los hombres, estos se callan para recibir con amabilidad a Pablo. La conversación se desarrolla sobre temas intrascendentes: «¿Dónde trabajas ahora, Pablo?», «¿Qué tipo de inversiones llevas, Pablo?», «¿Cuántos años estás ya fuera de Nueva York, Pablo?». Hasta que Pablo hace una pregunta que cambia la expresión de sus caras.

—¿Qué fue de la Doña?

Cada uno de ellos parece esperar a que conteste el otro.

—Bueno, como recordarás, la detuvimos y la mandamos al Penal Metropolitano de Nueva York —responde Gálvez sin inmutarse—. Pues luego fue juzgada y condenada a tres años de cárcel.

—¿Solo a tres?

—Solo eso —responde don Modesto—: tecnicismos legales y buenos abogados.

—Y de no ser por la declaración de Blanca Zarco, se hubiera ido de rositas —añade el inspector.

Pablo mira entonces a Vicente como preguntándole por el paradero de Blanca, pero este le indica con un gesto que de eso hablarán más tarde. En cambio, le explica que la Doña fue deportada después a Colombia.

—¿Y dónde se encuentra ahora? —pregunta Pablo.

—En estos momentos debe de estar yendo a por carne al centro de Medellín, como es su costumbre de los viernes —concluye Gálvez mirando a don Modesto.

—Hoy es jueves y es festivo —apunta Pablo.

—Sí, pero tienen un puente por Todos los Santos. El centro comercial donde compra abre hoy. Casi todos los fines de semana invita a sus amigos, y eso es un error: con su historial no debería tener hábitos regulares ni predecibles.

Don Modesto asiente gravemente con la cabeza, los ojos fijos en el suelo y las manos enlazadas detrás de la espalda.

El coche de Imelda Pardo llega a un centro comercial moderno situado en una zona nueva de Medellín. En su esquina hay un establecimiento.

EL PARAÍSO

SOMOS PRODUCTORES Y
DISTRIBUIDORES DE CARNES

Esta es sin duda la mejor carnicería de la ciudad, donde se pueden comprar las piezas más frescas e higiénicas. A la Doña le gusta todo de primera clase: el mejor corte para sus arepas, las joyas más caras, la más pura cocaína. Durante el año que lleva residiendo en Medellín se ha acostumbrado a la tranquilidad; no quiere problemas, solo vivir el tiempo que le quede, que adivina escaso. Ni siquiera lleva escolta.

El chófer detiene el vehículo cerca de la esquina.

—La dejo aquí, patrona, parquearé en la cochera subterránea y vendré con usted —dice Macario.

La mujer asiente y sale. Afuera hace un calor húmedo. Caminando con paso lento alcanza el local, que carece de aire acondicionado. En realidad tampoco tiene puertas; las persianas, cuando se cierran, hacen las veces.

La Doña se pone a la cola para comprar. Todo el mundo la conoce. La gente la saluda. Es popular en el barrio. Se oye una moto que se acerca. Ella rehúsa que le dejen pasar delante, insiste en esperar su turno. El ruido se hace cada vez más cercano. La mujer está mirando los grandes trozos de res que hay en el mostrador buscando una buena punta de espaldilla. De repente, el sonido del motor le hace reparar en el peligro que la acecha y gira la cabeza hacia la puerta más cercana. Pero ya es demasiado tarde. Ve un par de jóvenes en una moto, uno de los cuales desciende del vehículo, pistola en mano. Es de calibre pequeño, de esas cuyas balas no atraviesan el cráneo, sino que dejan el daño dentro. La Doña intenta huir. Una detonación. Recibe un disparo en la cabeza que es un latigazo explosivo de dolor. Cae al suelo. Más impactos. Su última sensación es un sabor como a sal en la boca.

La joven detiene su furgoneta para dejar paso a un grupo de lugareños que festejan el Día de los Muertos disfrazados de esqueletos. Cuando se han alejado, prosigue su camino en dirección a una finca rodeada por un alto muro. El bosque tropical rodea el conjunto tan densamente que parece estar ansioso por recuperar el terreno perdido. La radio empieza en ese momento su noticiero de la tarde.

—Sorpresivas han sido las conclusiones del reciente informe de una subcomisión del Senado de los Estados Unidos, según el cual, la droga fue una de las ramas más importantes de la economía estadounidense en este año 2012. Entre trescientos y mil billones de dólares de origen criminal son lavados por los bancos en todo el mundo, y la mitad los son por nuestros vecinos del norte. Más noticias en una hora en Radio Veracruz, su radio amiga.

Detiene su vehículo delante del control de seguridad de entrada al rancho. Aunque los guardias la conocen, la registran y comprueban con una pértiga acabada en espejo que la furgoneta no lleva nada prendido de los bajos. Le dan paso libre. A su derecha ve secaderos de café; a su izquierda, frente al edificio de madera de las caballerizas, un gran *paddock*. La alameda por la que circula acaba en un área con el suelo empedrado donde aparca entre coches de alta gama. Afuera, hay otro control de seguridad, pero también lo pasa rápidamente porque don Vicente la está esperando. Él mismo la acompaña hasta un salón de la casa, decorado al estilo *country living* y alfombrado con pieles de animales.

—Espera aquí —le dice.

Poco después se abre la puerta de nuevo y Pablo entra en la habitación. Lo encuentra igual de guapo que lo recordaba, no ha cambiado mucho. Él parece del todo sorprendido. Apenas balbucea su nombre.

—Blanca.

Se acercan y se abrazan como si no hubieran pasado cuatro años.

—Los dejo hablar —dice don Vicente—. Aunque hay algo que te quiero decir antes, Pablo. Blanca ha estado escondida en esta casa mucho tiempo. No se podía poner en contacto contigo porque peligraba su misión y su integridad. Sin embargo, hoy es el primer día de su nueva vida.

—¿Por qué hoy? —pregunta Pablo.

Por toda respuesta el mexicano saca el móvil del bolsillo de su chaqueta, lo manipula y luego le muestra la pantalla solo a él, porque ella ya sabe lo que pone.

ÚLTIMA HORA: REINA DE LA DROGA MUERTA
A TIROS EN MEDELLÍN

Se sientan. Él toma sus manos. Ella le cuenta su odisea. Mientras, desde ese lado del salón, contempla, sobre la chimenea, un retrato al pastel de Elena que no estaba antes. Representa la edad que tenía cuando fue asesinada. Es curioso, en los casi tres años que estuvo en esa casa escondida, tras huir del lago Cuitzeo, nunca había visto ni siquiera una foto de aquella. Como si ahora se hubieran hecho a la idea de su muerte.

—Luego estuve haciendo trabajo social en los pueblos de por aquí —dice trazando un círculo con su dedo índice—. Lo necesitaba.

Siguen hablando posponiendo una confesión que se posterga: la de su vida personal, la de su futuro. Al final, empieza ella.

—Vivo en pareja, en un pueblo cercano. Juan y yo tenemos una niña de un año, o sea, que tengo que volver pronto a casa. Hemos abierto un quiosco y nos va bien. Una existencia anónima y sencilla.

—¿Un quiosco? Como tu padre. Tenía uno en Valencia, ¿no?

—Bueno, sí, aunque ya lo traspasó. Aquí es distinto; ya sabes, además de prensa vendemos mil cosas más: alimentos, productos de limpieza; en fin, de todo.

—¿Y eres feliz?

—Sí, creo haber encontrado mi lugar en el mundo. Aunque echo de menos Valencia. Quiero ir a ver a mi familia pronto.

Por algún motivo que se le escapa, él no pregunta por su hermana. Quizá porque intuya que es mejor no hacerlo.

—Yo me tengo que ir ya —dice él con los ojos húmedos—. Vamos a darle a Elena nuestro último adiós.

Blanca lo conduce hacia la salida y atraviesan el jardín. A su derecha ve a los invitados a la conmemoración del funeral tomando en pie un cóctel servido por camareros. No hay música. Hasta ella llega el rumor de las conversaciones e incluso alguna risa, rápidamente sofocada.

Pasan por delante de las caballerizas.

—Elena no podía vivir sin sus purasangres —explica Blanca—. Parece que se tomó muy a pecho que la familia tuviera que vender la cuadra en el año 2002, cuando pinchó la burbuja de las puntocom. Fue un periodo difícil para ella, porque sus padres se divorciaron en ese entonces. Don Vicente se volvió a casar, demasiado pronto para su gusto. En fin, todo se sumó para que quisiera hacerse rica por sí sola... A cada uno le afectan las cosas de una manera.

En medio del césped cuidadosamente recortado hay una cruz metálica y una lápida con una inscripción en relieve. Pablo la lee de nuevo, como si fuera por primera vez.

ELENA ROJO LEÓN DE LA BARRA

1983-2008

DESCANSA EN PAZ JUNTO A LOS ÁRBOLES

QUE PLANTASTE DE NIÑA.

TUS PADRES NUNCA TE OLVIDAN.

Como un torrente, le llegan los recuerdos, angustiosos y obsesivos. La joven con dos tiros en el pecho, tumbada a los pies de su cama en medio de un charco de sangre. ¿Qué hacer primero? Hay que llamar a una ambulancia. ¿Qué número de teléfono? No lo sabe, tiene que ir al ordenador y entrar en Google.

EMERGENCY TELEPHONE NUMBER IN NEW YORK

Aparecen varias opciones. Llama a la primera.

—¡Una ambulancia! Para recoger a una persona herida. Le han disparado dos veces. ¡Deprisa, por favor!

Los dos sicarios yacen muertos en el suelo manchando de sangre la alfombra de la habitación. Luego llega la interminable espera, el descenso de la mujer herida a la calle, el trayecto hasta el hospital bajo el ulular de la sirena…

Las imágenes se agolpan en su mente resurgiendo del fondo de un pozo donde llevan sepultadas largo tiempo. Le traen una congoja antigua que se acumula en su pecho y acaba por liberarse en forma de lágrimas.

«Elena no volverá —se dice a sí mismo—. Está enterrada debajo de la tierra que pisamos; y con ella su simpatía, sus ganas de vivir, sus sueños de fortuna… Esa ciudad no permite destinos blandos y ella no ha podido escapar al suyo».

—Cuántas cosas hemos tenido que cambiar para tener una vida normal, ¿no te parece? —le dice Blanca, que también está llorando.

Ahora se abrazan y reposan cada uno su cabeza en el hombro del otro. La pena compartida alcanza su culmen y parece inextinguible, eterna.

Empieza a llover.

—Vámonos —propone ella.

—Sí, vámonos. Mi vuelo sale en unas horas.

—Yo te llevaré al aeropuerto.

—No, vuelve a casa, tengo un taxi concertado. Pero antes vamos a despedirnos de los padres de Elena.

—¿Regresas a Valencia? —pregunta ella, que camina agarrada a su brazo.

—Sí, aunque vuelvo a Singapur dentro de un par de semanas. Trabajo allí, en el mercado de futuros del aceite de soja. Un amigo que quizá recuerdes de Nueva York, John Dardanelous, es un alto cargo del *board* y me propuso trabajar con él.

—¿Tienes novia?

—Bueno, algo hay.

—Tú siempre tienes algo… —Ella sonríe levemente—. Cuando vaya a Valencia, te llamaré.

—Claro, nos veremos allí.

Llegan de nuevo a la casa y ven a través de un amplio ventanal a la esposa de don Vicente. Él está cerca, sentado en un sofá; a su derecha está don Modesto López y, a su izquierda, el inspector Gálvez.

—Mejor pasa tú solo —dice Blanca—. Yo te esperaré aquí. Ya saludaré a los padres de Elena en otra ocasión.

Él comprende sus prevenciones. Entra en el salón y se dirige hacia el grupo. Don Vicente retiene algo entre las manos, pero no puede distinguir bien qué. Al llegar frente a él, casi da un respingo.

—Mira, Pablo —le dice con satisfacción mostrándole una araña grande y peluda—. Una tarántula de patas rojas. La acaban de encontrar en el jardín. Ya no es tan frecuente como lo era antes ver alguna. ¿No te parece preciosa?

El inspector y el narco también miran al animal con arrobo dibujando con los labios una sonrisa beatífica. A él se le antojan, en ese momento, una especie de trinidad de este mundo, nada santa ni nada noble. Siente un profundo malestar y una opresión en el pecho, pero se contiene, sonríe y se despide de ellos.

Blanca ha permanecido afuera. Se dirigen juntos a la salida y pasan el primer control de seguridad, iluminado por luces enfocadas en los puntos ciegos del entorno. Hay un taxi a la espera para llevarlo al aeropuerto. Con un beso en la mejilla y un «Hasta pronto», que a él le suena como un adiós irrevocable, ella se despide; luego, bajo la luz de los focos, presurosa, camina derechamente hacia su furgoneta. No le ha dado su número de teléfono. Tampoco le ha pedido el suyo. Pablo permanece inmóvil, petrificado, con el corazón en un puño. Demasiadas emociones en un día como para poder digerirlas. Por un momento, parece que se disponga a llamarla: «Blanca, Blanca, no te vayas… Blanca, espera, dame tu número de…».

Pero no abre la boca. Permanece solo, mirándola embobado, hasta que la fina lluvia emborrona por completo el contorno de su cuerpo.

EDITORIAL
SARGANTANA